Maldad

MALDAD

Marisela Aguilar S.

NOS
TRA
EDICIONES

Maldad
Marisela Aguilar S.

Primera edición: Producciones Sin Sentido Común, 2022

D.R. © 2022, Producciones Sin Sentido Común, S.A. de C.V.
    Pleamares 54
    colonia Las Águilas
    01710, Ciudad de México

Textos © Marisela Aguilar Salas
Ilustración de portada © Edna Suzana

ISBN: 978-607-8756-79-7

Impreso en México

La publicación de esta obra fue posible gracias al apoyo
de Daimler México, S.A. de C.V., Daimler Financial Services
y Freightliner México.

Edición y Publicación de Obra Literaria Nacional realizada
con el Estímulo Fiscal del artículo 190 de la LISR (EFIARTES).

A Giovanni Papini, "L'uomo impossibile"

*Satanás es la avaricia; es un cerdo que devora
la mente; es la embriaguez, el fondo oscuro de
una taza vacía [...], es el egoísmo que goza
de la sangre en la que ha metido las manos;
es el vientre, la horrible caverna en donde se
desencadenan todos los monstruos que habitan
en nuestro interior.*

VÍCTOR HUGO

1

"EL MAL ES LA AUSENCIA DE BIEN". Mientras Tomé Bata observa el cadáver de esa mujer, viene a su cabeza la cita de San Agustín: "el mal es la ausencia de bien", y le parece una buena frase que merece inmortalizarse en los anales de la filosofía política pero carente de sentido para entender que el mal está presente, tan cerca, que un día sin más te toca y te destroza.

En este momento, Tomé siente deseos de irse, de cerrar los ojos, pero por el contrario observa con atención ese cuerpo. Es la primera vez que ve un cadáver. Los atropellados, los accidentados, la abuela dentro del féretro, no cuentan en esto. Mirar un cadáver por primera vez es mirar de cerca los detalles de la muerte: la lividez con sus manchas de color rojo vino que destacan en todo el cuerpo, la deshidratación que se manifiesta por la depresión de los globos oculares, el color de la piel, la rigidez en las extremidades, los ojos, la nuca, los muslos, el tórax, el abdomen. El hedor agrio, amargo de la muerte. Un olor que sale poco a poco por la boca, por el vientre a través de la boca y de todos los orificios del cuerpo, un aliento de sangre, irrespirable. Es ese mismo humor a podrido que permanece en la nariz y que acidifica todos los olores normales que se aspiran después de conocer el tufo de la muerte. Un hedor que permanece días y días en la memoria olfativa.

Y Tomé está tan impactado frente al cadáver de esta mujer, que en un mecanismo de defensa se esfuerza por despersonificar a la muerte pensando que ese cuerpo ya no es una persona, que es otra cosa: carne vacía de vida, de sustancia, último recinto y mortaja de la nada. Pero no puede, está mareado. La imagen de un cadáver le impacta. Sangre cuajada y violácea brota por las heridas que tiene en el pecho y el abdomen. ¿Cuánto tiempo lleva muerta esta mujer? Tomé no tiene idea. No es perito. La víctima yace en el piso de una peluquería, un humilde establecimiento de no más de diez metros cuadrados, ubicado en un barrio pobre al norte de la Ciudad de México. El cadáver está al lado de una silla de forro vinílico negro, rodeado de trozos de cabellos de distintos tamaños, tonos y texturas: rubios, canos, negros, castaños; pequeños pedazos, tiras largas; rizado, lacio, cabello grifo. Es un cadáver tendido sobre una alfombra de cabellos ensangrentados. Y al lado de la silla, recargada en la pared, destaca una escoba con un mango rojo que combina con el siniestro estampado purpúreo que mancha el suelo y las paredes. Más allá unas tijeras. A unos centímetros del cuerpo, yacen esparcidos unos dedos. Una escena de terror. La mujer ha sido apuñalada y mutilada. Dedos, el medio, el pulgar y el meñique, no se sabe si de la mano izquierda o de la derecha, se encuentran tirados muy cerca de su cara, los demás están esparcidos por ahí; algunos cerca de los pies, otros, a unos cuantos centímetros del torso. Y debajo de una silla, perdido en lo oscuro, se encuentra un ensangrentado dedo índice, el cual da la impresión de que está apuntando hacia el cadáver. Y esta imagen le hace recordar una escena de la última novela *hard boiled* que leyó. La trama: un cadáver es encontrado en un almacén de cereal. El brazo que ha sido arrancado del cuerpo apunta hacia la salida, una novela negra que todavía tiene fresca en la memoria. Pero este tétrico dedo índice apuntando hacia un cadáver es más que eso, es una imagen real, fuera del contexto de cualquier novela negra.

Tomé está sobrecogido como un niño de cinco años que ve a un perro atropellado en la vía pública y que no puede separar los ojos de las vísceras del animal. Es como un infante que tiene ganas de salir corriendo pero que no se mueve, hipnotizado ante la presencia de la muerte y su aterrador color grana. ¡Vaya!, qué analogía tan torpe, comparar a un perro atropellado con una persona asesinada, esto es inhumano y estúpido; además él no es un niño, pero en este momento no se le ocurre pensar en otra cosa, más que en esa primera inocencia marcada por un suceso trágico y crudo, como éste. En estos momentos, Tomé no está actuando profesionalmente, lo sabe, pero no puede evitarlo.

Finalmente reacciona cuando ve un flash estallar en dirección al cadáver. Las pupilas se le dilatan, cierra los ojos y tarda unos segundos en abrirlos, deslumbrado por la luz. Es Rafael, su compañero fotógrafo. Ni hablar, como siempre él se distingue por su eficacia. En unos minutos dispara desde distintos ángulos, siempre cuidando la foto. No encuadres abiertos, no el cadáver completo, no la carnicería, no la masacre que pinta las paredes y el piso con su grafiti macabro. Rafael sólo sugiere la muerte. Es la línea. El periódico no publica fotos sangrientas. Él lo sabe. Se trata de dar sólo una pincelada, testigo sutil del drama que habita todos los días en las calles de la Ciudad de México.

Éste es el primer día de Tomé como reportero de Policía, de Seguridad, de Justicia, como citan los cabezales de algunas secciones informativas de diarios, radiodifusoras y televisoras; "nota roja" como se le conoce en el medio. Asesinatos, incendios, choques, suicidios, dramas pasionales, cadáveres. "Verdaderos ríos de sangre", como dicen los reporteros que trabajan buscando la tragedia que da nota.

En unos minutos, Rafael, su compañero fotógrafo, tan rápido como desenfunda su cámara para disparar flashes, la guarda, la cuelga frente a su pecho y termina lo más rápido que puede con toda la intención de irse. El fotorreportero tiene al menos veinte años cubriendo esta sección, es un viejo lobo de mar; borracho, intolerante, divorciado, con tres hijos que mantener, pero eso sí, completamente profesional. Siempre está ahí, en primer lugar, las mejores fotos siempre son las suyas. Rafael tiene algo que molesta a la gente. Es una buena persona, tiene buen desempeño, pero es difícil disfrutar de su presencia, ¿por qué? Tomé no tiene la menor idea y, la verdad, no le interesa averiguarlo.

Ambos se miran. Rafael, todavía observa al cadáver unos segundos más, fingiendo interés.

Tomé y él son los primeros en llegar a la escena del crimen. Los dos policías que descubrieron el hallazgo les permitieron el acceso. Por fortuna los peritos no han llegado, por eso pueden acercarse a unos centímetros del cadáver, aunque esto signifique alterar la escena del crimen, pero eso no importa en este oficio. El que llega primero, gana. El reportero gana la primicia. Los policías ganan que sus nombres aparezcan publicados en la nota. El muerto también gana al salir del anonimato en el que te hunde una ciudad de veinte millones de habitantes. El muerto será, por un día, primera plana o la foto central de la sección de Policía, jodido pensamiento, pero real para muchos. La colonia, la cuadra entera comprará el periódico para ver a su vecino muerto, a su primo, a su amigo, a su compadre, a su hijo. La última foto de la persona, ésa que todo el mundo desea ver, pero que nadie, en el fondo, quiere protagonizar. El muerto, el frío, el cadáver, el fiambre, el difuntito, el cabrón que ayer estaba vivo y hoy no... Todo esto lo tiene clarísimo Tomé Bata.

Para ser su primer día como reportero, está de suerte. No ha llegado ningún medio más para cubrir la nota. Está nervioso. Es toda suya y el tiempo lo devora. En cualquier momento llegan los peritos y ahí termina todo. Cierran la escena del crimen y nadie más puede entrar.

En este momento hay seis personas mirando el cadáver: dos policías, dos peluqueras, el fotógrafo y él. De manera torpe, Tomé saca una libreta pequeña... una pluma. La abre. No anota nada, por dónde empezar. Ahí está la mujer, muerta, mutilada. ¿Qué más?, no hay más, no tiene más.

—Ni puta idea, ¿verdad?

Su fotógrafo escupe burlón la frase, al mismo tiempo que un pedacillo de "algo" sale expulsado a toda velocidad de su boca. Con desagrado Tomé descubre que es un pequeño trozo de carne que quedó atorado entre sus dientes tras la comida, y que ahora el fotógrafo saca ayudado por un palillo de madera, el mismo que utiliza para hurgarse toda la boca, para raspar el sarro amarillento y hediondo que hay entre sus dientes y que acaba limpiándose sobre el chaleco de gabardina tipo reportero que trae puesto. A Tomé, en otro momento, esta imagen le daría un asco inaguantable, pero con este escandaloso río de sangre a sus pies, sólo observa a su compañero con desprecio.

"Sí, ni puta idea", piensa Tomé para sus adentros, mientras guarda silencio. Porque la sola idea de reconocer que no sabe cómo comenzar a cubrir esta nota, le molesta. Aunque es más que eso… no tener puta idea de algo, le fastidia, le jode, desde siempre. Hasta ayer, Tomé Bata era "hueso" de un periódico: un auxiliar de reportero que durante diez años buscó la oportunidad de dar el brinco para salir a la calle a reportear. Un "hueso" eficiente, pero hueso al fin. Hasta ayer, un asistente que solía pensar que lo sabía todo y, ahora como hecho concreto, sabe que no tiene idea de cómo hacer el trabajo de un reportero. No ve en este asesinato más que hechos aislados. Esta nota tiene que salir bien, ésta es la oportunidad, su oportunidad. A muchos nunca les llega y esto lo pone todavía más nervioso. La mayor parte de los reporteros comienzan en Policía, en nota roja. Conoce gente que se queda para siempre en esta sección, algunos congelados por sus jefes de redacción, otros aferrados al dicho que anuncia "más vale bueno por conocido que malo por conocer", acostumbrados al tema, a la adrenalina, al ritmo, al drama que trae consigo la desgracia. Y aunque no es su máximo estar cubriendo decapitados, ahorcados, violaciones, incestos, acuchillados, baleados, ahogados, desmembrados, es decir, lo que muestra lo más despreciable del ser humano, siente también una pequeña victoria. Con este primer acto consigue pasar de "hueso" a reportero. Y aún más: consigue librarse del trabajo sucio de tomar notas, de servir café, de sacar copias, para tener la oportunidad de salir a la calle para ser un verdadero reportero y, ¿por qué no?, tal vez algún día logre ser uno de Cultura. Porque para Tomé, ésta es la única sección dentro de todo el periódico que vale la pena leer. Lo demás es porquería, piensa.

"Vale la pena el sacrificio" se repite con una insistencia impasible, mientras observa horrorizado cómo la punta de su zapato se ha manchado de sangre y es justo en este momento que intuye, para su mala fortuna, que diez años "hueseando" no le han servido de nada.

Su compañero fotógrafo sonríe burlón y después de chupar el palillo, de lamerlo prácticamente como si fuera un gato que se limpia las patas con la lengua, lo guarda en una pequeña bolsa de su chaleco. Después le guiña el ojo a Tomé, en un gesto de complicidad. "Fíjate bien" es lo único que dice antes de acercarse, ágil, a las dos peluqueras que trabajan en la peluquería. Una de ellas llora sentada en una silla. Está muda, luce pálida y amarillenta como una vieja vela. Con la mirada fija en un cepillo redondo que tiene en las manos, va sacando cabellos, uno a uno para ir creando una asquerosa bola de cabello que cada vez se hace más grande. La otra, una mujer de al menos unos noventa kilos, de cabello teñido a fuerza de peróxido y amoniaco, permanece en silencio, rezagada en la esquina más alejada del local. Ella no llora. Está distante, pero atenta a todo. Rafael se acerca a esta mujer.

Desde donde está parado, Tomé no alcanza a escuchar lo que hablan, apenas puede percibir los cuchicheos graves de su compañero y el zumbido agudo como de mosca de la mujer, quien también habla en voz baja. Rafael saca una caja de cigarros sin filtro y le ofrece uno. Sus regordetes dedos lo toman enseguida para encenderlo y acabárselo de cuatro fumadas. Después del cigarro y un poco de charla, la mujer se remueve el cabello, alisándolo con una mano, en un acto automático que responde físicamente a las miradas de su compañero, como lo hace una mujer que se siente escrutada, mirada, observada. Los dos ríen. Tomé no puede creerlo, esa mujer le está coqueteando a su compañero fotógrafo. Con deslumbramiento, ve de forma inesperada cómo la gorda toma su bolso, saca su cartera y, de ella, una foto que extiende hacia las manos de Rafael. Al tomarla, él le roza los dedos, en una fina e imperceptible caricia y de inmediato a la mujer se le avivan los diminutos ojos.

—Ya está. –Regresa su compañero, como adalid en franco triunfo–. Fue el novio. Dice Bertita que el muy cabrón entró hecho una furia, como todo un animal. "Ah, Bertita, así se llama la gorda peluquera". –Tomé no puede evitar mirarla, observar sus brazos repletos de vellos gruesos y negros que hacen contraste con su cabello ridículamente pintado de rubio satinado–. Pues me cuenta que sacó un cuchillo y le dio directamente en el estómago y en el pecho. Pero que lo peor no fue eso, sino que después de picarla, todavía estando viva y consciente, tomó unas tijeras y le cortó los dedos. Dice que le valió madres el sufrimiento de la mujer. Parece que ella suplicaba piedad, pero el cuate siguió torturándola, mutilándola mientras la insultaba. Sus compañeras comenzaron a gritar, pero no pudieron hacer nada, estaban aterradas y no había nadie que pudiera ayudarlas. El cabrón fue muy cruel. Tal vez porque estaba muy celoso, creo que ella ya andaba con otro tipo. Tenían un bebé de ocho meses. El asesino se llama Aurelio García y vive cerca, en la calle Hidalgo. Mira, conseguí una foto de la occisa, está buena para la nota, ¿no? La mujer se llamaba Noemí Pérez Reyes, tenía veintiuno.

Tomé extiende el brazo y al tomar la foto roza sin querer los dedos de su compañero. Con repugnancia retira la mano al sentir al tacto sus dedos sudorosos. Tomé siempre ha odiado que otro hombre le toque las manos. Es una especie de fobia, un trauma de niño. Recuerda que la maestra de quinto de primaria los obligaba en la ceremonia de los lunes (que era de honores a la bandera) a regresar al salón de clases en filita india, tomados de las manos: hombres con hombres, mujeres con mujeres. Por la estatura, a él le tocaba siempre regresar de la mano de Martín, un niño de manos calientes y sudorosas, que durante todo el trayecto le sonreía y lo miraba directamente a los ojos, mientras su dedo meñique le acariciaba con insistencia la mano. Y Tomé en esos momentos, después de liberarse de la mano de Martín, sentía ganas de correr al baño para lavarse, para quitarse el sudor caliente y pegajoso de su compañero de clases, pero como no era posible huir, en cuanto se soltaba, se restregaba la mano contra el suéter, contra el pantalón, fuerte, tratando de quitarse la sensación de repugnancia. Así pasó un año. Aguantando cada lunes esa asquerosa sensación que todavía recuerda cuando lo rozan los dedos de otro hombre. No es el saludo, eso es otra cosa. El saludo es un apretón franco. El tacto, apenas sugerido de unos dedos masculinos, es lo que no soporta.

Tomé observa la foto. Las dos peluqueras en el centro. Noemí, del lado derecho. Ambas sonríen.

Casi al mismo tiempo que observa la imagen, Tomé mira en dirección al suelo. La chica no parece la misma persona. La muerte la ha desfigurado, afeándola por completo. Así pasa con la muerte, te toca y de inmediato te convierte en otra cosa, "en dolor sucio de tierra y llanto", como decía su padre cada vez que moría alguien.

—¡Pero me la regresas, cabrón! Bertita quiere la foto de vuelta y a mí, pues no me queda más que dársela, tú me entiendes, ¿no?, la gordita la necesita de regreso y yo pues… le voy a dar lo que quiere. –Rafael ríe de manera cínica y sus dientes amarillos de fumador se asoman como actores de teatro agradeciendo al final de la función–. ¡Bueno, pues es todo, asunto arreglado! Vámonos, que yo todavía tengo que ir a la redacción. ¡Me debes una, cabrón! —sentencia el fotógrafo señalándolo con el dedo.

"Me debes una"… y ni cuenta se dio de cómo llegó a deberle algo a este hombre. Tomé camina tras él, al menos físicamente intenta mantenerse con alguna dignidad y endereza la espalda en toda su revelada altura, para no verse tan empequeñecido, tan mediocre después terminar una nota que no es suya, que no resolvió él. Y aunque profesionalmente se siente fatal, al menos ahora sabe que en la mayoría de los crímenes o accidentes, siempre hay alguien que sabe algo de lo sucedido, testigos callejeros con datos que sirven para armar una nota. Rafael tiene sus "maneras" de conseguir información. Él tendrá que descubrir las suyas.

"Asunto arreglado", y con esas dos palabras flotando en su cabeza, oscuras como el nudo de un mal sueño, Tomé camina meditativo. ¿Crimen?, sí, crimen. Esto fue un crimen pasional, tan simple como eso, tan sencillo como un movimiento involuntario. Como el reflejo que obtiene un médico al percutir un pequeño martillo sobre la rodilla. Un golpecito y una pequeña contracción lanzan el pie al frente. A los celos siguió un golpe de ira. Así se explica todo, piensa Tomé, mirando la espalda repleta de caspa, que cubre el saco de su compañero. Un golpe en la rodilla y el pie se proyecta al frente, lanzando una pequeña patada. El hombre tenía celos y la mató. Así de involuntario. Una explicación inquietante y sencilla para un crimen como éste.

Los peritos llegan. Rafael y él ya están apostados afuera, en la calle. De inmediato acordonan la zona. Tomé suspira aliviado. Tienen todo: él, la nota y su compañero, las fotos.

Rafael aborda un pequeño compacto de color verde turmalina brillante. Ya arriba, se estira para levantar el pasador de la portezuela del lado del copiloto. Abre la puerta invitándolo a subir. Pero Tomé no se mueve. Prefiere caminar.

—Pues no camines mucho porque esta colonia es bien peligrosa, aquí matan. No vayas a ser tú, pinche Bata, al que tenga que venir a tomarle fotos porque te pasó algo, cabrón –dice Rafael mientras sonríe divertido.

Tomé Bata también sonríe, pero con una mueca que carece de humor. La idea no le parece graciosa, sino trágica. Sería todo un hallazgo venir a cubrir y terminar siendo él la nota principal. Ésa sí sería una nota de lujo, un golpazo de suerte para los reporteros. Eso mismo le pasó hace algunos años a un fotógrafo de nota roja. Tomaba fotos al cadáver de un hombre atropellado cuando, sin darse cuenta, se bajó de la banqueta y un auto lo arrolló. Ahí quedó, tendido. Un aspirante a fotógrafo de su periódico sacó las fotos que él no pudo tomar. El fotorreportero fue arrastrado unos diez metros por una camioneta que circulaba a toda velocidad. Su rostro quedó desfigurado, prácticamente pegado al pavimento. Fue una portada horrible, titulada "Mala suerte", con la foto del fotorreportero sin rostro en primera plana. En ese momento, al leer la nota, Tomé se preguntó: ¿Coincidencia o destino? Aunque él no cree en la mala suerte, algo sucedió aquí, eso es indudable, porque cada hecho en el espacio y en el tiempo vivido por ese fotógrafo pareció más destino que maldito azar. Tal vez él debía morir así, como vio morir a otros. "Quién lo sabe", piensa Tomé. Paradojas que parecen cuentos, historias de ficción que pasan todo el tiempo, historias completamente reales y tan precisas que asustan hasta al más escéptico.

Tal vez haya un destino marcado para todos nosotros a la hora de morir. Tal vez…

2

YA ESTÁ OSCURO CUANDO COMIENZA A CAMINAR. Puede sentir la espalda tensa, los tendones y las fibras de su cuello bajo la piel, rígidas. No se quita de la cabeza los muñones ensangrentados de esa mujer. A estas alturas no sabe si podrá acostumbrarse algún día a ver gente muerta en condiciones espantosas. Tomé mete las manos en los bolsillos de los pantalones, comienza a hacer frío. "Crimen amoroso" será el título de la nota de mañana, al menos que encuentre uno mejor.

Oxímoron, contradicción. Qué difícil armonizar dos conceptos tan opuestos en una sola expresión. Opuestos absurdos: "Crimen por amor". "Te mato a golpes porque te quiero". Y no es que él no entienda la rabia, la ira de los celos. ¿Por qué tenía que acuchillarla para vengarse, para descargar el arranque, el delirio de amor?, ¿por qué el asesino tenía que mutilarle los dedos aún estando vida?, ¿para qué?, ¿qué ganaba con eso? Partiendo de la premisa de que la mujer le era infiel, ¿por qué le dio una muerte tan horrenda?,

¿qué es lo que lleva a un ser humano a perpetrar un acto cruel?, ¿a esto se le llama maldad?

En medio de esta gran cavilación deontológica se detiene. Y parado en plena calle, de la nada, comienza a rascarse las piernas, desde las pantorrillas hasta los muslos, en un acto que parece nervioso, pero no. El pantalón le da escozor. Hace dos semanas lo compró y hasta hoy lo usa. La comezón surgió hace rato, pero hasta ahora se vuelve insoportable. Seguramente en la etiqueta, que jamás tuvo la precaución de leer, dice: 80% poliéster y 20% lana, o 95% poliéster y 5% lana, o tal vez diga 99% poliéster y 1% lana, suficiente para desatar en él una molestia que se convierte pronto en urticaria, en salpullido, en comezón, en ardor. Es alérgico a la lana y ser alérgico significa eso: no controlar las respuestas del cuerpo. Se detiene para rascarse las piernas. Se rasca con rabia, como un perro roñoso, y entre más se rasca, impiadosamente le ataca una comezón salvaje. Mete la mano por debajo del pantalón para sentir directamente la piel, y al tocarse confirma lo que suponía: está caliente e inflamada. Si pudiera, se quitaría aquí mismo el pantalón. Por supuesto, no lo hace. Sin detener los dedos que se mueven casi en automático para tratar de calmar la horrible picazón que lo atormenta, cae en la cuenta de que curiosamente está parado en la calle Hidalgo, la misma donde vive el supuesto homicida de Noemí. Casi al mismo tiempo, con la mano metida hasta el muslo, descubre que alguien lo observa. Sus uñas paran. Y a unos cuantos metros de él, sentados en la banqueta, tres chicos lo miran.

Un olor fuerte a hierba quemada flota subrepticio en el aire. Conoce ese olor. Es marihuana. Tomé saca la mano del pantalón ante el temor de parecer un mono lémur, lleno de piojos. A esa hora de la tarde, un solo faro alumbra la calle, pero hay suficiente luz para verlos y para que lo vean.

Un aire pardo se extiende por la calle y, en un segundo, como una puerta que se cierra de golpe, siente la necesidad de irse. Inseguro en este lugar, vuelve sobre sus pasos y cuando está a punto de darse la vuelta en la esquina, se detiene. Inexplicablemente se detiene y por un instante el sentido común se le revela, tan claro que sale de los límites de su razón y entiende… Todo es tan claro. Mira hacia esos chicos de nuevo. La respuesta está ahí, justo en ellos. No sólo fueron los celos, el amor, el desamor, la rabia, las únicas respuestas a este asesinato. Hasta un ciego puede ver que la marginalidad, la pobreza de un barrio como éste, explican todo, particularmente los actos crueles. Estúpidamente se queda parado, mirándolos, observando cómo se alcoholizan o se drogan con mariguana o con lo que tengan a la mano.

Si los individuos son reflejo de su sociedad, de sus familias, de sus condiciones de vida, está claro que el asesino deja de ser el epicentro del crimen y los elementos sociales explican todo. Si el asesino es un vago igual que éstos, si vive en la misma calle, si se droga igual, si tiene el mismo nivel de pobreza y de ignorancia, entonces el asesino no debe de ser un hombre malo, sólo es un delincuente alienado, un delincuente alcohólico, un delincuente pasional que le hizo caso a su instinto de animal de barrio, de animal salvaje de bajo mundo. Y si esto es cierto, entonces toda la conducta es aprendida. Se es cruel porque se aprende a ser cruel, se es borracho porque se aprende a ser borracho, se es un hijo de puta porque se aprende. Ese chico seguramente no nació violento ni cruel, lo aprendió en su casa, en las peleas callejeras, en la mezcla con los otros que se comportan como perros de la calle. El criminal callejero es entonces víctima de su padre, de su madre, de sus hermanos, de sus vecinos, de su miseria, de su entorno, de su sucia y mediocre vida. Los delincuentes más crueles, entonces, "no nacen... se hacen".

Tomé suspira por fin aliviado, qué tranquilidad poder explicar un poco de esta saña, de esta barbarie cometida contra una chica de veintiún años. Y entonces, el mono lémur se da la oportunidad de sentir de nuevo y se rasca a sus anchas, mientras camina. Mete las dos manos por la cintura, disfruta el delicioso y simple acto de rascarse, como y donde le da la gana. La piel le arde pero sigue, mientras piensa en tontos argumentos que no sirven para nada, ni siquiera para hacer una nota de periódico. Finalmente, saca las manos del pantalón y continúa caminando mientras busca un taxi con la mirada.

Y toda esta basura seudoanalítica le calma un poco el ansia de entender por qué los seres humanos son tan desgraciados, pero le calma sólo momentáneamente, como le calman las uñas esta pavorosa comezón, porque enseguida comienza a preguntarse ¿de qué sirve entonces la voluntad, el libre albedrío, la decisión de cada persona? ¿Por qué no todas las personas que viven en barrios marginados son cabrones asesinos? ¿Por qué unos sí y otros no? Casting metafísico. Sí, ésta es una buena respuesta para una pregunta que difícilmente se puede explicar. Casting metafísico: la selección natural que hace la vida de todos nosotros. Unos que son unos verdaderos hijos de puta y otros que no lo son. Unos que son unos asesinos desalmados y otros que son incapaces de lastimar a una mosca.

Tomé es sociólogo y, aunque nunca ha ejercido su profesión, siempre tiene en mente algo de teoría. No puede evitarlo, igual que el médico que maneja un taxi y de vez en cuando no logra contener las ganas de medicar a un pasajero enfermo. Y aunque reniega de la sociología, de la que no ha obtenido nada, Tomé no puede evitar pensar en autores, en teorías sociales o en algunas clases que tomó cuando estudiaba la licenciatura. En particular recuerda la clase de un tal Matus, un profesor trasnochado que invariablemente sostenía tesis tan ridículas como increíbles, como cuando hablaba de la conducta de las personas en una materia llamada Sociología del crimen, y en la cual aseguraba que el clima también tiene una explicación sobre la criminalidad. Ridículas tesis térmicas que sostienen que en invierno se cometen más delitos contra el patrimonio que en cualquier otro mes: robos a casas habitación, a comercios, a bancos, a tiendas. O que los delitos contra las personas se cometen prioritariamente en verano: secuestros, robos a transeúntes, a automovilistas, robos a mano armada. Y que es en primavera cuando se comete la mayoría de los delitos sexuales. Como si los hombres fueran perros en celo. Porque es justo en primavera cuando se exacerban los ánimos reproductivos, obligando a los perros a seguir a las hembras; días y días sin comer ni beber con una sola idea en la cabeza: la cópula con esa perra que va dejando por todos lados sus olores, atrayendo a todos los machos a su paso. Como si las personas fueran animales de puro instinto, obligados a actuar por los dictámenes de un impiadoso clima. Explicado así, parece todo sencillo. Pero no lo es, porque para Tomé son esas mismas leyes térmicas las que todavía no explican en qué estación del año la gente es más cruel, más malvada. Es otoño, y todo el año Tomé sigue escuchando de terribles asesinatos, torturas, crímenes, actos deleznables de unos hombres contra otros, en todos lados. ¿De qué han servido, entonces, 150 años de estudios en sociología científica, si no ha mejorado la sociedad, si cada vez las personas son más crueles? "En México, al menos, piensa Tomé, se vive una violencia sin límites que está pudriendo cada espacio". Todos los días lee el periódico y no existe uno solo en el que la violencia no asome su rostro terrorífico en las páginas de los tabloides o de los noticieros. Días y días de cadáveres: un día hay un hombre colgado en un puente; otro día son encontradas decenas de fosas con cientos de migrantes torturados; otro más asesinados apareciendo por todos lados como flores marchitas, en el campo, sobre el asfalto, entre las calles; cientos más de desaparecidos y la suma crece como una hidra de mil cabezas.

Para Tomé el clima de la muerte en este país es igual de terrible en otoño que en primavera, en verano que en invierno. Aquí no hay distingo climático, todo el año es una barbarie. Una sangría que hoy se justifica con el tema del narcotráfico. No obstante, a Tomé siempre le queda la sensación de que falta algo para comprender esta violencia sin límites, más allá del tráfico de drogas, del robustecimiento o nacimiento de nuevos de grupos delictivos en México, porque en muchos casos, esta violencia toma tintes de maldad pura difíciles de explicar.

Una cuadra más. Ningún taxi. Hace frío. Y con más preguntas que respuestas, Tomé piensa en los días de la semana, en el miércoles al final del jueves, y ya casi es viernes. En la mañana que es el final de la tarde, y ya casi es de noche. En el nueve, que es final del diez, y ya casi son once. No hay nadie circulando por la calle y de pronto, tras él, tres figuras aparecen inesperadamente. Las mira. Por la sorpresa, se paraliza un instante. Sigue caminado. Son tres tipos. Nunca los escuchó venir y eso lo intimida. Traen las manos metidas en el pantalón, como las traía él antes de que se le echara encima el feroz ataque de comezón. Tomé está a punto de correr. El instinto de protección lo empuja, pero su propia libertad se lo impide. Sí, puede correr, pero no debe, ¿por qué tendría qué hacerlo? No está pasando nada.

Pronto le dan alcance y se paran a su lado, mirándolo directamente a los ojos. Y él piensa simple y claro: son los mismos tipos de la calle Hidalgo. ¿Y qué sigue a su fiera mirada? Por lo pronto, los tipos quieren saber si trae encendedor. Parece que es todo lo que buscan, pero no es así, entre sus ropas Tomé ve brillar lo que cree que es una navaja. "No fumo", les contesta, y no sabe si esto es su sentencia de muerte o su libertad bajo fianza. De inmediato cree que es lo segundo, porque los tres tipos siguen de largo, sin decir más. Y Tomé, enloquecido como está por entender algo sobre el asesinato de la peluquera, o tal vez orillado por su deseo de ser un verdadero reportero, capaz de dar una buena nota para el periódico, comete un acto de estupidez extrema y sigue a los tipos. Y a unos pocos pasos de ellos les pregunta si conocen a Aurelio García, el supuesto asesino de la chica.

Por supuesto que este insensato acto tiene consecuencias, porque enseguida regresan para amenazarlo con navaja en mano. Tomé teme lo peor.

Hay silencio e intensidad bajo el manto negro de la noche. Tomé es interrogado.

—¿Tú quién eres y qué quieres aquí, pendejo?

—Tranquilos, no quiero nada, soy reportero, sólo quiero saber si lo conocen, nada más…

Al ver el brillo del metal, sus manos se paralizan, incapaces siquiera de mover una uña para rascarse un milímetro de piel. Ahora es un lémur atado de manos por el miedo, pero aún así, la lengua no le para.

—¿Lo conocen?

Es difícil saber si es estupidez lo que se manifiesta en su sonrisa de sumisión o es la misma actitud de miedo que tiene un perro callejero, enjuto y párvulo, que está a punto de ser atacado por un perro más grande, la que lo ampara. Porque para su sorpresa es uno de ellos, con el rostro furtivamente rojo, quien contesta:

—Sí, lo conozco, es mi hermano, y ¿qué, pendejo?, ¿qué quieres con él, cabrón?

—No quiero nada, sólo quiero saber cuántos años tiene, es todo…

—Veinte, ¿y qué, nada más quieres saber eso? –atento a cada uno de los movimientos de estos tipos, Tomé ve cómo desaparece el brillo de la navaja.

¡Aleluya! Noche de suerte. La puerta se abre de par en par y el mono lémur puede seguir rascándose las pantorrillas, las piernas, las nalgas, mientras toma notas. Con sigilo saca los lentes, la libreta y la pluma. Escribe como puede, prácticamente sin luz. Los dos chicos lo miran curiosos, parece un reportero de verdad, de esos que salen en la televisión durante los noticiarios. Uno de ellos prende un cigarro, con lo cual comprueba que no iban en busca de un encendedor, sino tras él. E inmediatamente, acunado por el aire, percibe de nuevo ese inconfundible olor a cannabis, a hierba, a mota, a porro, a gallo, a churro, a yesca, a café… un olor que en realidad le agrada, haciéndole recordar sus días de estudiante lumpen en la universidad. Lo invitan a fumar. Se niega. El cigarro pasa de un tipo al otro y de unas cuantas fumadas se extingue. Y después de unos segundos de esta neutralidad de barrio, de este aroma a marihuana que lleva el viento del Norte al Este, Tomé se concentra en las respuestas que fácilmente le da este joven, quien ya tiene los ojos inyectados de rojo. Tomé escribe en su libreta:

Aurelio García. Estudió sólo la secundaria. Tenía un hijo de ocho meses con Noemí. Estaba celoso de un tipo de su mismo barrio, llamado Luis.

—Aurelio los vio besándose –afirma el chico.

—Cogiendo, querrás decir –interrumpe Tomé, usando una expresión poco usual en él.

—No, sólo besándose, si los hubiera encontrado poniéndole, ahí mismo los mata a los dos –responde el hermano, henchido de orgullo.

—¡Qué bien! –Tomé ya tiene el título de la nota: "Por dar un besito le cortaron los dedos". Un título perfecto, claramente amarillista. Porque si algo caracteriza a la nota roja es precisamente esto, el mal gusto, el sarcasmo, incluso, el umbroso humor: "Lo mataron por feo", "Se murió de tres piquetitos", "La balacearon por chismosa" y porquerías noticiosas de éstas que, al menos en este país, la gente sigue con enorme gusto. Tomé sigue escribiendo: Aurelio tiene 20 años y cinco hermanos, tres son taxistas y dos desempleados. Nunca ha estado en la cárcel. Él es el más grande de los cinco. Es un buen hijo, un "buen *brother*", es "puro barrio" y la jerga sigue para definirlo, elogiando su valor, pero también su bravura. "Es que a mi hermano no le gusta que le vean la cara de pendejo, por eso la mató" y en estas respuestas su propio hermano lo inculpa sin darse cuenta. Este tipo reconoce el crimen de su pariente y así saldrá mañana en el periódico, pero él no lo sabe y no hace falta que lo sepa. La nota roja juzga públicamente sin juez de por medio. No hace falta. Los hechos, las fotos, son pruebas suficientes. Aunque a veces las pruebas mienten y los testigos exageran o pervierten cosas, pero así es. Tomé tiene suficiente. En las respuestas del tipo encuentra todo y nada.

Todo lo que necesita para redondear la nota de mañana, pero nada para entender por qué Aurelio se convirtió en un auténtico torturador, en un cabrón tan cruel, sin tener en realidad ningún motivo, además de ese beso y de su carácter violento, claro está.

Aquí acaba su labor. Los mira. Tres rostros morenos en la penumbra. Los ojos abiertos, los labios sin expresión. A Tomé no le agrada su gesto sinuoso y oscuro. Tiene prisa por irse, por salir de esta colonia.

Un apretón de manos en agradecimiento y ya está de nuevo buscando un taxi, pero no aparece ninguno. Camina. No una. Ni dos. Ni tres calles. Doce cuadras y ni un maldito taxi que lo saque de este lugar. La noche enfría y él sigue andando ahora por unos adoquines de piedra pulida, pendiente de todo lo que pueda suceder a su alrededor. Y detrás de las luces amarillas de los faros, los sonidos levemente agudos de las ruedas de los carros, que para esa hora son menos. Entonces las cosas se vuelven más difíciles y comienza a llover. Una fina brisa le humedece de inmediato la espalda, los hombros del saco y, naturalmente, el pantalón. Y en un instante, las lozas de la acera brillan por la lluvia, realzando su luminosidad, como recién nacidas. Y traída por un frío viento, una llovizna más fuerte se arroja sobre él, empapándole completamente el cuerpo. Pero esta vez es peor. La terrible percepción del pantalón mojado sobre su piel. La tela empapada, y el 20% de lana… o el 5% de lana… o el 1% de lana, o el porcentaje que sea, le produce una sensación doblemente incómoda, casi dolorosa. Pero sigue caminando.

Finalmente, logra llegar hasta una avenida llena de luz y movimiento. Toma un autobús atiborrado de gente que lo lleva hacia una estación del metro. Ahí, con el calor extremo que habita eternamente sus vagones, la tortura se hace todavía más insoportable. Humedad y calor le cuecen las piernas y ya no puede ni tocarse porque un ardor agudo lo penetra, envolviéndolo. Cinco estaciones. De nuevo en la calle. Y por fortuna no hay uno ni dos ni tres, sino doce taxis esperando afuera. Aborda uno rosa. Y sintiendo un profundo bienestar por encontrarse por fin rumbo a su casa, echa la cabeza hacia atrás sobre el respaldo y cierra los ojos, con las manos a los lados, para evitar tocarse los muslos.

Sólo treinta minutos y estará quitándose por fin el pantalón y mandando la nota que ya esperan en el periódico.

3

Y ES EN ESTA PLACIDEZ MOMENTÁNEA que su cabeza vuelve a ese crimen, a Aurelio y a Noemí. A las teorías sociológicas que hablan de la transmisión de la cultura. "El ejemplo social te marca de por vida", dirían algunas de ellas, pero Tomé no sabe si esto es del todo cierto. Porque se puede vivir en un barrio jodido y no ser un hijo de puta cruel, de eso está seguro. Y aunque los barrios ofrecen numerosos incentivos para la actividad criminal, aunque su localización geográfica hable de un nivel adquisitivo menor, y aunque se haya demostrado que en ellos hay una tasa de criminalidad mayor, no siempre de ahí nacen los actos más viles, de eso está seguro y esto le hace recordar un pasaje de su infancia.

Cuando era un niño Tomé tenía dos amigos, Jorge y Esteban. Los tres iban a la misma escuela pública. Jorge vivía en las cañadas de una colonia marginada y peligrosa. Su padre era tablajero, un carnicero en un pequeño mercado del barrio, cabeza de una familia llena de carencias, que hacía un verdadero esfuerzo por pagar un colegio particular para su hijo. Cuando Jorge llegaba a su casa, debía quitarse los zapatos que usaba para ir a las clases, y ponerse unos tenis viejos, grises de mugre, roídos por el uso, a fin de asegurar que los zapatos de escuela sobrevivieran el mayor tiempo posible. A Jorge le daba vergüenza que lo vieran con esos zapatos feos y desteñidos, pero a Tomé nunca le importó, porque fue el mejor amigo que tuvo durante algún tiempo en la escuela primaria.

Esteban, su otro amigo, por contraste, creció en una familia de clase media alta. Sus padres lo llevaban y lo recogían en una lustrosa camioneta azul marino, aunque vivía ridículamente cerca de la escuela. Esteban era un niño mimado que llevaba todos los días un descomunal sándwich hinchado de jamón, meticulosamente acomodado en una lonchera de metal, tan pesada como cursi. Tomé la tiene clarísima en la memoria. Era amarilla y tenía un osito al frente que contrastaba con el carácter maledicente y cruel de Esteban. Sí, cruel, no hay otra palabra que lo describa mejor. Jorge bueno, Esteban malo. Binomio sencillo para entender la vida a los nueve años y lo que giraba en torno a este contraste entre negro y blanco, entre bien y mal. Todos los días esta diferencia entre ambos crecía como un globo que peligrosamente se llena de aire y que un día, sin más, estalla.

Una tarde, con un trabajo pendiente en equipo, se reunieron los tres en casa de Esteban. Hacía frío. Terminaron rápido y salieron a la calle, ávidos por jugar a lo que fuera. Esteban con una chaqueta de lujo, como una lepidóptera de alas amarillas, y Jorge apenas con un suéter delgado encima, roído por el uso. El niño pobre y el niño rico. Cliché, estereotipo sobado en muchas películas e historias de televisión. Pero más que este contraste típico, había algo realmente oscuro en esta diferencia.

Rápido se aburrieron de la pelota y la calle los acogió con sus sorpresas. Un perro callejero fue el objeto que atrajo su atención. Con la cara arrobada e ingenua vieron a Esteban acercarse a él, amigablemente. Acariciarle el pelo sucio y polvoso. Era un animal de tamaño regular, flaco y tiñoso, que enseguida lo siguió alegre hasta la puerta de su casa. Esteban desapareció unos minutos, mientras ellos lo hacían brincar fingiendo que iban a lanzarle algo. Podían ver el hambre en sus ojos. Unos ojos color marrón, grandes y luminosos. Segundos más tarde, Esteban salió de su casa con una salchicha en la mano y una bolsa de plástico en la otra. El perro los siguió ansioso hasta un pequeño parque que estaba justamente en la esquina de la casa de su compañero. Y ahí, en el piso, al lado de una vieja banca de metal, Esteban puso una salchicha. En un segundo el embutido desapareció, quedando solamente una pequeña mancha de baba en el suelo. Después del primer bocado, ese perro era alegría y ansiedad pura. El hocico lleno de saliva. La cola larga balanceándose de un lado a otro, alborozada y juguetona. Pero lo que más le fascinó a Tomé eran sus ojos abiertos, temblando de esperanza. Después Esteban sacó de la bolsa un pedazo de queso que el perro atrapó de inmediato en el aire. El queso era amarillo, agujereado y seco. Un súbito remolino de alegría, de alivio, de esperanza invadió a Tomé. ¡Qué bueno que a Esteban se le había ocurrido darle algo de comer a ese animal!, ¡qué ganas de llevarlo hasta su casa y darle un pollo entero! Pero no hubo más salchicha ni queso. Para sorpresa de todos, con lenta frialdad, Esteban abrió la bolsa. Sacó una botella y la roció sobre el perro. De momento no entendieron por qué lo hacía. El animal, tan sorprendido como ellos, al sentirse mojado retrocedió, quiso huir, pero Esteban fue mucho más rápido que él. Tomó un cerillo, lo prendió y se lo arrojó.

Con un pequeño grito de sorpresa, Tomé se llevó las manos a la boca. El perro se convirtió al instante en una antorcha de luz que lanzaba destellos amarillentos. Hasta ese momento entendió que no era agua. Por el olor supo que era gasolina lo que Esteban le había arrojado. El fuego envolvió al animal de inmediato. Horrorizado lo escucharon gritar como si fuera un niño. No eran aullidos, eran gritos agudos, espantosos. El animal corría de un lado a otro, desesperado, mientras el fuego rápidamente quemaba la capa externa de la piel, el pelo, la dermis. El fuego lo envolvió complemente, chamuscándole la cabeza, las patas, el lomo, todo el cuerpo, asemejando una pieza de hierro caliente que resplandece como si hubiera sido retirado del horno. Y Tomé, aterrado, comenzó a temblar frente a la mirada tranquila de Esteban, que alzaba los hombros con indiferencia. Incluso se atrevería a jurar que lo vio sonreír. Después de unos segundos, el animal cayó al suelo, la piel del hocico comenzó a desfigurarse como si fuera una bolsa de plástico. Tomé alcanzó a ver sus dientes, su lengua, en medio de estertores de muerte. Con horror se imaginó que las llamas lo estaban quemando por dentro, calcinando su cerebro, su garganta, su hígado, sus pulmones, sus intestinos, su corazón, sus venas, sus huesos, hasta el tuétano y aún la sangre. Y ahí, en medio de ese aterrador pensamiento, comenzó a gritar, a gritar enloquecido, a pedir ayuda. Tomé gritó hasta que no pudo más, como si de eso dependiera su vida.

Por un momento no supieron de dónde salió un hombre que enseguida apagó al animal. Dándole golpes con un trapo logró que el fuego cediera y no sólo lo golpeaba con un trapo, también le lanzaba tierra para que se apagara. Por fin el fuego se extinguió, dejándoles ver las ámpulas blancas que se formaron en el animal y el intenso color rojo que cubrió todo su cuerpo. El perro no se movía y un dolor informe atravesó a Tomé completamente. "¡Está muerto! ¡Está muerto! ¡Está muerto!", pensó. Después ese olor negro y nauseabundo. Un olor asqueroso e inaguantable que invadió el parque por unos minutos. Horribles largos minutos. Con la mirada llena de lágrimas, Tomé miró a su amigo Jorge. Estaba mudo, tenía también la mirada fija en el perro, sus ojos opacos llenos de rabia y de tristeza, se parecían a los suyos.

Ésa fue la primera vez que Tomé pensó en la maldad. En el mal. Una palabra difícil de entender a los nueve años, pero clara a la hora de percibirla con los sentidos. Esteban era malo, para él era un hecho. Un niño malvado que gozaba con el sufrimiento de los otros. Ahí quedo la historia del perro. Y aunque más tarde tuvo muy claro que no puede llamarse malos a todos los niños que hacen sufrir a sus mascotas o animales. ¿Quién en su infancia no torturó a un animal? Tomé mismo gozaba torturando moscas. Con una aguja les picaba los ojos. Les arrancaba las patas y las alas. Jugaba a embalsamarlas tirándoles cera caliente encima. Y, más grande, le gustaba lanzarle piedras a los sapos en un río, cuando iba de vacaciones al pueblo, a casa de la abuela. Le encantaba el sonido hueco que producían al ser aplastados. Pero este acto fue otra cosa, algo más oscuro, imposible de explicar. Nunca supo entenderlo. Igual que hoy, a muchos años de distancia, no acaba de entender la crueldad de este asesinato de barrio. En este momento Tomé tiene el mismo sentimiento de impotencia que le impide entender cómo una persona puede aniquilar a otro ser con la más pura saña.

En el caso de su compañero de infancia, la teoría socio-lógica del aprendizaje no explica nada. No se trató de una actitud aprendida en su barrio, porque en el mundo de su compañero de infancia no había pobreza que la justificara. En todo caso, Jorge debía ser el niño malo porque era pobre, porque vivía en un barrio miserable y, por contraste, nunca tuvo un acto vil para nadie. Por otro lado, Esteban se formó en el mejor ejemplo de familia. Tampoco estaba enfermo, el psicólogo no encontró nada anormal en él. Sus padres, preocupados, nunca entendieron por qué actuaba así, considerando que no fue el único acto malvado que realizó.

Después del suceso del perro cambiaron las cosas. El fin de año se acercó. Las clases llegaron a su fin. Tomé nunca volvió a ver a Esteban. Insistió, vigorosa y ardientemente durante todas las vacaciones para que lo cambiaran de escuela, y sus padres aceptaron finalmente, sin saber nunca sus verdaderas razones. Y los siguientes meses, cada vez que su mente le hacía recordar la miserable muerte de ese animal; en el cielo, por la ventana, Tomé miraba cómo las nubes blancas se deshacían formando figuras, y eso lo tranquilizaba, le arrancaba esa siniestra imagen en la cabeza, deján-dolo volver a su infancia, alegre y despreocupada.

4

Tomé por fin llega a su casa. Abre la puerta del apartamento y en el oscuro ambiente de la sala, se quita el pantalón, lo lanza lo más lejos que puede desde donde está. Lo ve caer al suelo, quedar tirado como un insecto abatido, en medio del silencio. Y en este repentino agotamiento, en el que hay una cierta voluptuosidad, un cierto bienestar, ya sin la tortura de esta maldita tela encima de su piel, sintiéndose feliz, se echa en el sillón y se desnuda completamente. Se quita el saco, la camisa, la trusa, el reloj, los zapatos, los calcetines empapados. Una placidez indescriptible yace encima de él. Un impulso vivo lo empuja a tocarse el cuello, el torso, los brazos fríos, acariciarse las piernas doloridas y sensibles, el abdomen, para llegar finalmente guiado por el placer de la piel, hasta los testículos. Ahí se detiene, se toca el vello, la piel del escroto. Se acaricia el pene. La piel del glande reacciona de inmediato al tacto. Al roce de la yema de los dedos destaca una red de arterias, de pequeñas venas que se abulta rápidamente aumentando el suministro de sangre. Se erecta.

Tanta tensión a lo largo de este día le despierta el deseo de relajarse de alguna manera. Podría ir a la cocina por un whisky, pero las ganas de un poco de placer se le echan encima, como una manta blanda y tersa en pleno invierno. Y, dispuesto a dejarse ir, abraza con la mano el tronco de su pene. Con habilidad diestra, comienza a moverlo de arriba abajo, con un ritmo que se asemeja al de su respiración, resuelta y ágil. En un instante, sale de los límites de la cotidianidad, guiado por la excitación. Cierra los ojos, piensa en senos: grandes y firmes. Casi siempre que comienza a masturbarse piensa en senos. Unos senos imaginarios de pezones oscuros que entran a su boca. Los chupa, sintiendo en la punta de la lengua su suavidad de seda. Su mano ágil aumenta el ritmo que se acompaña de nuevas imágenes. Ahora piensa en nalgas, en vulvas abiertas como ventanas de par en par, imagina un clítoris ligeramente abultado por la excitación y su sabor deliciosamente ácido en la boca. Entonces, penetra hasta el fondo a esa mujer imaginaria que no tiene rostro, a esa mujer de hombros pequeños y delgados, para perderse en ella, en su sexo oscuro y cálido.

Y de pronto, para su enormísima sorpresa, alguien enciende la luz de una lámpara. Lo congela el estupor como si lo hubieran lanzado de pronto en un río de agua helada.

—¿Qué haces? —escucha un grito histérico, acompañado de una agitación que lo obliga a levantarse del sillón con sobresalto, completamente paralizado por la sorpresa.

Del horrendo desconcierto, su mano queda en suspenso, flotando, y un pensamiento veloz cruza su mente como una flecha que ha sido lanzada desde un arco.

Eloísa —piensa aturdido—. Y lo máximo que consigue en estos bochornosos momentos es tomar un cojín del sillón y ponerlo de manera ridícula encima, tratando de cubrirse el sexo, que por la sorpresa yace ya como una flor marchita, empequeñecido y flácido en medio de sus piernas.

—¿Te estabas masturbando aquí en la sala? ¿Y si la niña te ve? ¡Qué poca madre tienes, de veras! ¿Qué te pasa, Tomé?

Él no contesta, incómodo frente a aquellos ojos que lo miran con asco, con desprecio. Se levanta con el cojín aferrándose a sus dedos. Su frente arde mientras sus manos y sus pies están helados y torpes. Va directo hacia el pantalón de poliéster con lana, pero desiste de la idea de recogerlo y se dirige rápidamente hacia la habitación. ¿Para qué diablos quiere ese maldito pantalón en estos momentos? Siente en la espalda la mirada de Eloísa, observándole las nalgas, la espalda, las piernas, con sus ojos secos, firmes, que no perdonan nada.

Eloísa es su esposa, aunque en estos momentos se siente como un adolescente frente a su escandalizada madre. Eloísa es su mujer. En teoría. Sí, sólo en teoría, porque después de que nació su hija, dejó de serlo. Es su mujer porque aquí está, porque aquí viven juntos, pero sólo por eso. De la intimidad ni hablar, no la hay desde hace algunos años. Después de que nació la pequeña Luna, penetraron en un mundo desconocido y loco, donde la intimidad, la placidez, la compresión, el sexo, aparecen vagamente; existiendo en todos los instantes como algo siempre anterior, lejano, siempre pasado y quieto en el recuerdo. Tomé no sabe dónde se perdieron como pareja. Miente, sí lo sabe. Se perdieron cuando nació Luna, su única hija. Ahí, en ese preciso instante, perecieron en la frialdad de una relación que a veces parece no tener futuro. Le sorprende escuchándose decir: "Perecimos como pareja por culpa de Luna", pero es cierto, aunque le duela decirlo, pensarlo siquiera…

Antes suponía que podía renovarlo todo con un gesto amable. Que bastaba con un pequeño toque, con una caricia que hiciera saltar la inercia y que reinventara su vida instante a instante. Pero era falso, porque por más que lo intenten, esto no tiene arreglo. Cómo le hubiera gustado que en lugar de enfurecerse por encontrarlo masturbándose, Eloísa se hubiera desnudado ahí mismo, volcando su pecho en él. Tocándole el pene, besándolo. Dejándolo vivir por un momento, ahí en medio de su cálido sexo, dentro su corazón agitado por el deseo.

Con los ojos cansados, siente en el pecho un dolor inmutable, como si se hubiera tragado su propia alma y lo soportara con enorme dificultad. Le duele el rechazo de Eloísa, su falta de deseo, sus pretextos, sus dolores de cabeza, su reiterado agotamiento, que la hace dormir rápidamente para no tener ninguna intimidad con él. Después, su negativa rotunda, su "no" que no lleva ningún pretexto de por medio. Tomé suspira lentamente, mirando a su alrededor, herido, pensativo, solo.

Sentado en la cama, todavía desnudo, escucha a Eloísa entrar al cuarto de Luna. Cerrar la puerta, poner cerrojo por dentro, como si no quisiera que él entrara, como si se escondiera, metiéndose ahí para no salir nunca, para no verlo más.

Este departamento viejo es herencia de su padre. En esta misma habitación durmieron su madre y su padre, hasta que su papá murió y su madre se mudó a un asilo. Así lo quiso ella, así lo hicieron Tomé y su hermano, respetando su voluntad, y desde entonces su madre vive en una casa de retiro fuera de la Ciudad de México. Y es precisamente en esta habitación de luz escasa, frente al pequeño buró de la cama, con una leve luz a su alrededor que viene de la vieja lámpara de noche, que se levanta, que se mira al espejo, desnudo. Con ganas de largarse un día... lejos, de buscarse otra vida. Pero, como siempre, no se mueve, y su trágico aspecto le recuerda al polvo que vuela después de barrer y que, suspendido, volando por todos lados, poco a poco vuelve a posarse en el mismo lugar. Siempre perenne y triste.

Abatido y profundamente cansado se pone la pijama. Vuelve al comedor, saca su computadora portátil, se conecta y manda la nota al periódico. Una nota que en teoría saldrá en el rotativo de la mañana. Sólo en teoría, ya que el jefe de redacción es quien decide cuáles notas se publican y cuáles no. Tomé se siente como un niño, aunque menos contento que un niño. ¿Desde cuándo ha buscado esta oportunidad? Desmemoriado, recuerda cuando entró al periódico, con ese infinito deseo de ascender a reportero. Y, después de tomar conciencia del tiempo nebuloso y oscuro que ha esperado esta oportunidad, vuelve a la habitación e intenta dormir, pero todo es en vano.

Es la una de la madrugada y él como iceberg en medio del mar, se mueve de un lado a otro, sin poder conciliar el sueño. Finalmente se levanta. Hace a un lado las cortinas. Desliza la mirada por la ventana hacia la noche negra, que sin forma se extiende más allá de la calle. Y a lo lejos observa dos gatos montados en una barda. Uno negro, enorme, de pelambre espeso, y otro gris, más pequeño y menudo. Seguramente hembra y macho. El gato negro huele la cola de la hembra y ella maúlla fuerte, dando un alarido horrible, como de bebé. Atraído por los gritos y el flirteo amoroso, abre la ventana con cuidado para no ahuyentarlos. Un piso abajo, la calle es brillante y fría. Los gatos caminan unos pasos y los pierde de vista unos segundos, justo detrás de una rama que sobrevuela su ventana suspendida en la oscuridad.

Sacando medio cuerpo, Tomé consigue ubicarlos nuevamente. Se huelen. Nunca ha visto copular a un par de gatos. A los perros es más fácil verlos, pegado el macho a la hembra. Engarzado el pene a la vagina, como un solo sexo grotesco. Pero a los gatos es difícil observarlos, Tomé diría que casi imposible. El gato rodea a la hembra con pasos pequeños, al tiempo que lanza al aire sus eróticos maullidos. La gata sigue con la mirada cada movimiento del macho. La noche es helada y Tomé tose un poco, ahogando enseguida el ruido con las manos, para que los felinos no noten su presencia. Con los ojos brillantes y lagrimosos por el viento que le da en el rostro, ve al macho dar algunas vueltas en torno a ella. Lo mira detenerse. Acercarse lentamente sin tocarla, para lanzarle al hocico un chillido preñado de deseo. La gata entonces se transforma. De una actitud de pasividad aparente, pasa a la de una hembra en celo y, dándole la espalda, levanta con sensualidad su sexo, mostrándolo en franco reconocimiento de deseo, al tiempo que lanza un alarido fuerte y sostenido, casi ensordecedor. La gata gris guarda la misma posición unos instantes y el gato decidido, con el pelo erizado, se va acercando mientras sus imponentes gritos se acentúan.

Y cuando por fin parece que va a penetrarla, justo en ese instante, sin saber cómo diablos, la luz de su cuarto se enciende para espantarlos, a ellos y a él más, por supuesto. Es Eloísa, quien lo sorprende de nuevo, y quien con los ojos inquisidores y sin hablar, le reclama qué hace de bruces, enredado en la cortina, casi en vilo sobre la ventana. Los gatos, alertados ante la luz y el movimiento, saltan la barda para perderse de vista.

—Espantaba a unos gatos —contesta Tomé, rápido, y vuelve adentro.

—Sólo vine a decirte que mañana te toca ir a recoger a Luna a la escuela, es todo.

La puerta se cierra de un golpe seco, tajante. Y la esperanza de poder hablar con su mujer, de decirle tantas cosas se pierde.

Con el rostro afligido, Tomé vuelve a acostarse y con los maullidos como ecos todavía en su cabeza, se abraza a la almohada, en una actitud de franco deseo, pero pronto se separa de ella y la lanza al piso enfurecido.

Molesto, se da la vuelta. Y es este silencio sordo el que lo devuelve otra vez al insomnio, un insomnio profundo y constante, como el sonido monótono de una gota cayendo en una casa vacía.

5

GRITOS DESGARRADORES SON LOS RECUERDOS que tienen fijos en la memoria los vecinos del número 34 de la calle Independencia, en una colonia del oriente de la ciudad. Sitio donde se perpetró el salvaje crimen que puso fin a la vida de la pequeña Ixchel Félix Fragoso. Un crimen tremendo que hizo entrar en crisis al primer policía que llegó al lugar y quien tuvo que ser socorrido por sus colegas y la Cruz Roja, por el impacto que le causó la macabra visión. Una niña desnuda, acostada sobre una cama, ensangrentada, con los intestinos arrancados a través de la vagina y regados sobre su cuerpo. La pequeña se encontraba en una habitación llena de imágenes religiosas.

Y aunque los peritos llegaron antes que nadie, Tomé no tiene ningún problema para ingresar al apartamento donde fue ultrajada la víctima. Escasos segundos le bastan para ver el cadáver y documentar la nota parado desde la puerta de la habitación. Se retira rápido, incapaz de seguir observando la brutal escena. Rafael, su compañero fotógrafo, como siempre, va más allá. Toma fotos a sólo unos pasos de la víctima, ayudado por personal de la Cruz Roja, particularmente por un socorrista, amigo suyo, quien de manera permanente le informa a través de radio frecuencia sobre los accidentes, decesos y muertes que hay en la ciudad.

Dentro, apostados a unos metros, hay otros reporteros y fotógrafos tomando detalles del crimen. El Ministerio Público llega casi de inmediato. Y la primera versión oficial liga el caso con prácticas abortivas en las que están implicadas la madre, la tía y una vecina de la pequeña.

Poco a poco, Tomé ubica los movimientos de la gente que vive en el edificio. Las personas que salen y entran, curiosas, queriendo saber más sobre lo sucedido, y él aprovecha para indagar detalles sobre la familia, que como siempre servirán para nutrir la nota que saldrá publicada hoy en el meridiano. Claro, si el jefe así lo decide.

Los datos que puede reunir esta mañana apuntan hacia motivos más tenebrosos, que llevan a pensar que el asesinato se trató de una ceremonia macabra en ofrenda al diablo. "Esto es algo de brujería", afirma estupefacto un hombre llamado Carlos Vizcarra, vecino del departamento 10. "Yo la conozco, la madre es una bruja que invoca al demonio con sus rezos y sus porquerías de cartomancia y adivinación". Y no sólo él, otros vecinos también la acusan de realizar pactos oscuros con el diablo y ceremonias malignas. Pero Tomé prefiere limitarse a hablar en la nota sobre aborto clandestino, y no sobre cuestiones diabólicas que sólo quedan en rumores y chismes.

Tomé usa las escaleras del primer piso como panóptico para observar quién entra y sale al edificio. De pronto oye sonar un teléfono, lo escucha muy cerca. Intrigado mira a su alrededor, pero no hay nadie. El primer timbrazo, un sonido agudo y sintético, lo sobresalta por lo inesperado. Después, dos timbrazos más y en ese instante cae en la cuenta de que es su propio teléfono, un aparato nuevo que ahora forma parte de las prestaciones a las que tiene derecho como reportero, y con cuyo timbre aún no está familiarizado. Lo saca del bolsillo sintiéndose totalmente estúpido. Contesta. Es Eloísa, su mujer. Le sorprende que ya tenga su número, pero inmediatamente recuerda que lo dejó anotado en un post-it, adherido al refrigerador para cualquier emergencia. "No olvides que tienes que recoger a Luna". Ni un "hola" ni un "¿cómo estás?", nada. Es lo único que dice. Cuelga. Y del otro lado de la línea, solidificado, Tomé sólo escucha silencio. Cuelga también.

Tomé pulsa las teclas: Menú, Herramientas, después, Tonos. Decide cambiar el timbre de su nuevo teléfono por una melodía de armonías constantes. Escoge una repetitiva tonada tipo *new age*, que le crea de inmediato una sensación hipnótica y relajante, con sonidos de la naturaleza que sirven como introducción a la pieza, seguida de *pads* de sintetizador sostenidos; y en primer plano, un piano y una guitarra acústica, además de otros instrumentos que no logra identificar de primer momento y que lo remiten a la música tibetana o celta. Y aunque no le encanta la música de la "nueva era", de todas las opciones, ésta le parece la menos mala. Con el teléfono en las manos y la mirada puesta en la pantalla azul cobalto, camina hacia la salida, seguro de que con esta pieza musical sabrá invariablemente que es suyo, y no otro, el teléfono que escuche timbrar.

En un parpadeo ve salir del edificio a Rafael, quien orgulloso le muestra las fotos que ha tomado. Tomé las mira. Le parecen horrendas. En la mayoría de ellas encuentra el estilo que ya conoce, sólo sugerencias del crimen: una mano, el perfil de la chica, un pedazo de sábana manchada de sangre, un zapato, ropa tirada, alguna fotografía de la víctima, objetos, en fin. Nunca el cuerpo expuesto. En otras fotografías, por el contrario, se ven imágenes terribles: la pequeña desnuda, acostada boca arriba, con las piernas semiabiertas completamente ensangrentadas y, saliendo de su sexo, vísceras, partes del estómago cubiertas de mucosa y sangre negruzca que la coagulación, para estas horas, ha hecho su trabajo, tornando la sangre en espesa y oscura. La niña tiene los párpados abiertos, la córnea opaca. Por las horas que han pasado es posible ver las manchas negras escleroticales en los ojos y esa mirada perdida, fría, ausente. Y más allá del cuerpo, sábanas llenas de sangre, velas, crucifijos, cortinas negras, santos, objetos sacros. Un escenario tétrico.

Y al verlas, Tomé tiembla en pensamientos de muerte y pesadumbre. No entiende para qué quiere Rafael estas fotos, si nunca se las van a publicar en el periódico, precisamente por sangrientas, porque salen de la línea de *El Gran Diario.*

—Éstas no te las van a publicar, mano, están fuertes, ¿no?

—Sí, ya lo sé, pero éstas no son para el periódico, son para mí, para mi colección personal. –Al escucharlo, Tomé se pregunta entonces, ¿quién puede coleccionar algo así? Y como si le leyera el pensamiento a través de la expresión de horror que tiene en la cara, Rafael responde:

—Tengo una carpeta llena de éstas, algunas más fuertes. No sé para qué las guardo, creo que algún día pueden servir, tal vez para hacer un libro sobre nota roja en la ciudad, no sé. La verdad, a veces me gustaría tirarlas, pero ahí están, algunas tienen más de veinte años y de vez en cuando las saco y las veo, y sólo así me acuerdo de las notas que he cubierto. Tengo una pésima memoria, todo se me olvida. Tal vez para eso las conservo, para acordarme de todas las cosas que he visto en este pinche oficio.

Tomé guarda silencio, su mirada se proyecta a la distancia, directamente hacia la luz de un semáforo que ya se ha puesto en rojo y piensa para sí: ¿qué significa sobrevivir? Comprende. Podría incluso estar de acuerdo y, asintiendo con la cabeza, acepta la fragilidad que produce el miedo a la muerte. Esto es sobrevivir, conservar esas fotos de gente mutilada, atropellada, violada, asesinada, quemada, degollada, torturada, todas ellas refrendan la idea de la sobrevivencia. Esto significa: "Yo estoy aquí, ellos no", "Yo sigo vivo, ellos han muerto". Rafael es un sobreviviente y no lo sabe, un sobreviviente habitando la frontera entre la vida y la muerte, cada vez que sale con su cámara a captar rastros de ella. El semáforo se pone de nuevo en verde y los autos avanzan en una carrera vertiginosa por llegar cada quien a su destino. Algunos no llegarán y ahí estará Rafael para documentar en la nota roja su muerte. Claro, siempre y cuando sea trágica.

—¡No las tires, tal vez algún día de verdad te sirvan! –declara Tomé, convencido de que nunca le servirán para nada.

—Sí, ¿verdad? –Rafael sonríe orgulloso de su trabajo.

Tomé continúa viendo las fotos y algo en particular llama su atención. En una de ellas, al centro de la cama, donde encontraron a la niña muerta, puesta sobre la cabecera, una enorme estrella de cinco puntas con una cabeza de un macho cabrío al centro.

—¿Ya viste?

—¿Qué?

—La estrella… Algunos la usan como pentagrama eso-térico, otros como símbolo de la iglesia de Satán, no sé… la he visto por ahí –afirma Tomé.

—¿Ah, sí? ¿A poco te gustan esas cosas de demonios y brujas?, ¿o qué, cabrón? –Rafael bosqueja una abierta y divertida sonrisa.

—No, no es que me gusten. Mi hermano mayor es teó-logo. Iba a ser sacerdote y la casa de mis papás siempre esta-ba llena de libros sobre religión, santos, símbolos, ya sabes... Y bueno, mi hermano está convencido de la existencia del diablo. Ha estudiado algunos años el tema y está obsesiona-do con el demonio, tiene muchos libros, por eso es imposi-ble no recordar esas cosas. Es como si vives con un médico y nunca has visto un baumanómetro.

—Pos eso sí… Aquí se ve de todo, cabrón. Una vez fui a cubrir el caso de un recién nacido al que sacrificaron en una misa negra. La madre estuvo de acuerdo. Era una secta. Eso fue en los noventa, fíjate, ya no me acordaba del caso, y aunque yo no creo en Dios ni el diablo, sí le tengo respeto a esas cosas. Esa vez sí me impresioné, práctica-mente lo destazaron y mira que he visto de verdad cosas bien culeras.

—¿Peor que esto?

—Mucho peor, créeme.

—Está cabrón. Yo llevo apenas unos días cubriendo y la verdad a veces no entiendo nada. Lo más pinche es que a la gente le gusta pensar que son cosas del demonio, segura-mente porque sólo así se puede explicar que una madre mate a su hija o a un bebé, no lo sé. –La voz de Tomé se torna seca, como si hubiera dictado una conferencia de diez horas.

—Así es cabrón, pero… –Rafael no termina la frase cuando, de momento, vira completamente el cuerpo hacia su lado derecho, ignorando rotundamente a Tomé y particularmente interesado en una chica de tez blanca y abundante pelo rojizo. Una chica que camina apresurada por la acera, exactamente en dirección hacia ellos. De inmediato, tomando una postura hipócrita y galante, Rafael camina unos pasos con los brazos abiertos hacia ella, tan histriónicamente amable que a Tomé por unos momentos le resulta un verdadero extraño su compañero. La chica sonríe.

—¿Cómo estás, hermosura?, siempre es un placer verte.

—¡Bien!, corriendo, ¿qué pasó? Estoy llegando apenas.

Al decir esto la chica se recoge el cabello, sujetándolo con los dedos como si fueran pinzas, para soltarlo de inmediato, dejándolo caer nuevamente sobre sus finos hombros, de manera que la luz de la mañana acentúa los tonos rojizos, como si su cabello irradiara finos destellos de sol.

—Es un Z1 en el tercer piso. Ya llegaron los peritos, pero no vas a tener problema para pasar. Todos están ahí, pero si quieres te acompaño, corazón, tú nada más me dices.

—No te molestes Rafa, gracias, por aquí nos vemos al rato.

Tomé mira a la chica en silencio. Hasta él llega un perfume insistente pero delicado. Azahar. Un olor delicioso que le sacia de inmediato el olfato, como si se tratara de flores en una capilla.

Su compañero fotógrafo se lanza sobre ella para besarle la mejilla y rodearla con los brazos a manera de despedida. Tomé la ve apenas moverse, alzar los brazos, torpe, incómoda. Por fin, Rafael la suelta. Se separan. Con los ojos bajos, de prisa, apenas si repara en la presencia de Tomé. Incómodo con la presencia de la chica, Tomé se siente el hombre invisible. A menudo le pasa esto, se siente ignorado por las mujeres hermosas. O tal vez no lo ha ignorado y esta chica sólo no lo conoce y es todo. Podría llamarse un signo de baja autoestima, y tal vez así es y así ha sido siempre en su vida. Ni modo, así se siente a menudo y no le queda más que mirar hacia otro lado, para ignorar también la presencia de la chica y hacer de este momento un instante de equilibro en su cabeza, donde no pasa nada, un simple momento en el que tampoco notan su presencia, no es novedad. Y esto es sólo eso, un momento donde la belleza de una mujer lo amenaza, pero pasa al instante, y aunque Tomé ya está mirando hacia otro lado, recuerda perfectamente su cara. Tiene la expresión tierna, como la de una liebre. En su rostro destacan unos ojos castaños, unos dientes frontales, blancos, perfectamente alineados, dientes que cada tanto se asoman para mordisquear el labio inferior, como si estuviera eternamente preocupada. Una vez que se ha ido, ambos la siguen con la mirada, hasta que desaparece dentro del edificio.

—Mmm, qué buenas nalgas tiene… yo sí me la comía. –Apenas unos segundos y Rafael vuelve a ser el mismo tipo grotesco de siempre.

—¿Quién es? –Pregunta Tomé, desinteresado.

—¿Esa ricura?… Aidé, tu competencia de *El Nuevo Día*.

A Tomé no le parece raro ver a una mujer cubriendo nota roja. Cada vez hay más en el oficio, aunque no niega que es más fácil imaginarse a esta chica pelirroja en cualquier otra sección. En su periódico casi siempre hay hombres cubriendo Policía y las mujeres que ha visto cubriendo nota roja son feas como un mal sueño.

—¿Nos vamos? –Pregunta Tomé con la esperanza de que Rafael le dé un "aventón" hasta el periódico.

—No, Bata, vete tú. Yo me quedo un rato más, a ver qué más sale por aquí.

Resignado a tener que llegar hasta la redacción en taxi u otro tipo de transporte, Tomé camina distraído, mirando los establecimientos que hay por ahí. Por la hora de la mañana, las calles se extienden transitadas y calurosas, y él se mueve lento, solemne. Una difusa náusea le crispa los nervios. Se encoge interiormente recordando el cadáver de esa niña y esa estrella de cinco picos que le hace evocar al demonio y sus prácticas. Y aunque piensa que creer en el diablo es como creer en Santa Claus, no deja de estremecerle la imagen. "Esos son símbolos perversos que la gente usa creyendo que evocando a Lucifer puede obtener favores, dinero, fortuna, cuando en realidad es un juego malvado y cruel", piensa ensombrecido.

Cuando Tomé era un niño y escuchaba a su hermano hablar sobre la existencia del diablo, sentía temor, mucho miedo. Pero ahora, a sus treinta y dos años, la existencia del demonio no deja de parecerle una mediocre justificación frente a actos terribles, como el filicidio. ¿Quién puede matar a su propio hijo? A Tomé le parece increíble que su hermano siga defendiendo la existencia de Lucifer y su corte de demonios. Y aun cuando su hermano mayor renunció al sacerdocio, sabe que en el fondo de sí sigue defendiendo la idea de la existencia de una entidad maligna, más fuerte que los seres humanos. Una entidad perversa que reina en el mundo y que explica completamente la existencia del mal y sus atrocidades. "La obra más perfecta del diablo es hacernos creer que no existe", esto es lo que sostiene Gamaliel, su hermano, cada vez que puede, citando a Baudelaire.

Y aquí la pregunta que se hace Tomé no es si existe o no el diablo, sino ¿hasta qué punto cada persona es capaz de actos como éstos?, ¿hasta qué punto cada uno de nosotros puede afirmar lo que es capaz o no de hacer en una situación en la que nunca ha estado?, ¿podríamos vernos arrastrados a la tentación de asesinar a nuestros propios hijos como lo hizo esta mujer?

Cuando Tomé piensa en la relación entre el bien y el mal, no puede dejar de mirar al otro. Al otro que puede ser él mismo. Al hombre con su lado bueno y su lado perverso. Y entonces, otras preguntas más lo acorralan como si fuera una rata atrapada en una trampa adhesiva. ¿Sería capaz él mismo de actuar con maldad?, ¿en qué circunstancias podría Tomé matar a una persona?, ¿qué hace que la gente actúe así?, ¿por qué algunos obran deliberadamente, dañando, maltratando, humillando, deshumanizando o destruyendo a personas inocentes?, ¿se conoce realmente a la gente con la que se convive día a día: a nuestra madre, a nuestro padre, a nuestros hijos, a nuestro vecino, a nuestro jefe, a nuestra pareja?, ¿o el conocimiento que se tiene de todos ellos está basado únicamente en experiencias acotadas por reglas, leyes, hábitos que delimitan la conducta?, ¿dónde se gesta el mal dentro del hombre: en su cabeza, en su alma, en sus actos, en sus traumas, en su entorno?, ¿o existe, como dice su hermano, una entidad maligna que allana y obliga a los hombres a actuar malignamente sin que lo sospechemos siquiera?

Tomé intenta responderse, y lo mejor que se le ocurre es separar a la gente buena de la gente mala. Sí, crear una lógica binaria que simplifique el mal, como cuando era un niño y resultaba más sencillo llamar malos a unos y a otros buenos, por sus actos nobles o por sus vilezas. Mal como una cualidad inherente a unas personas y a otras no. Dios bueno, Lucifer malo. Dios que representa la entidad del bien y el diablo que representa la entidad del mal. Tomé, un hombre bueno, y el vecino, un hombre malo. La madre de Tomé, una madre buena, y la madre del vecino, una maldita. Se trata de ver el mundo de manera dicotómica: blanco y negro. Luz y oscuridad. Mente y cuerpo. Movimiento y quietud. Masculino y femenino. Frío y calor. Sonido y silencio. Eros y Tánatos. Vida y muerte. Cielo e infierno. Fuerzas opuestas y complementarias. "Hay malos para que haya buenos". Y entonces, esta dualidad entre el bien y el mal exime de responsabilidad a la "gente buena" y es más fácil enfocarse en los malos, en las manzanas podridas para, entonces, tranquilizarnos y sentir que controlamos el mundo. Porque al separar a los malos de los buenos, donde el malo es el otro y yo soy el bueno, el mundo se convierte en un lugar más seguro y más fácil de entender. Una visión judeocristiana que da respuestas simplificadas de la existencia del mal. Los buenos se van al cielo y los malos al puto infierno.

Pero como siempre que se pregunta y se responde, como siempre que Tomé Bata piensa, esta respuesta dicotómica, dual, doble, no le satisface, no le convence para nada. Porque con ella no se pueden explicar todas las atrocidades que se cometen día a día en el mundo. Con esta explicación de cine gringo, de película hollywoodense, donde los buenos luchan contra los malos, no es posible explicar la maldad que ha cobrado millones de víctimas en todos lados: alemanes contra judíos, el terror de los Jemeres Rojos en Camboya, la guerra indo-pakistaní, el masivo asesinato de kurdos iraquíes, el genocidio en la región de Darfur, en la República de Sudán, el exterminio de serbios en Croacia, los muertos en Indonesia, Ruanda, y la lista no acabaría nunca, nunca, y girando dentro de su cabeza queda este último nombre, Ruanda, sangre, muerte, horror...

Odio hutu contra cualquier tutsi. Odio único contra el vecino, el amigo. Odio mortal por la persona con quien se solía beber un trago o con quien se compartían las tierras donde pastaba el ganado. Odio que inspira sacar un machete o un garrote con clavos, para hundirlo en la cara del otro, partiéndolo en dos. Muerte al vecino que era como un pariente. Muerte al niño, el mismo con quien se jugaba en la misma acera. Mujeres violadas, penetradas con lanzas, cañones de fusil, botellas rotas. Órganos sexuales mutilados con machetes, agua hirviendo y ácido. Senos destrozados, mientras los críos mueren de hambre a falta de leche y madre. Y más… la aterradora nota que Tomé encontró en un periódico, en medio de ese terrorífico proceso y que nunca pudo olvidar: un niño de doce años violando a su madre, obligado con el hacha en la garganta, delante del esposo, mientras se obligaba a sus otros hermanos a mantenerle las piernas abiertas. Y la imaginación no le alcanza, al menos a él, para tanta bestialidad. Y aunque para los internacionalistas esto pueda explicarse de muchas maneras, por una distinción racial obligada que estableció un poder colonial en esa región, un poder que obligó a diferenciar a dos pueblos que llevaban siglos casándose entre sí, hablando la misma lengua, compartiendo la misma religión, es casi imposible explicar la idea del mal en todo un pueblo. ¿Quiénes son los buenos y quiénes los malos aquí? Porque pudo ser exactamente al revés, y los tutsis pudieron ser los asesinos de los hutus, y el mal sería exactamente la misma mierda.

Esperando un taxi, cubriéndose del sol debajo de un árbol, Tomé ve caer una hoja desde lo más alto, y durante instantes que le parecen larguísimos, la mira planear en el aire hasta depositarse en la banqueta. Por puro ocio se acerca a ella. Una hoja color ocre, seca ya. La pisa, la escucha crepitar. Le gusta ese sonido de precisión alegre que suena a medida que la aplasta. A unos pasos, un niño moreno y delgado lo observa curioso y, soltándose de la mano de su madre, corre juguetón para pisar también una hoja seca que yace en el suelo, imitándolo. Tomé le sonríe con amargura.

El trabajo de cubrir nota roja le afecta sinceramente. Le mueve la cabeza, lo confunde, le marea el cerebro con mil preguntas, que en realidad son eso, preguntas sin respuesta. Porque antes sabía, claramente, que un hombre puede matar a otro, esto es algo que siempre ha existido. No hay nada nuevo en esto. No es una sorpresa ni algo en lo que valga la pena detenerse. Pero con cada caso de muerte que tiene que cubrir, con cada asesinato, a través de las atrocidades que ocurren todos los días en esta ciudad y que son reflejo del mundo, le queda claro que todos podemos ser potencialmente malos. Todos. El vecino, el amigo, el compañero de trabajo, la persona con la que comes todos los días, con la que duermes, puede matarte. No importan las razones. La cimiente de la maldad está inoculada en cada uno de nosotros, en hombres y mujeres, en pueblos enteros. El padre, la madre, el hermano, el ser más cercano, puede destrozarte con los dientes, esto es lo que intuye.

Y con los ojos puestos en lo más alto del árbol, deslumbrado por la luz del sol que se filtra a través de las hojas, comienza a ver el mundo de manera distinta. Frustrado, Tomé llega a una conclusión: tiene el empleo de reportero que siempre quiso, pero no se siente feliz.

6

Una hora más tarde llega a la redacción para entregar la nota. Por el salvajismo del caso, intuye que puede ser una noticia importante, y sí, intuye bien.

—Bata, ven acá.

Tomé oye que le llaman por su apellido. Es su jefe de redacción, quien desde su escritorio lo hace pasar a su oficina.

—Muy buenas notas, Bata, ¡muy bien! Si hubiera sabido que eras tan bueno, te hubiera metido a reportear antes. ¿Entonces qué?, ¿estamos muy agradecidos con el jefe, no? Ya no eres un hueso cualquiera, ya eres todo un reporterito. —Su jefe acentúa esto último con un tono que lleva detrás una evidente sorna.

A Tomé le sorprende la pregunta, la falta de delicadeza. Becerra espera que le agradezcan. Que le besen el culo por el ascenso de "hueso" a reportero. No lo hace.

Una mosca vuela por la oficina, se posa sobre la nariz de Becerra, quien la espanta de un manotazo para hacerla huir finalmente hasta el brillante cristal de la ventana.

Efectivamente, Tomé le hubiera agradecido a su jefe de redacción si lo hubieran ascendido como reportero de Cultura, pero no de nota roja. Seguramente le hubiera lamido los güevos hasta dejárselos lustrosos si hoy estuviera ahí, pero no fue así y sabe que bastaría con un pequeño guiño, una sonrisa sumisa, un pequeño toque en el hombro de su jefe, una palabra amable para agradecer, pero no lo hace. Y en lugar de eso, guarda silencio, deja pasar instante a instante el tiempo, mientras se gestan dentro de él pensamientos de cristal, de mosca, de ventana, de prisa por salir de esa oficina.

Evidentemente, ante su silencio, el primer movimiento de su jefe de redacción es la sorpresa que da pie casi de inmediato a la cólera, pero como si lo pensara mejor, reprime la ira para que Tomé no note su enojo, el desagrado que le produce la actitud de un empleado malagradecido.

—Bueno, Bata, como hoy te comieron la lengua los ratones, ¡te quedas de guardia!, te toca la larga y a Iván la corta. Cierra la puerta cuando salgas.

Es todo lo que dice y la orden lo lapida, lo deja en una situación difícil, porque precisamente en ese instante recuerda que tiene que recoger a su hija en una hora y la guardia larga implica salir, al menos, a las tres de la madrugada.

—La verdad es que Policía no es precisamente lo mío, me sentiría muy bien si estuviera cubriendo Cultura —responde Tomé finalmente, descontextualizado y a destiempo, como un músico que toca siguiendo su propia partitura, sin ninguna polifonía, ejecutando desequilibrado y sin ninguna coordinación.

No obstante su explicación tardía, Becerra lo mira con desprecio tras sus gafas de pasta negra, para inmediatamente depositar la mirada en la pantalla de su computadora, como si no lo hubiera escuchado, como si su voz fuera el zumbido de esa mosca que vuelve al ataque depositándose, esta vez, sobre uno de sus párpados, haciéndole cerrar el ojo y agitar el brazo para espantarla con los movimientos frenéticos de sus manos.

—No se diga más, ¡cubres la guardia larga, Bata! –La mosca vuela, planea en el aire como un minúsculo autogiro de pequeñas alas, para aterrizar esta vez sobre el teléfono y perderse en la negrura del auricular.

La guerra está declarada. Becerra no perdona una y Tomé sabe que ésta la pagará tarde o temprano. De hecho, ya lo está haciendo. Eloísa no le va a perdonar que no vaya por Luna, su hija, y es evidente que después de expresar a su jefe su disgusto por la nota roja, tal vez no consiga salir de esta sección nunca, sin contar con el hecho de que seguramente la nota de hoy no saldrá ni en el periódico de medio día ni en el de la tarde ni en el de mañana. En un periódico, los castigos aplican inmediatamente, eso le queda clarísimo.

Sin decir más, Tomé cierra la puerta de la oficina de su jefe. Su mirada tropieza apenas con el halo de objetos y personas que van y vienen en la redacción. Con una actitud de derrota que nadie percibe, parecido al movimiento de un río que apenas se nota en la superficie, camina hacia su escritorio, el mismo que ha ocupado desde hace años, desde que era asistente. Después descuelga su teléfono y, con pesar, le marca a su mujer.

—Lo siento, tengo guardia, no puedo ir por la niña.

Eloísa no dice nada y cuelga. Está enfurecida, nunca le pide que recoja a Luna y ahora que lo hace, él está ocupado. Una desgracia que abona un detalle más a la malísima relación que tiene con su esposa. Con un pesar que cuelga de sus hombros como si fuera un enorme abrigo mojado, se sienta en su lugar y durante toda la tarde y parte de la noche comienza a dar seguimiento a los medios electrónicos y escritos en espera de alguna noticia relevante. Las primeras horas en la redacción pasan lentas, pensando en mil cosas: en su pequeña hija, en su mujer, en la nota que no saldrá, en Rafael y su colección macabra de fotos, en esa niña asesinada, en la muerte, en el futuro jodido que le espera a manos de Becerra.

Afortunadamente, a partir de las diez de la noche, cuando ya todos se han ido, el tiempo se precipita, fugitivo y veloz. Para estas horas, sin asuntos de gravedad que atender, a unas horas del cierre y con el cansancio a cuestas, Tomé se levanta de su lugar en busca de un café que aminore el sopor.

A paso lento cruza toda la oficina. La redacción es como un gran bodegón donde se concentran todos los reporteros de las distintas secciones: Cultura, Policía, Ciudad, Deportes, Finanzas, Sociedad, Metrópoli, Internacional, etc., cada uno con su ordenador, su teléfono, una impresora y un viejo fax, que ya nadie usa. Cada lugar está separado por pequeñas mamparas puestas como divisiones, que apenas dan un poco de privacidad a cada espacio de trabajo.

Todo está vacío y silente. Sólo están él e Iván cubriendo esta noche. Iván es un "hueso", un asistente que tiene trabajando en la redacción poco más de seis meses y con el que no tiene gran contacto. Él cubre la guardia corta, que termina a media noche, y Tomé tendrá que esperar al cierre de la edición, como a las dos o tres de la madrugada.

Con taza en mano, atraviesa toda la redacción quietamente iluminada por un solo monótono color blanquecino, directo hacia la cafetera que está al otro lado de la oficina. Sin brío, recorre con la mirada los escritorios mientras camina. Ahí están los lugares vacíos de sus compañeros, pero al mismo tiempo habitados por las fotos y las pertenencias personales de cada uno.

De frente a él, justo al lado de una planta criptógama, amarillenta y seca, que nadie se toma la molestia de regar, se sienta Bertha Solís, la reportera de Finanzas. Lleva trabajando en el periódico aproximadamente cinco años, es una mujer con la que Tomé sólo cruza el saludo. Sobre el escritorio hay una foto suya, donde Bertha ocupa el tercer lugar dentro de un grupo de cinco mujeres con las que posa, sonriente. La reportera lleva puesto un vestido azul ceñido al cuerpo con un cinturón blanco. De entre todas ellas, destaca por su escaso cabello, casi ralo, que deja traslucir el pálido cuero cabelludo en la parte frontal y a los lados, justo a la altura de las sienes. Un detalle físico imposible de obviar, sobre todo, porque es poco frecuente ver a una mujer calva. Eso es lo que evidencia la foto: su calvicie. Pero lo que Tomé y la mayoría de sus compañeros no saben es que Bertha Solís, la reportera de Finanzas, no es calva, sino que padece de un trastorno llamado tricotilomanía, que la hace tirar de su cabello cuando se siente deprimida o estresada. Cada noche, echada sobre la cama mientras ve la televisión, lee o simplemente descansa, se arranca el pelo, a veces a pequeños mechones, cabellos que examina, muerde, desliza por los dientes y que finalmente tira al suelo, o que a veces se traga. Al principio, debido a que su cabello era grueso y rizado, su pérdida no era evidente y Bertha lo peinaba en forma minuciosa para ocultar las zonas despobladas. Pero incapaz de ocultar su calvicie, ahora usa un ridículo sombrero blanco, que disimula poco su problema. Algunos la llaman la Pelos y ella lo sabe, pero es incapaz de poner fin a su manía, lo que le produce aún más depresión y estrés.

Es el infierno del eterno retorno. La maldición de existir en un mundo que se extingue para volver a crearse día a día, siempre igual, volviéndola presa de la misma tortura, de las mismas ideas y de los mismos actos. Tomé quita la mirada de la foto, desinteresado en ella, y sigue caminando.

Más allá está el escritorio de Carlos Huesca, el reportero que cubre Deportes. Un tipo de corta estatura, pelo castaño, ojos grandes, con globos oculares protuberantes, como los de un marsupial recién nacido. Un tipo común y corriente al que Tomé saluda todos los días, cuando llega apresurado y sudoroso después de cubrir la nota. Un reportero que proclama su afición por los deportes desde que era un niño. Sobre su escritorio desprovisto de cualquier objeto personal, destaca sólo un cartel del XXVIII Maratón Internacional de la Ciudad de México, en cuya imagen en blanco y negro se puede apreciar la figura de un grupo de corredores frente a sitios emblemáticos de la ciudad: el World Trade Center, el Monumento a la Revolución, el Ángel de la Independencia, la Diana Cazadora, la Catedral y, finalmente, la Plaza de la Constitución. Carlos Huesca es un hombre que no tiene pudor en hacer público que acaba de divorciarse. Sobre los motivos de su separación nunca habla. Nunca le ha dicho a nadie ni a sus mejores amigos que su mujer lo dejó por encontrarlo en una situación poco usual: con la mano de su pequeña hijastra de cinco años en sus genitales. Misma imagen que se repetía todos los fines de semana, después de que su esposa salía a trabajar temprano cada mañana. Sí, el afanoso reportero de Deportes invitaba a la niña a su cama, con el pretexto de que podía ver las caricaturas en su habitación. Lugar donde iniciaba acariciando el cabello de la niña, y quien, continuando con una conducta sexual más explícita, la animaba a tocar su pene, diciéndole que era "bueno" que ella aprendiera cómo son los "papis" y, después, cuando la niña, amedrentada, se negaba a tocarlo, él la amenazaba con negarlo todo y con golpearla.

Ajeno a estos "pequeños detalles" de la vida íntima de su compañero reportero, Tomé sigue andando ocioso, entre escritorios vacíos, esperando que el tiempo corra, que termine la guardia, para poder largarse por fin a su casa.

Y antes de llegar a la cafetera, a unos pasos se encuentra con los escritorios de los reporteros Mario Niless, conocido en el medio como Chat, e Isabel Ponce. El primero cubre la sección Metrópoli, un fanático del cine, y la segunda es reportera de Internacional.

En el lugar de trabajo de Mario Niless, pegados en la mampara de su oficina, que funge como pared, hay fotos de actores clásicos del cine norteamericano: James Cooper, Paul Newman, Charlton Heston, Marlon Brando. Chat es un hombre de veintiséis años, que ha tratado de tener éxito como actor, pero que sólo ha obtenido pequeñas oportunidades, por lo que se ha visto obligado a mantenerse trabajando como reportero. A pesar de su falta de éxito, presume a los demás los papeles que rechaza, debido a que no son suficientemente buenos para él. En la redacción siempre discute acaloradamente con Becerra por considerar que merece un trato especial. Evidentemente, el jefe de información lo castiga de mil maneras esperando, como una hiena al acecho, un solo error para correrlo del periódico. En la vida del reportero Mario Niless no hay nada detrás de lo que muestra todos los días. Es un hombre transparente y tan narcisista que apenas nota la presencia de los otros.

Y Tomé, pasando de largo por su escritorio, se encuentra de frente con el lugar de su compañera Isabel Ponce, reportera de Internacional, quien ocupa uno de los últimos escritorios pegados al pasillo, muy cerca de la cafetera. En su pequeño espacio todo está en orden, perfectamente organizado. Los clips separados por colores, en pequeñas cajitas transparentes. Las hojas membretadas de un lado, separadas de las hojas blancas, todas agrupadas por tamaños. Tomé no sabe nada de la vida de la reportera, sólo que es una mujer soltera, sin hijos. En su escritorio, dentro de un marco de madera, hay una foto suya, donde aparece sola, tan sola como una hoja que se desprende de un libro, descontextualizada y huérfana. Y efectivamente, Isabel es una mujer solterona de cuarenta y siete años, sin amante ni hijos. Y tal vez no se necesite ser muy hábil para saber esto. Es más que evidente para todos: reporteros, huesos, jefes de redacción, editores, impresores, policías y demás personal del periódico, su profunda soledad. Lo que no es evidente para nadie, es que ella, una reportera bien vestida, con uno de los mejores salarios en la redacción y un estilo de vida sobrio, disfruta de robar en ocasiones artículos pequeños y baratos, como pasadores para el cabello y esmalte para uñas, de alguna pequeña farmacia, aun cuando pueda pagarlos. En fechas recientes, Isabel ha comenzando a robar de manera asidua. Esta vez su comportamiento tiene una intensidad que no puede controlar. Durante las horas en que no está cubriendo, Isabel visita con frecuencia algunas de las grandes tiendas departamentales que se encuentran cerca del periódico. Se pasea por ellas hasta que encuentra algo que le atrae y luego lo desliza en su bolso, sin que nadie lo note. Y aunque se ha jurado que no robará de nuevo, seguido, encuentra tan grande la tentación, que no puede evitarlo.

Finalmente, después de cruzar toda esta solitaria oficina, Tomé llega a su destino: la cafetera. Un destino al que arriba después de mirar los espacios de trabajo de la gente con la que comparte todos los días, y en los que nunca o casi nunca repara más allá de lo necesario.

Y, por supuesto, si Tomé fuera Dios, en el supuesto de la existencia omnividente de Dios, podría leer más allá de lo que muestran las fotos y los detalles personales en cada escritorio. Podría ver los secretos, los traumas, los actos, las ideas más íntimas de las personas con las que convive. O, si fuera vidente o brujo, conocería los detalles de cada vida, que no salen fácilmente a la luz, algunos por vergonzosos, otros por absurdos, por miserables o por crueles. Pero como Tomé Bata no es Dios ni un vidente ni un brujo, continúa su camino ignorando la vida íntima de la mayoría de sus compañeros, para servirse un café, ya frío y amargo, que para estas horas de la noche le sabe a gloria.

Dando pequeños sorbos y con la oficina respirando tedio, camina hasta su lugar. Toma el pasillo del fondo y regresa por su lado izquierdo para evitar pasar nuevamente por todos los escritorios. Esta vez desea llegar de manera inmediata a su lugar. Desde el largo pasillo, formado por un corredor de grandes ventanas que dan a la calle, puede ver todas las computadoras apagadas, menos una: la de su compañero Iván, que cubre hasta la media noche. Tomé mira su reloj. Falta media hora para que termine la primera guardia. Siente envidia por su compañero. ¡Qué ganas de largarse también!

A unos cuantos pasos de distancia se percata de que el lugar de su compañero está vacío. Mejor, así no tiene que saludarlo. Tomé se escabulle rápido, no quiere encontrarse por ahí con Iván. De pronto, un intermitente parpadeo del monitor lo obliga a mirar directamente hacia la pantalla, y lo que ve, lo atrapa. Lo detiene un collage de imágenes que pasan unas tras otras a un ritmo pausado. Es pornografía.

Como si fuera un protector de pantalla, se ven en la computadora de Iván distintas imágenes en movimiento. Pero no es la imagen pornográfica lo que sobresale y lo pone en alerta, sino el contenido extravagante de imágenes zoofílicas y homosexuales que desfilan una tras otra, y donde se puede ver la grotesca imagen de dos hombres penetrando simultáneamente a una vaca o la fotografía de una mujer lamiendo el miembro de un perro; un pequeño y asqueroso pene rojizo, que contrasta con la mano blanca de la mujer que lo empuña para succionarlo. Todas imágenes en el mismo estilo. Cerdos y perros penetrando a mujeres inclinadas con el culo expuesto y con el animal montado encima o dirigiendo con la mano el sexo de la bestia hacia su vagina o ano; hombres de músculos prominentes masturbando caballos y burros, o siendo penetrados por el culo, también, por enormísimos y oscuros miembros de equinos, mientras practican felación de movimientos circulares a otro hombre. Toda una galería de bestialismo y homosexualidad en una sola exhibición. Galería que sorprende e incomoda a Tomé. Y no es que jamás allá visto pornografía. Es evidente que la pornografía es una actividad de búsqueda constante entre muchos hombres, un instrumento eficaz para desinhibir el eros que se practica solo o acompañado, pero el bestialismo lo incomoda. Una parafilia que nunca ha estado en su elección sexual.

Y sí, el mundo entero puede llamarlo conservador, puritano, santurrón, aburrido, beato, cerrado, mojigato, pero Tomé nunca ha sentido ninguna atracción por la zoofilia ni por el sadismo ni por el masoquismo, fetichismo o por la coprofilia o la necrofilia o ninguna otra "filia", donde intervengan animales, excrementos o cadáveres. Tomé prefiere el sexo con personas de distinto sexo y misma especie. Con mujeres de senos prominentes, de caderas finas y piernas largas, de vulvas rosadas o morenas, como suaves paraísos húmedos, donde la sed de besos se sacia en unos labios de mujer y no en el hocico de un perro.

Nervioso, voltea a uno y a otro lado, temiendo que Iván o quién sea, lo sorprenda mirando la pantalla, pero es tarde. Tomé alcanza a ver una figura entrando en la redacción, sin tener claro quién es, huye como si fuera un niño que ha hecho algo malo y apresurado corre hacia su escritorio.

7

Inquieto, Tomé Bata se sienta en su lugar. Toma un viejo periódico de la semana pasada, para hundir la cara completamente en él. Con la sección Metrópoli en las manos, fija la mirada en un pequeño recuadro que dice a la letra: "De los 350 casos de feminicidios ocurridos en el Estado de México, en 208 la Procuraduría no tiene ninguna línea de investigación. Nadie ha reclamado los cadáveres". Su mirada se congela ahí, en la palabra "feminicidios", justo en el momento en que percibe a sus espaldas la presencia de alguien. Tomé no despega la mirada del periódico.

Arriba, en el techo, una bombilla blanca brilla, inyecta las paredes con su deslumbrante nitidez, mientras Tomé, con los ojos puestos exactamente en el mismo recuadro, finge estar absorto en la lectura.

—Me voy, mi guardia terminó, ¿no se te ofrece nada?

Expresando sorpresa ante la presencia de su compañero Iván, lo mira apenas.

—Ah, no gracias, todo bien. –Tomé responde con un

aire seco como si estuviera obligado a contestar y es justo en ese momento que, involuntariamente, algo llama su atención.

Por debajo del vientre de Iván, destaca un bulto que está exactamente a la altura de su cierre, algo parecido a un teléfono o a un cepillo o peine puntiagudo. Pero no, boquiabierto se percata de que más que un teléfono parece un pene erecto. Y cuando piensa en la palabra "pene", dirige con enormísima sorpresa la mirada hacia la cara de Iván y un halo de excitación hace brillar ferozmente los ojos de su compañero. Tomé lo mira perplejo, exangüe por la inesperada imagen. Amedrentado, sí. Increíblemente amedrentado, observa un instante hacia la salida, esperando que alguien entre a la oficina y ponga fin a la grotesca escena. Pero no hay nadie, están solos, y la imagen del miembro erecto de Iván por debajo del pantalón continúa en una vorágine única que lo perturba sin saber qué hacer o qué decir o cómo actuar en ese momento.

Finalmente, Tomé desvía nerviosísimo la mirada hacia el periódico, para caer sobre la misma palabra: "feminicidio", que lo espera inamovible, dándole cobijo ante una imagen que lo petrifica, por lo agresiva e inesperada. La única diferencia es que ahora la hoja de periódico tamaño tabloide que tiene entre sus manos, tiembla. Tomé no puede creer lo que está pasando. Su compañero de trabajo frente a él, con el pene erecto, esperando cualquier reacción, la que sea. Y ante una situación tan agresiva y grotesca, Tomé se fosiliza como si fuera un vertebrado de la era Cenozoica.

—Nos vemos mañana, Tomé —esta vez su compañero lo llama "Tomé" y no "Bata", como todos en la oficina. Y es que solamente su esposa, su hermano y sus padres, lo llaman así. Todos los demás lo conocen y siempre lo han conocido por su apellido: "Bata".

Se estremece al sentir las manos calientes de su compañero sobre su hombro y el apretón amistoso que le prodiga al despedirse. Y en otro momento tal vez su respuesta hubiera sido diferente. Al menos en teoría muchos hombres lo piensan. Levantarse, responder con un puñetazo en la cara, una patada, un golpe en el estómago, al menos un empujón acompañado de un "¿qué te pasa, imbécil?", pero no. La sorpresa lo ha solidificado, dejándolo tieso y mudo, en completo estado de indefensión, con el rostro serio y ofendido, como el de un niño.

Sin valor de mirarlo siquiera y con el corazón latiéndole a un ritmo inusual, lo escucha alejarse. Por un rato se queda ahí, con la mandíbula apretada y sin pensamientos. Hasta que con un "púdrete", finalmente, Tomé reacciona. Con rabia se repite, una y otra vez: "maldito imbécil, desgraciado" y mil improperios más, que sirven un poco de mitigante contra los nervios y esa sensación indescriptible de impotencia que sufrió durante esos minutos.

Y lo que Tomé sabe ahora, dentro de esta realidad innegable, es que Iván, animado por el pensamiento de que él husmeaba en su computadora, en sus grotescas imágenes zoofílicas, le lanzó el anzuelo con su carnada sexual para ver si él era también un pez de la misma especie.

Y reaccionando por fin, Tomé se levanta hecho una furia, camina hacia la puerta de la redacción y baja las escaleras a toda prisa. Dos pisos. Sale atropelladamente del periódico bajo la mirada curiosa de dos policías de guardia, para dirigirse hasta el estacionamiento esperando encontrar a Iván. Nadie. Ni un solo auto estacionado. La calle luce vacía también. Solamente la humedad de la noche y el canto de los grillos a destiempo como un eco sonoro en medio de la noche. Iván ya se ha ido, pero ¿por qué Tomé persigue a su compañero hasta la calle? Pues precisamente para eso, para aclararle el error, para decirle: "No soy homosexual, odio a las vacas y no me jodas más, cabrón". No es homofobia, es confusión. Ser homófobo va contra sus principios. Homófobo o antisemita o xenófobo o cualquier cosa que tenga una connotación excluyente no va con Tomé. Pero esto es otra cosa, y lo que más desea en este momento es gritar en tono enérgico, casi con furia, a Iván y a todas las partículas de este aire nocturno, frío y silente: "la próxima vez, desgraciado, te rompo la madre, no por homosexual, sino por imbécil". Tomé sube de nuevo a la oficina. Se detiene frente al lugar de Iván. La computadora está apagada y su silla vacía.

Con mil ideas en la cabeza y terriblemente frustrado, Tomé patea un bote de basura que va a dar justo debajo del escritorio de Iván, dejando a su paso decenas de papeles regados.

—Pero mañana, mañana ese hijo de puta va a saber quién soy.

Finalmente, a las cuatro de la madrugada, agotado y harto, Tomé regresa a su casa. Siente la urgente necesidad de descansar para quitarse el mal regusto que le dejó el encuentro con su compañero de oficina y un horrible día, que por fin acaba.

Al llegar a su departamento, mete la llave en la cerradura. La gira tan silenciosamente como puede, como si fuera un adolescente que llega tarde a la casa paterna y teme ser regañado. Antes de cerrar la puerta se detiene un instante en el marco. Contempla la casa ya dormida, inmersa en una tibia oscuridad y por un momento duda en entrar. Huele el drama que se avecina, los reproches de su mujer. Pero es sólo un segundo de turbulenta duda, porque enseguida se quita los zapatos y finalmente ingresa. Cierra la puerta con un pequeño jalón, para penetrar la familiar oscuridad de su departamento. Con la habilidad de un ciego sortea la pequeña mesita del recibidor, que está justo a la entrada. A tientas se dirige a la sala y logra llegar hasta uno de los sillones. Se tumba sobre el más grande. No se atreve a entrar a la recámara donde duermen él y Eloísa. Nunca sabe cómo actuar frente a ella. Siempre le cuesta un poco de esfuerzo entender y que lo entiendan.

Desde hace algún tiempo ésta es la dinámica. Oídos sordos de ambos lados. Tomé espera un rato con las luces apagadas. Espera… ¿qué?, lo que sea. Por fortuna, nada pasa, su mujer no aparece para reclamarle que no haya recogido a Luna de la escuela. Un alivio. Se frota la cara, los ojos. Sobre los párpados siente el gran peso del día. Más relajado, se deja acunar por el calor del sillón, por la necesidad de descansar y a ratos lo logra, pero no logra dormir profundo, tener un sueño reparador. Cuando cierra los ojos, dormita y vienen a él imágenes confusas. En algunas ve la absurda figura de su compañero Iván, tirado sobre una cama, desnudo, con el miembro erecto, las piernas abiertas como una mujer que va a dar a luz y con el pecho descuartizado, al mismo tiempo que se ve a sí mismo con las manos teñidas de sangre. Una pesadilla horrenda y loca. Tomé despierta con sobresalto por la aterradora y desquiciada imagen. Lo que pasó con Iván le desagrada, hasta el punto de hacerlo enfurecer, pero no sería capaz de hacerle daño a su compañero, eso es evidente.

Después de los malos sueños que no duran más de tres horas, Tomé Bata vuelve al insomnio, el mismo que se ha repetido los últimos días, curiosamente, desde que está cubriendo nota roja. Se levanta. Va a la cocina, se sirve un vaso con agua. Ciego por la penumbra, derrama la mitad. Bebe sin sed. Necesita dormir un poco antes de que amanezca. Vuelve al sillón. Con un cojín sobre la cara, desea con todo fervor dejar de escuchar el ruido de la nada que lo perturba, el ruido mudo y silente de la noche que lo ensordece. Así es el insomnio, una vigilia eterna en medio de un silencio rutilante y sombrío, un silencio que podría destruirse a sí mismo con sólo hundir la cabeza en el mar de lo onírico o con sólo apagar el interruptor de la mente, que por nada renuncia a la vigilia.

Finalmente viene a él ese momento de calma, antes del sueño profundo. Y Tomé se pierde... se pierde... se pierde en él, tan apacible que rápidamente se disuelve la noche. Pero para su mala fortuna, con apenas unas horas de sueño, amanece pronto. Con la claridad del día entrando franca por la ventana, Tomé abre los ojos deslumbrado y lo primero que ve es la imagen de su hija, quien a unos pasos de él, lo observa.

—Hola, princesa, ¿cómo estás? –La voz de Tomé salé de su garganta grave, mucho más grave de lo que en realidad es. Con un carraspeo intenta afinarla, para hacerla menos áspera, más dulce. Entonces repite la pregunta, pero la inflexión de la voz surge exactamente igual.

—¿Cómo estás, hija? –La niña no contesta y sigue mirándolo, sin expresión, como si fuera un extraño al que observa por primera vez.

—Ven, siéntate aquí –Tomé deja un espacio entre él y el sillón para recibirla, pero la niña no se mueve de su lugar.

Finalmente, la pequeña de nueve años da la vuelta y Tomé la ve desaparecer detrás de la puerta de su dormitorio. Ahí la escucha sacar de una enorme caja, que funge como contenedor, uno de sus juguetes, para inmediatamente lanzarlo al piso, con furia, produciendo un ruido estridente y molesto, que cimbra la cabeza de Tomé, quien a esta hora de la mañana y con el desvelo a cuestas, siente que le estalla.

Con unas enormes ganas de quedarse acostado, finalmente se incorpora del sillón. Se frota la cara. Se pone los lentes y sus ojos pequeños se ven un poco más grandes por la forma del cristal; dándole un aspecto tonto tras las gafas. El pelo enmarañado y la camisa arrugada ayudan a reafirmar este aspecto. Tomé mira el reloj. Son las siete y apenas ha dormido unas horas.

Evadiendo la habitación principal, donde duerme con Eloísa, camina directamente hacia el cuarto de Luna. Ahí la encuentra. La niña mete la mano a la caja, toma un juguete que ni siquiera observa y lo lanza al piso con furia.

—Luna, deja eso… Ven princesa, –pero la niña continúa, sin mirarlo.

—Luna, escúchame, ven acá, ven con papá.

Pero la niña está muda, ciega, sorda.

—Luna, acércate, papi quiere darte un abrazo. –Y por respuesta recibe lo mismo. Y él la observa entornando los ojos cada vez más molesto ante su negativa.

—Luna, ven… ¡Ven, te digo!

Luna, completamente metida en el arrebato ansioso de lanzar uno a uno los juguetes al piso, sigue sin atenderlo, sin otorgarle siquiera una mirada de reojo.

Y de pronto, como si se hubiese contendido hasta entonces con dificultad, Tomé le ordena a través de un grito que se acerque.

—Qué, ¿no me oyes? ¡Te ordeno que vengas!, ¡ya!

Ante esa llamada enérgica y definitiva, la niña finalmente lo mira. Con los pequeños ojos entrecerrados y asustada, comienza a llorar. Y es justo en ese momento que entra

Eloísa hecha una furia, como un día, en plena cellisca. Al verla, Tomé presiente lo que sigue, como el viejo oráculo que lee el destino que depara el futuro.

—¿Qué te pasa?, ¿por qué le alzas la voz a la niña? Ahora no sólo vienes a la hora que se te antoja, sino que le gritas. ¿Qué tipo de padre eres?, ¿crees que así se educa?, ¿a gritos? Eres un demente y estoy harta, harta de todo esto.

—¿Por qué no fue a la escuela? –Tomé pregunta de pronto, de manera torpe y descontextualizada.

—¡Porque tiene gripe!, ¿qué no la ves? ¿O eres tan idiota que ya ni eso puedes ver? –Para, finalmente, cambiar a un tono dulcísimo cuando se dirige a la niña–. Ven, mi amor, ven con mamá.

Y la niña ante los brazos abiertos de la madre, corre hacia ella, obediente y dócil, como si fuera una gran capa que se abre para recibirla, consolándose de inmediato en el afecto que la envuelve. Ambas salen de la recámara, dejando a Tomé paralizado como un muñeco impuesto en el centro de la habitación.

8

Tomé se sienta en la orilla de la pequeña cama con los brazos cruzados, abatido. Los juguetes tirados en el suelo, como plantas marchitas, le recuerdan todo lo que ha pasado en los últimos años: el embarazo de Eloísa, perfecto; la alegría de la espera; la dicha de ser padre.

Desde la cama, observa una pequeña y ancha tetera de metal, parada en el alféizar de la ventana, brillando. Sofocado, recuerda el alumbramiento. El momento en que la pequeña Luna salió del vientre de su madre, coronando el cuello del útero, y el milagro de ese instante en que la recibió el médico, y Tomé a su lado, ansioso por conocerla, por tenerla entre sus brazos. Esa emoción indescriptible que es el alumbramiento de una nueva vida. Tomé siente el aire de la recámara sofocante, como si estuviera en un cuarto reducido y sin ventanas.

Ése es el momento más nítido de todos: cuando vio a la pequeña Luna intentando respirar, tomando pequeñas bocanadas de aire... Tomé saca del pasado, del viejo baúl de donde nacen los recuerdos, aquellas imágenes precisamente el día de hoy… martes, siete y media de la mañana. Momento en el que entra por la ventana un pequeño rayo de luz, reflejándose, justo en la inmóvil tetera, haciéndola brillar como un pequeño pedazo de sol que se le ha escapado a la mañana. Es hermosa la imagen. Tomé cierra los ojos, deslumbrado por el reflejo, pero casi enseguida vuelve a abrirlos para obligarse a mirar ese infantil objeto. La luz lo encandila, pero continúa viendo directamente el destello proyectado a través del metal, como un fulgurante espejo que le hiere los ojos con su luminiscencia.

Luna. Decidieron ponerle así porque a Eloísa le apasiona la influencia gravitatoria que ejerce en las corrientes marinas. Para su mujer es un misterio que corrobora que las cosas tienen relación unas con otras, el universo entero en sincronía. Los planetas con la Luna. La Luna con las mareas. Las mareas con la duración de los días y así todo, en un diálogo más allá de las palabras, donde "Luna" evoca precisamente eso: un todo que se corresponde a sí mismo. Pero lo más doloroso fue cuando el médico les informó que Luna era una deficiente mental, una niña con síndrome de Down, con un retraso severo. Un pequeñísimo bebé prematuro de ojos alargados, de manos pequeñísimas y anchas, con una sola y peculiar arruga en la palma de las manos, como si fuera una clara línea del destino condenándola desde el nacimiento. Esa nariz minúscula y achatada, única de los niños Down y la minúscula boca, inusualmente más pequeña, que da la sensación de que Luna tiene la lengua más grande que el resto de los niños.

Deslumbrado por el brillo del metal, dos lágrimas corren por sus ojos. Y Tomé ya no sabe si es ese rayo de luz resplandeciente de la pequeña tetera, o si es la tristeza lo que lo hace llorar, o tal vez es el dolor profundo de traer al mundo a una bebé que nació con problemas auditivos, de motricidad, a la que le cuesta trabajo comprender las instrucciones, que se fatiga fácilmente, lenta para responder, para actuar, para realizar. Con una hija que no mira, que no escucha, que no atiende, que no retiene, es imposible no perder la paciencia y Tomé, cabe aclarar, tampoco es un hombre muy paciente. Fácilmente susceptible a la frustración, a veces no soporta el constante y permanente lidiar con las cosas, con el eterno: "¡Luna, mira aquí!". "¿Dónde está?". "¡Ponlo encima!". "¡Ábrelo-ciérralo!". "¡Ponlo dentro!". "Ponlo fuera!". "¡Más allá!". "¡Haz una raya, una raya!". "¡Un círculo no, raya!". "¡Dámelo!". "¡Fíjate bien!". "¡Deja la pintura en la caja!". "¡Pon tu mano 'en' la mesa!". "¡Deja la pintura 'dentro' de la caja!". "¡Pon tu mano 'encima' de la mesa!". "¡Se acabó!". "¡Qué-se-acabó!". "Escucha-Luna. ¡Se-acabó!". Y todo este mundo de paciencia aparejado a los problemas de salud que entristecen a Tomé hasta la desesperanza, hasta el quebranto: el bloqueo intestinal permanente, las dislocaciones en la cadera, el estreñimiento, la apnea del sueño, los problemas de tiroides, la demencia, las cataratas, los problemas cardiacos y más. Las audiometrías cada seis meses, el optometrista, las radiografías cervicales, los análisis citológicos. Todo un mundo de dilemas aparejados con su nacimiento, que los ha obligado a él y a su mujer a estar en terapias, en consultas, en sesiones de aprendizaje, en rehabilitación. Una vida de medicamentos y médicos, tan infernal como eterna.

Y la mirada de Tomé a la distancia puesta todavía en ese pequeño y luminiscente objeto donde tiemblan tristes pensamientos de metal y sol. La agonía, la preocupación por una hija que será siempre como una niña, vulnerable y dependiente. ¿Qué padre no daría lo que fuera por evitar esto? Cualquiera sueña con ver a sus hijos crecer, tener su propia vida, seguir su rumbo, que hagan lo que quieran. ¡Diablos, qué importa lo que sea, sin son felices! Tomé sabe que el destino que le espera a Luna es despiadado y cruel.

Desde los dieciséis años en adelante, teme que la maldición del niño Down se cumpla, como sucede en muchos casos. Como en el cuento de la Bella Durmiente, donde a esa edad se pincha el dedo y la maldición que gira sobre ella se hace realidad condenándola al sueño eterno, a la muerte en vida. Porque Tomé sabe que su hija, su pequeña Luna, en algún momento puede comenzar a manifestar síntomas conductuales de demencia, de depresión, de ansiedad, problemas de atención, pérdida de memoria, cambios de la personalidad, regresión de sus habilidades, como les sucede a algunos niños Down al llegar a esa edad. Que al cumplir dieciocho años correrá el riesgo de ser una joven a la que le falte la energía y motivación, incluso para realizar las actividades más básicas de higiene. Una chica retraída socialmente, sin contar con el declive funcional, y todos estos malditos, malditos, mil veces malditos signos precoces de Alzheimer que sufren muchos niños Down. Ésa podría ser la desgracia de Luna en la plenitud de su vida. Y cuando Tomé piensa en esto, se cubre la cara y el destello de metal sobre la tetera desaparece para dar pie a un cuarto semiiluminado, tornándolo gris, idéntico a su ánimo vacío de esperanza en el que está sumido desde que su Luna, su pequeña Luna de piel blanquísima y ojitos negros turmalina, nació.

Lloroso, Tomé se pone de pie, se quita los lentes un segundo, se talla la cara para arrancarse bruscamente lágrimas que le han humedecido los ojos. ¿Es tristeza o enojo?

Es una tristeza disfrazada de enojo. Una tristeza tramposa que un día, aprovechando que el enojo se despojo de sus prendas, robó su atuendo para vestirse como él. Una tristeza falsa que finge ser enojo, cuando en realidad es desolación, abatimiento, desconsuelo, y que muchas veces le hace apretar los puños y golpear la pared en lugar de llorar. Tomé odia llorar, prefiere la furia, porque con ella se siente menos frágil. Pero en este momento no es enojo lo que siente, sino una culpa que lo ahoga. No debió gritarle a la pequeña Luna.

Dócil como un perro, Tomé sale de la habitación. Ahí está ella, en el comedor, sentada en el suelo jugando con una botella de plástico vacía. Con sus pequeñas manos, la hace rodar de un lado a otro de manera mecánica, una y otra vez. Tomé se sienta en el piso, le acaricia el cabello, le da un beso. Quisiera decirle que la ama pero no lo hace. La niña le sonríe, devolviéndole el beso en la mejilla y Tomé se inclina hacia delante con las manos en el pecho como si sintiera un dolor súbito, pero es sólo una sensación de extrema tristeza, al mismo tiempo que de devoción por ella, por ese desvalido ser al que ama tanto.

Finalmente, Tomé extiende los brazos como dos alas de albatros que lo abarcan todo, igual que lo hiciera su madre hace unos momentos y quisiera perderse en ese abrazo, pero no es posible, porque Luna comienza a llorar. Por accidente se le ha caído al piso la botella de plástico que trae en las manos y con ese pequeño acto, todo se altera. Porque Luna al perder la botella se convierte de nuevo en una niña colérica e iracunda, que lo único que desea es alcanzar ese objeto vacío.

Obligado, Tomé recoge la botella y se la da, antes de que la niña estalle en llanto, en protesta, en histeria.

Una botella desquiciando la pequeña mente enferma de su hija, lo hace renunciar a ese abrazo en el que desearía haberse quedado para siempre. Y, una vez más, la pesadumbre se apodera de él.

Profundamente cansado, Tomé se levanta para sentarse en una silla del comedor. Pero de inmediato Luna olvida la botella, dejándola caer el suelo y corre hacia él, como un animalito rabioso. Enojada, lo toma de la mano y lo jala tratando de obligarlo a levantarse. "¿Y ahora?, ¿qué pasa?", piensa Tomé boquiabierto, mientras Luna le lanza golpes, lo muerde, aferrándose con sus pequeños dientes a uno de sus dedos. Tomé grita de dolor, ante la fuerza de su pequeña e iracunda mandíbula.

—¡No, Luna, no!, ¿por qué me muerdes?, ¡suéltame!

Tomé se levanta sorprendido, arrebatándole el dedo índice de la boca.

—¿Qué le haces a la niña? —Sale Eloísa frenética de la cocina.

—¡Nada, me mordió!

—¿Por qué, bebé, por qué muerdes?

La niña señala hacia la silla. Y Tomé, repentinamente aterrorizado con la actitud agresiva de Luna, se encoge de hombros en un gesto de desesperada ignorancia.

—¡Te sentaste en su silla!, ¡ésa es su silla!, ¿qué, no lo sabes?, ¿qué, no sabes que le gusta esa silla?, ¿no sabes que ahí se sienta todos los días para comer?

—No lo sabía.

—No, pero ¿cómo lo vas saber? Si no sabes nada de ella, si no te importa.

Tomé no sabe esta ni otras cosas y el corazón se le llena de una tristeza sin expresión. Incapaz de saber cómo corregir las cosas, deja que su error se equilibre con una fatalidad imponderable y sólo puede pedir una disculpa a Luna, a Eloísa, al mundo por ser un pésimo padre. Pero, como siempre, es tarde y su mujer le da la espalda con desprecio.

En cuanto Tomé se levanta, Luna corre a sentarse en la silla, bajo la mirada cómplice de su madre. Y de inmediato la niña se olvida de la presencia de él, para escudriñar debajo del mantel, una y otra vez, en un juego mecánico y previsible, el mismo en el que se convierten todos los actos de su pequeña y enferma vida.

Mientras Eloísa, dramática como siempre, desaparece dentro de la cocina para no verlo más. Es lo último. Con desánimo, Tomé se abrocha la camisa arrugada, se faja, se alisa el cabello, va hacia la sala, busca sus zapatos, el saco. Toma sus llaves, su cartera, su teléfono y unas monedas que están sobre la pequeña y redonda mesa de la sala, guarda las llaves y su cartera en el bolsillo de su pantalón. Ahí permanece un momento, inmóvil, atento a la niña, quien sigue levantando el mantel una y otra vez, buscando, ¿qué?, nada. Silencioso la observa y está tentado a decir "deja eso", "¿qué buscas?", "ahí no hay nada, Luna" pero parece imposible cambiar una realidad inamovible, tan pesada como una gran roca. Tomé mira a su hija con los ojos premeditadamente inexpresivos. Abrumado, camina hacia la puerta y sale.

A paso lento por la acera, piensa que cualquier lugar es mejor que dentro de esta casa, donde todos los días se siente como un escarabajo de alas membranosas, volando de manera torpe, golpeando contra los vidrios, zumbando de un lado a otro con estridencia, perdido como un insecto en la inmensidad de una casa que lo aprisiona y de la cual no se puede escapar, porque todas las ventanas y las puertas están cerradas. Ni siquiera una rendija por donde salir. Es el infierno de no poder huir, de no querer huir, porque dejar a Luna es lo último que haría.

Por su apariencia descuidada y su exacerbada palidez, algunas personas lo miran. Tomé no tiene claro a dónde va. Finalmente, desolado, para un taxi y pide que lo lleven al periódico, el único lugar donde puede refugiarse.

El auto avanza y Tomé, con los ojos vacíos, cansados, levemente atónitos, mira cómo termina de despertar la ciudad a esta hora de la mañana.

9

TOMÉ ES SU NOMBRE, TOMÉ BATA. Un nombre extraño que no se escucha todos los días. Y en el umbral de la primera identidad, debe ser bueno nacer con un nombre común, como Carlos, Abraham, Eduardo, Ignacio, Sergio, Alejandro, perfectamente aceptados y reconocidos por todos. Pero cuando una persona nace y se le nombra simplemente "Tomé", no queda más que acostumbrarse a las preguntas de la gente queriendo indagar qué significa un nombre así o acostumbrarse a los comentarios bien o mal intencionados, a veces burlones, que dictan que parece más un sobrenombre, un apellido, o que se asemeja a un verbo conjugado en pasado, como "jugué", "caminé", "velé", "rogué", que a un verdadero nombre.

Hace treinta y dos años su padre lo bautizó como Tomé, pensando en las montañas de un pueblo chileno llamado así, ubicado en la provincia de Concepción, en una pequeña población de no más de cincuenta mil habitantes, allá al Oeste del Océano Pacífico. Su padre, nacido de una mujer chilena pero criado en México, siempre tuvo melancolía por una patria que nunca fue la suya y por un pueblo en el que nunca vivió, pero que formó parte de su eterna añoranza. El origen no está claro. Lo único que Tomé sabe es que es el nombre de una planta ciperácea que abunda en la zona, a la que los pobladores llaman trome o tagua-tagua, y cuyas hojas se utilizan para hacer tejidos. Pero cuando Tomé trae a cuenta su nombre, no lo hace pensando en una planta, sino curiosamente en el verbo conjugado en pasado: "Tomé", que viene del infinitivo "tomar", y que conjugado en pasado habla de una acción ya extinta. Y cuando se tiene un nombre así, se corre el riesgo de quedar lapidado en lo que fue. Es difícil explicar esto. A Tomé le perturba que su nombre suene a lo que ya pasó y que su vida también sea solamente un cúmulo de acciones ya extintas, y que esta coincidencia perturbadora que alude al destino sea un mal presagio donde "Tomé" termine pareciéndose más a amé, disfruté, gocé, y no a tomo, amo, disfruto y gozo. Porque hoy parece que esto es precisamente su vida: añoranza de una felicidad que se ha ido y de un presente que no acaba de ser el mejor. Bobadas como estas salen a la luz cuando piensa en la genealogía de su nombre o cuando enfrenta cualquier confusión por llamarse así.

—¿Quién entra? Sólo puede ser uno.

—Yo… yo entro…

—¿Usted?

—Sí, yo.

—¿Su nombre y apellido?

—Tomé Bata.

—No pregunté por sus apellidos, sino por su nombre.

—Ése es mi nombre… Tomé.

—¿De dónde viene?

—Es chileno.

—No le estoy preguntando por su nombre, de dónde viene usted.

—Soy reportero de *El Gran Diario*.

—Acérquese –ordena el policía.

—Vengo acompañado por mi compañero fotógrafo –responde Tomé de inmediato.

—Sólo puede ingresar uno.

—Pero somos dos, sin él no puedo entrar, alguien tiene que tomar las fotos –afirma preocupado.

—Está bien, ¿nombre? –pregunta a su compañero fotógrafo.

—Rafael Artemio Cruz.

—¿De dónde?

—Igual, de *El Gran Diario*.

—Necesito sus identificaciones. Les aclaro, están entrando bajo su responsabilidad, señores. De esta puerta para adentro, nosotros ya no tenemos ningún control, ya no podemos garantizarles seguridad y no nos hacemos responsables de lo que pueda pasar dentro.

Es cierto que hasta ahora Tomé no ha tenido tiempo ni siquiera de pensar en el peligro que entraña entrar a una cárcel en pleno motín. Y a unos pasos de penetrar en este centro penitenciario masculino, Tomé se pregunta, todavía con algo de escrúpulo: "¿De verdad quiero hacer esto?" No obstante, un segundo después, ya es demasiado tarde y si esto no es verdad, pasa a serlo, porque al instante entrega su credencial y se adentra en el penal, acompañado por Rafael, a quien no parece importarle el peligro que representa cubrir la nota dentro de una cárcel en descontrol total.

Tomé siente con gravedad que este momento es muy serio: de ahora en adelante, todo bajo su riesgo. Los amotinados piden que ingrese la prensa para hablar de sus peticiones. Sólo así están dispuestos a negociar la entrega de la cárcel a las autoridades. Pero hasta ahora, a tres horas del motín, ningún medio más se ha arriesgado a ingresar, ningún otro reportero de televisión o prensa, sólo *El Gran Diario*, solamente Tomé Bata y Rafael, su fotógrafo.

Metidos en la oscuridad de un largo pasillo, se encuentran con al menos una treintena de policías armados hasta los dientes. Dentro, el último retén de seguridad. Y más allá, la selva, la jungla enardecida, los gritos, el caos. Los reos se apostan en todos lados, en los patios, en las escaleras, en los pasillos. Primero se pensó que era una riña entre grupos antagónicos o un intento de fuga. Después, con las sábanas hechas mantas, se pueden leer, desde las azoteas, letreros pidiendo "justicia" y "mejores condiciones para los internos". Furiosos, decenas de presidiarios lanzan a los policías piedras y pedazos de metal desde las alturas, quienes rodean la cárcel, atentos a cualquier señal de las autoridades para irrumpir y tomar el control del penal. Un helicóptero sobrevuela el área. Afuera, los familiares se resisten a retirarse. Hasta ahora, sin prensa, no ha habido manera de dialogar. Sólo se sabe que dentro tienen como rehén a uno de los guardias que custodia la cárcel.

Los gritos, las consignas, crean un estruendo en el interior. El penal entero está rodeado por un humo negro: los presidiarios han quemado cobijas, colchones, en forma de protesta. Un pasillo más, otra puerta y desde aquí, una decena de reos, todos dotados con armas blancas de hechura improvisada: navajas, palos, cadenas. Cualquier cosa sirve, hasta un cepillo de dientes embadurnado con excrementos. Si el filo no mata, lo hará la infección.

Tomé y Rafael son recibidos con una explosión de gritos.
—¡Ya llegó la prensa! ¡Ya llegó! –festejan los reos.

Desde el interior de la cárcel, algunos hombres arrancan sillas, mesas colocadas como barricadas frente a una puerta con barrotes de acero para permitirles el paso. Y justo ahí, cuatro internos se dan a la tarea de revisarlos meticulosamente. No se confían. Piensan que Rafael y Tomé pueden ser policías encubiertos. Una idea absurda, porque este tipo de estrategias sólo se ven en las películas gringas y no en este país. Una tontería, porque aquí la falta de planeación es la regla; sin embargo, el cine norteamericano ha hecho florecer en la imaginación colectiva todo tipo de escenarios, hasta los más inverosímiles, los más falsos por inoperantes. Y las cárceles no son la excepción para arropar estrafalarias y ridículas ideas cinematográficas, donde dos solitarios "súper policías pueden recuperar una cárcel en medio de un motín".

Ambos se dejan registrar de pies a cabeza sin poner la más mínima resistencia. Cuando la histeria de la revisión termina, el sudor le corre a Tomé por el rostro, aunque tiene la frente y las manos heladas. Rafael, primero quietísimo, una vez que ha pasado la inspección, saca la cámara y comienza a tomar fotos. Con alguna resistencia, Tomé también saca su libreta y una pluma, y se obliga a sacudirse el miedo para ir al encuentro con la nota que le exige una actitud profesional.

Las peticiones de los reclusos son muchas: no más cobro de agua y comida. No más extorsiones. No más violencia contra internos. Tomé escribe puntualmente todo lo que los reos denuncian. Y para nadie es un secreto que en la cárcel todo cuesta. Dormir en camastros cuesta, ver la televisión cuesta, usar el baño cuesta, tener agua potable cuesta, la comida, la atención médica, tener protección cuesta y cuesta mucho. Las familias deben pagar por entrar, por sentarse, por las tiendas armadas con cobijas y carpas improvisadas para las visitas íntimas, y cuyo dinero se reparte entre los custodios y las autoridades. Pero sobre todo, cuesta estar vivo.

Rafael toma una foto a un letrero colgado en un patio que a la letra dice: "Todos los servicios son gratuitos". Un mal chiste, una burla, pero la petición más importante de los presos, la más consistente de todas: "NO MÁS AVUSO CONTRA LOS PREZOS". Esto, escrito con faltas de ortografía, sobre sábanas roídas por el uso.

Tomé mira directamente a los ojos a un hombre que trae la cara cubierta con una playera de algodón, un preso que intenta pasar por "anónimo" cuando ya lo es. Porque para el mundo, es sólo un "reo", un "delincuente" sin nombre ni identidad. Al tipo le falta la mano derecha. Su muñón enrojecido se mueve haciendo figuras en el aire, mientras habla sobre las condiciones terribles en las que se vive dentro.

—Miré, ¿cuál dice que es su nombre? –pregunta el presidiario.

—Tomé, Tomé Bata.

—Mire Tomé, aquí se muere la gente de cualquier cosa; de hambre o de una puñalada, porque cualquier hijo de puta viene y te pica con su cuchillo, así nada más. Aquí no vales nada. Aquí vivimos como pinches animales, hacinados peor que en el puto infierno y si no tienes dinero, está peor la cosa.

Y mientras Tomé escribe, le impacta saber que donde deberían dormir máximo cuatro personas, en un miserable y sobrepoblado espacio, habitan un promedio de cuarenta reos. Que muchos reclusos están aquí sin juicio. Que la mayoría ingresa por robos menores cometidos sin violencia, sin haber conocido al juez que los condenó, y por supuesto, donde no existe defensa legal contra las acusaciones imputadas. Es un secreto a voces que los custodios abusan de los internos. Eso todo el mundo lo sabe. Lo que no tiene remedio, lo que no cambiará por más motines que se hagan, porque a ninguna autoridad le interesa transformar la dinámica en las cárceles de este país. Eso tampoco es novedad. Pero para Tomé resulta impactante escucharlo de viva voz, en una de las tantas cárceles de este país, donde la corrupción y la injusticia son la regla.

Y aquí, en este sórdido mundo carcelario, donde la violencia se recrea sin sentido, Tomé observa a todos estos hombres con lástima, como si fueran pájaros famélicos volando de un lado a otro, un martes por la mañana, libres en pleno motín, gozando de una libertad ilusoria y, por lo tanto, falsa; libres a través de este espacio turbio y agonizante en el que cuesta trabajo respirar; porque aquí se respira de a poco, a riesgo de acabar muerto por aspirar el aire que flota insondable en el encierro.

Después de tomar nota de todas las denuncias de los presos, la tarea es recorrer el penal. Dejar testigo gráfico de la miseria en la que viven. Rafael no para. Las fotos lo confirman: hacinamiento, suciedad, condiciones deplorables de vida. Y en medio de este patético escenario, una imagen terrorífica e inverosímil detiene a Tomé y a Rafael, dejándolos helados por la sorpresa.

En el suelo yace el cuerpo del custodio que ha sido tomado como rehén. Está tendido en medio de un patio: partido, degollado. Su cabeza rueda en el piso como una pelota que patean los presos, una y otra vez, en un juego de futbol inusual, que va dejando huellas de sangre por donde pasa. Lo más terrible, el sonido de los pies al chocar contra el cráneo, un sonido seco y hueco, al mismo tiempo que siniestramente lubrificado. Sin duda una imagen espeluznante. Y con la sorpresa de quien ve reventar una arteria y brotar un chorro de sangre insospechada; exactamente con esta misma repugnancia, ambos miran esa cabeza rodar de un lado a otro, en medio de los gritos salvajes de los presos.

Y Rafael, con ansia de pez que lo obliga a tener la boca bien abierta por la sorpresa, tarda en reaccionar unos segundos, pero enseguida levanta la cámara y toma para siempre esta increíble y macabra imagen. Han degollado al guardia en venganza por los abusos cometidos. Por él pagan todos los custodios del mundo.

Y en ese intervalo, lo que sucede es que Rafael, después de tomar esas fotos, que le darán la primera plana de su periódico y una mención por su excelente trabajo, casi al instante, siente el abrumante deseo de salir de ese lugar. No más fotos. Ahora sí, el instinto de sobrevivencia se sobrepone al trabajo. El peligro es real, el juego de reportear se convierte en una amenaza.

Y es en este preciso instante, en que todo apunta hacia el caos, que los policías comienzan a lanzar tiros al aire y gas lacrimógeno. En medio del estruendo todos corren, algunos se tiran al suelo, se cubren en las paredes, se apostan en los rincones, donde pueden cubrirse. Y Tomé lo único que puede hacer es arrodillarse primero y después dejarse caer de bruces al suelo por puro instinto. Todo es confusión. Su fotógrafo también está tendido en el piso. Tomé vacila unos segundos, mira a su alrededor, se recupera un poco. Teme por su compañero.

Arrastrándose hasta él, lo mira. Está tendido boca abajo. No se mueve. Y a su alrededor, con los gritos y bajo la bruma de este asfixiante gas, Tomé intenta hablarle, pero la voz le falla. Y aquí, a las once de la mañana de un 18 de septiembre, no sabe qué hacer. Y esto le da una impresión de fracaso y de temor nunca antes conocidos. Con su compañero inerte, todo es negro.

Entonces, con una sabiduría instintiva, permanece en el suelo. El estruendo de nuevas detonaciones le duelen, como si le perforaran la cabeza, y Tomé se obliga a hablarle a Rafael, desde el piso. Se obliga a hablarle al oído como cuando se tiene algo imperante que decir, aunque no se sepa cómo, y en esa cruda necedad, mueve el cuerpo de su compañero de un lado a otro, sin obtener respuesta… Teme lo peor.

10

Desde el piso, Tomé se vuelve hacia todos lados buscando desesperadamente ayuda, y aunque sabe que nadie vendrá en auxilio de su compañero, su mente fugitiva vuela fanta- siosamente hacia fuera del penal, hacia la salida, la calle, una ambulancia, un hospital. Por fin, entre falsas cavilaciones desesperadas por asistencia, Rafael mueve la mano. Y eso es inesperado...

Unos segundos después levanta la cara roja de sangre, sucia de tierra. No está muerto. Tomé no sabe de dónde emana la sangre. No sabe si es de la cabeza, del rostro. No sabe qué le ha causado una herida. Con sumo cuidado lo acuesta como puede boca arriba, limpia la sangre con su propia camisa. Hasta que por fin ve la lesión, parece venir del ojo, no del párpado, sino del ojo mismo. Aturdido y sin saber qué hacer, mira a su lado, en el suelo, su vieja cámara réflex yace tirada como una cucaracha que ha sido pisoteada, con el armazón hecho trizas. Completamente muerta.

Con una ansiedad perniciosa, Tomé se levanta intentando cargar a su compañero. Y es en ese momento que Rafael reacciona y, sin abrir los ojos, intenta aferrarse a su brazo para levantarse y avanzar. Con enorme trabajo, Tomé logra levantarlo y dando traspiés llegan hasta la reja por donde entraron, pero una muralla de sillas y mesas imposible de franquear los encuentra. Con una autoconservación feroz, se refugian ahí mismo, Rafael ciego y Tomé buscando desesperado cómo remontar ese obstáculo que parece imposible de quitar.

Entonces sucede lo inverosímil. Un reo encapuchado: el mismo hombre manco que Tomé entrevistó por cerca de veinte minutos, les ayuda a desmantelar una parte de la muralla con la fuerza de su única mano, abriéndoles un hueco por donde es posible salir. Y antes de que puedan caminar hacia afuera del penal, el reo extiende el brazo amputado pidiéndole a Tomé que no deje de publicar lo que pasa dentro: "Yo tengo una sentencia de cincuenta años, ojalá alguien pueda hacer algo por nosotros los presos", y Tomé como respuesta toma el pequeño muñón, apretándolo en forma de agradecimiento. Y esa masa informe de carne, ese miembro mutilado es lo último que Tomé observa antes de huir, cargando a su amigo a cuestas lo más rápido que puede. Y milagrosamente ambos se aproximan hacia el puesto de policías, gritando que son reporteros. Finalmente, logran salir.

Después del gas lacrimógeno y las detonaciones, los reos refuerzan las barricadas para que la policía no pueda entrar. Entonces, una tensa calma se aposta dentro y fuera del reclusorio.

Ya en la calle, Tomé respira aliviado, y con el cuerpo de Rafael tendido en el suelo puede ver claramente que la hemorragia brota directamente de su ojo derecho. Nervioso, pide el auxilio de una ambulancia.

Con voz muy baja, alcanza a escuchar a su compañero, quien con los ojos cerrados, sabe que está a salvo y fuera de la cárcel.

—Estuvo bueno, ¿no? —dice Rafael en tono de broma, apenas audible.

—Ya vienen a ayudarte, tranquilo hermano —responde Tomé, apretando fraternalmente el brazo de su compañero reportero.

—Ya con esto te ganaste el nombre de reportero policíaco, Bata. —Todo esto con una falsa desenvoltura y con un tono de buen humor en el que se expresa un cansancio crónico—. ¿Y ahora qué? —añade Rafael haciéndose el simpático—. ¿Nos vamos a almorzar y regresamos para seguir cubriendo?, ¿o de plano nos quedamos hasta que les rompan la madre a estos hijos de la chingada?

—¿Tú qué quieres? —responde Tomé con el mismo sarcasmo, alegrándose de que su compañero tenga, por lo menos, un poco de ánimo para bromear.

—¿Yo? Después de esto, me quiero ir a echar unos tacos de cabeza —dice esbozando una pequeña sonrisa que parece más una mueca—. No, hombre, yo necesito un trago, ¿tú gustas? —sonríe Rafael, sin abrir los ojos.

—No, preferiría que fueras al hospital para que te revisen ese ojo.

—¿El ojo?, hace rato que de tanto dolor dejé de sentirlo. ¿Sabes, Bata? Es una lástima. Se me fue la mejor foto de mi vida. Y mi cámara, hecha una mierda.

—Pues sí, es una lástima, pero aquí estamos compañero, no te quejes, que podría haber estado peor.

—Pues sí... Podría.

Y dicho esto. Tomé ve llegar a los camilleros de una ambulancia apostada previamente al otro lado del penal.

—Vámonos, tenemos que revisarte, dice Tomé, ansioso por llegar a un hospital.

—No, tú quédate. Sólo avísale a mi familia que voy para allá. Quiero que te quedes. Este es tu puesto, para eso te pagan.

Con una sonrisa a medias que esboza tristeza, lo ve alejarse rumbo al hospital. Rafael no va solo, en este oficio todos se conocen y al menos uno de esos rescatistas sabe quién es Rafael Cruz, el Caguamo.

Con el sonido de la sirena a lo lejos, Tomé cruza la calle, inseguro, mientras con las manos temblorosas saca un cigarro, tratando de encender un fósforo que nunca prende. Es evidente que trae el miedo emparentado al cuerpo. Un susto que necesita arrancarse, arrojar en algún lado antes de regresar a cubrir el final de esta historia.

Tiembla también. Busca la banqueta más cercana y se sienta en el piso como un indigente. Aturdido, se frota las sienes, la cara. Aunque ninguna de esas garantías hace que deje de estremecerse. Y así se pasa varias veces la mano por la boca, y con asombro nota que está sonriendo de puros nervios. Y sin conseguir quitarse la sonrisa idiota de los labios, mira hacia el frente. A pocos metros, una mujer de cabello rojo llama su atención. Ese rostro le parece conocido. Y lo es. Es la reportera del diario *El Nuevo Día*, aquella guapa conocida de Rafael que también cubre nota roja. La misma joven que se muerde el labio de vez en vez, con esa expresión perenne de angustia y preocupación. Sólo que ahora lleva el cabello atado. Viste un largo abrigo negro, lo que le da la imagen de pájaro carpintero cabeza roja, de ave patagónica perfecta y leve. A Rafael le hubiera encantado encontrarla, de eso está seguro Tomé.

Con esa misma sonrisa dolorosa, él la mira y ella sonríe, acercándose de inmediato. Y a Tomé Bata le invade un incómodo malestar. No le parece precisamente el mejor momento para charlar, pero no tiene otra opción.

—¡Ey!, ¿cómo estás? Tú eres el compañero de Rafael, ¿verdad?

—Sí –contesta Tomé sombrío y ciertamente indiferente.

—De verdad que son ustedes un par de locos –dice irónica–. El *Gran Diario* fue el único medio que se atrevió a entrar a esta cárcel. ¡Se necesita ser muy bravo para hacer eso! Yo, créeme, ni loca hubiera cubierto.

"Muy bravos o muy estúpidos" piensa Tomé para sus adentros, respirando hondo, mientras un espasmo le recorre el estómago como un cólico.

—¿Sí me recuerdas, verdad? Soy la amiga de Rafael, cubrimos juntos el Z1 de la calle Independencia. Digo, nadie nos presentó, pero me acuerdo de ti perfecto.

Y con ese "me acuerdo de ti perfecto", se siente turbado. No está acostumbrado a que las mujeres hermosas lo recuerden. Un hombre moreno, no muy alto, de rasgos típicos, feo, porque siempre se ha considerado un hombre de apariencia normal, no es precisamente alguien que una mujer guapa quiera recordar. ¿Dijo feo en el interior de su cabeza? Sí, siempre que se piensa, se visualiza feo. Este pensamiento lo incomoda frente a esta mujer. De pronto, se siente cansado, como si hubiera un error en algo que ha dicho, incluso sin hablar, como si estuviera obligado a hacer de nuevo toda la infinita suma de veces, en las que se ha dicho a sí mismo cosas que no le agradan. En algún punto no identificado, Tomé se siente aprisionado en un círculo de palabras no dichas, en una sensación de malestar que se adiciona a los momentos de terror y a la preocupación por su compañero fotógrafo.

Tomé la mira largamente, mientras con alguna resistencia se obliga a contestar que sí la recuerda. A detalle observa los pormenores con que se adorna la belleza de esta chica "pájaro". Sus ojos grandes, animados. La boca perfecta y roja que hace juego con su cabello. Y ese cuerpo de gracia excesiva que le hace desviar los ojos hacia otro lado para no detenerse en sus senos, en su breve talle. Enseguida, visto todo lo que un hombre puede ver en una mujer atractiva, Tomé se pone de pie.

—Creo haberte visto alguna vez, pero no estoy seguro. –Tomé miente, no desea decirle que la recuerda perfectamente.

—Es normal que no te acuerdes, ese día no nos presentaron, soy María Aidé Mayordomo, pero puedes llamarme Aidé –declara en un tono casi íntimo.

— Tomé Bata… –Y al presentarse le parece que hoy ha dicho su nombre muchas veces. Más de las que comúnmente uno puede repetirlo en un mismo día.

—Mira, ¡qué curioso!, yo tengo una amiga que se llama así: Eva Tomé, pero Tomé es su apellido –comenta de manera inocente, mientras se muerde el labio inferior, con esos dos dientes frontales que destacan hermosamente blancos y alineados, como si fueran dos columnas jónicas salidas directamente de la Acrópolis.

—¿Ah, sí? –es lo único que Tomé responde con una intensidad en la que no hay sorpresa ni interés, sólo ansiedad y urgencia por regresar a la puerta principal de la cárcel para seguir cubriendo.

La chica extiende la mano y por unos instantes una ráfaga de aire sopla, produciendo la primera brisa de la mañana. Hasta él llega un inusitado olor a jazmín que le seduce el olfato con su dulce gracia, como si viniera de un jardín o de un huerto cercano. La memoria olfativa de Tomé rápidamente se activa, alertando a su sistema límbico, exactamente ahí donde se encuentran las emociones primarias, evadiendo el córtex, que es la zona más racional del cerebro; de manera que al instante recuerda ese perfume, la misma fragancia que traía la chica cuando la vio por primera vez. Y con ese agradable registro de flores en la mente, Tomé extiende la mano.

—Pero hombre, ¡si estás temblando! –exclama extrañada.

Los ojos de Tomé parpadean, resabiados o tal vez demasiado afligidos. En un segundo siente desnudado su estado de ánimo. "Hace frío", es lo único que puede responder, mientras se guarda las manos en los bolsillos del pantalón. No va a reconocer frente a una extraña que aún está temblando por el sobresalto que vivió dentro del penal.

—No me digas que tienes frío con este calor. –Sin interrumpir la frase, la mujer se quita el abrigo como recordando que viene demasiado arropada para un día claramente estuoso. Ligera como una abeja melífera de alas blancas, se acomoda la blusa, alentando a Tomé a detener su mirada en aquellos senos generosos. Unos pechos gráciles y perfectos que se hacen destacar por encima de su blusa blanca.

Después, la chica, con la inocencia de las personas curiosas, pregunta por Rafael.

—Está en el hospital. Tuvo una lesión en el ojo, espero que no sea grave. Se le rompió la cámara al caer y no sé que pasó, todo fue muy confuso. De pronto, escuchamos detonaciones y Rafael cayó al suelo –responde Tomé. Y la chicha se lamenta auténticamente, y ante la sorpresa de saber que Rafael está en el hospital, hace un ofrecimiento inesperado.

—Rafael es un guerrero, un loco, no es la primera vez que se arriesga y siempre sale adelante. Va a estar bien, ya lleva muchos años en esto. Viejo lobo de mar, no se ahoga. Es más, mira, te ofrezco algo, te doy las fotos que tomé, todas las que tengo de lo que pasa afuera del penal desde que empezó el motín, seguramente no son tan buenas como las suyas, pero pueden servir a la hora de armar la nota.

—Sí, te tomo la palabra –la interrumpe. Tomé parpadea, buscando las palabras que justifiquen el impulso.

—Es más, te propongo algo… –dice Aidé, animada– acompáñame a donde tengo que ir después de cubrir el motín. Es una casa en la Roma que acondicionó el Instituto de Ciencias Penales, ahí mismo te las envío a tu teléfono y tomamos un café, tienen una cafetería bastante curiosa –añade Aidé, pareciendo empujar las palabras con la misma prisa.

—No puedo.

—Claro… No ahora… cuando esto termine, yo también tengo que acabar la nota y como veo las cosas, en cualquier momento entra la policía y toma el control.

—Tampoco puedo más tarde, tengo que recoger a mi hija –miente–. Pero puedes mandármelas en cuanto puedas, gracias por Rafael y por mí, por supuesto. ¿A propósito, a qué vas? –pregunta casi al instante, distraído, mirando vagamente hacia la izquierda y luego a la derecha, ansioso, levantando por primera vez los ojos con un hartazgo declarado.

—Voy a ver cómo funciona una cárcel, bueno… una cárcel que no es una cárcel. Al decir esto, la chica sonríe con franqueza.

Sin entender nada y con una extrema habilidad para impacientarse, Tomé frunce el entrecejo.

—Sí… es un experimento, –se apresura a aclarar la mujer–. El Instituto de Ciencias Penales va a montar una especie de cárcel. Están haciendo una investigación sobre conducta humana y para eso contrataron a personas que fungirán como reos y a otras como carceleros. Quieren ver cómo se comportan ambos grupos. Llevan cuatro días con el experimento y yo he ido un par de horas todos los días, aunque te diré que no ha pasado gran cosa. –De nuevo ríe y al decirlo muestra los dientes, perfectamente alineados como soldados frente a un flanco de guerra–. ¿No te parece una coincidencia increíble? ¿Aquí un motín real y allá una cárcel falsa?

A Tomé le parece familiar el tema del experimento en una cárcel simulada, pero no está seguro. Escuchó sobre un experimento parecido hace años en Estados Unidos. Y efectivamente, Tomé no se equivoca. El experimento existió y la chica se afana en describir una investigación realizada en los años setenta, en la Universidad de Stanford, California; hecha básicamente para probar cómo se comporta la gente en un contexto de encierro dentro de una cárcel falsa.

—Hasta una película se hizo sobre esto, ¿no la viste?

—No. –Al negar los ojos de Tomé parpadean claros, casi infantiles.

—No importa, es pésima. Lo interesante es la investigación. Cuando la leí quedé muda, porque las personas contratadas como carceleros terminaron maltratando y humillando a los supuestos reclusos. Todos se olvidaron de que era un experimento y se portaron terrible. Con decirte que el mismo investigador que dirigió el estudio, al final se culpó por dejar que los custodios llegaran tan lejos en sus villanías, sobre todo por las humillaciones y el maltrato del que fueron objeto los supuestos reos. Y lo hizo porque quería ver hasta dónde llegaban.

—Suena muy interesante, pero si ya se hizo en California, ¿para qué quieren hacerlo en México?

—Pues, mira… El director del Instituto de Estudios Penales quiere hacerlo, ¿por qué? No sé —responde la chica con cierto candor que la hace encantadora, aunque vaga a la hora de contestar–. Supongo que tiene que ver con todo este discurso de la reforma penitenciaria que traen entre manos las autoridades federales, no lo sé a ciencia cierta. Lo único que sí puedo asegurar es que esto se repite en todas las cárceles. Los custodios son unos perros crueles a la hora de tratar a los presos y no sólo aquí en México, en todos lados —afirma Aidé con una cierta delicadeza pudorosa–. ¿Viste las fotos de la prisión de Abu Ghraib, en Irak?, pinches gringos, si también son un asco. ¿Las recuerdas, no? Salieron en todos lados, eran horribles.

—Sí, las vi…

Claro que Tomé tiene esas fotos registradas en la memoria. Circularon en todos los medios nacionales y extranjeros. Al instante le vienen a la cabeza las escandalosas y execrables fotos de los presos en esa prisión de Irak. Fotos que los mismos custodios tomaron con aires de fiesta, algunas donde soldados estadounidenses humillan y torturan a los prisioneros, obligándolos a adoptar posturas homoeróticas. Otras con los cautivos de pie o inclinados en posturas forzadas, con la cabeza cubierta con una capucha verde o con unas bragas de mujer color rosa. Esas mismas fotos que dieron la vuelta al mundo, escandalizando a todos. Tomé tiene particularmente en la memoria dos fotografías, por infaustas, por ominosas: un prisionero encapuchado, precariamente parado sobre una caja de cartón, con los brazos extendidos, conectado a unos cables eléctricos a través de los dedos. Al preso primero se le levantó ligeramente la capucha para que viera los cables, después se le hizo creer que si las piernas o el equilibrio le fallaban, y caía de la caja, moriría electrocutado. Evidentemente eran unos electrodos falsos los que tenía puestos en los dedos, pero el objetivo era la tortura psicológica. Una foto incalificable. La segunda que recuerda es la de un hombre desnudo, en el suelo, con una correa al cuello, haciendo el papel de un perro o de animal, y tirando de ella, un joven soldado de mirada impávida. Efectivamente siniestras fotos tomadas por los admirables hombres y mujeres que fueron enviados a un Irak acosado por Saddam Hussein. Militares con la gloriosa misión de establecer la democracia en un país tiránico, teniendo actitudes completamente malvadas contra los presos y lo peor, documentando fotográficamente su asquerosa y brutal villanía.

—¡Vamos, anímate!, puede ser interesante ver en vivo y a todo color cómo algunos se transforman en personas malvadas de un día para otro.

Y como si hubiera dicho algo definitivo, Tomé asiente. Sí, es una coincidencia. No sólo el motín, sino el tema que le ha ocupado la mente tantos días: maldad. Una palabra que le ha dado vueltas y vueltas, como una mosca que sobrevuela reiteradamente sobre su cabeza, particularmente en estas últimas semanas. Una mosca que planea en el aire para volver siempre al mismo lugar. Sacando su pequeña lengua para comer del mismo putrefacto tema, del mismo pedazo de mierda pestilente llamado mal. Mismo que se repite siempre constante, todos los días, sobre todo en México, donde hoy se sufre una malignidad sin límites, tan dañina como una enfermedad terminal, y que se ve en todos lados y todo el tiempo: en el asesinato de una niña, en la mutilación de una mujer, en el abuso de un preso, en la violación tumultuaria de una mujer, en un rito satánico, en el descabezamiento de un hombre, en la tortura de un reo, en el asesinato de un periodista o de un grupo de migrantes a manos de narcos. El mal que anida en la nota roja y que Tomé cubre todos los días, y que lo conflictúa sin lograr entender por qué los hombres pueden ser tan viles y por qué el mal se repite siempre igual, de generación en generación, de cultura en cultura, de hombre en hombre. La misma cimiente malévola de la hijoeputez en cada uno de nosotros.

Sin saber exactamente cómo, finalmente Tomé acepta ir con la chica bajo la idea de que, de alguna manera, todos podemos ser ratas malvadas en el laboratorio divino que dirige Dios.

De pronto, disparos. La gente corre asustada. Gritos. Han tomado el penal por la fuerza. Se escuchan tiros de alto calibre. Tomé y Aidé corren hacia la entrada del penal. Un cordón de policías les impide el paso. Un grupo especial antimotines ha entrado.

—Esto se acabó –dice la chica, vaticinando la exhumación del amotinamiento. Y efectivamente, una hora y media después, la policía ha tomado el control. El saldo: tres reos muertos, treinta heridos y un custodio degollado. Un saldo menor en un país donde hay al menos diez motines de alto riesgo al año. Donde un número sorprendente de personas que son detenidas se suicidan, y donde al menos una cuarentena más de personas son asesinadas cada año en algunos de los cuatrocientos cincuenta y cuatro penales que hay en este país. Tomé piensa en cifras. Un vicio de carácter que no puede evitar desde que era un estudiante universitario porque, además, es real que los números hablan más que mil palabras.

Los familiares de los presos se arremolinan furiosos queriendo acercarse a la entrada, para saber sobre la condición de sus familiares y, claro, de las decenas de periodistas que buscan cubrir lo que pasa dentro. Tomé intenta acercarse lo más que puede a la entrada.

Ambulancias, patrullas acordonan el lugar. Y Tomé sigue sintiendo cierta incomodidad, como si se hubiera olvidado de decirle algo esencial a su compañero Rafael antes de irse al hospital. ¿Qué? Ah. Que el tiempo pasa. Qué tontería, pero en un segundo siente auténticamente que esto es una premisa sabia. Y mientras sucede todo esto, el tiempo afortunadamente está pasando y Tomé se da permiso, por primera vez en mucho tiempo, de soltar algunas lágrimas en medio del caos.

11

Más tarde, Tomé y la chica llegan a una espaciosa casa en la colonia Roma, un lugar que el Instituto de Estudios Penales ha montado para el experimento. Después de pasar un amplio estacionamiento, se dirigen hacia un espacio que parece todo menos una cárcel. Un lugar donde se han improvisado cubículos de tablarroca como celdas. Todos tienen una cama y se ha habilitado cada entrada con una puerta hecha de barrotes de hierro. Todas cuentan con circuito cerrado y los supuestos presos tienen que salir de sus celdas para ir al baño, porque ningún cubículo tiene sanitario. Todos los falsos custodios son acompañados por una persona que hace el papel de guardia y que espera apostado fuera del baño.

Desde una oficina en otro piso, dos personas monitorean todos los movimientos de los reclusos a través de cámaras puestas estratégicamente para captarlo todo. Mientras, un tercer hombre, llamado Carlos Seco, se encarga de la logística del experimento.

—Adelante, Aidé, pasa.

—Hola, Seco, ¿cómo van?

—No muy bien. Se nos averiaron dos cámaras, pero espero que hoy quede todo arreglado. Tuvimos también un problema con la comida, no alcanzó para todos y tuvimos que dar una ración menor, pero ya estamos más organizados. Ahora tenemos que resolver en dónde se van a bañar los reclusos, aunque ya se está habilitando una regadera en el baño principal del Instituto, pero de plano hoy tampoco se van a poder duchar –explica con tedio Carlos Seco, un tipo tan alto y flaco que parece un árbol y cuyos brazos simulan ramas conectadas a un tronco central, que en este caso es su larguísimo torso. Un hombre con un timbre de voz vigoroso y potente que, mientras habla, observa los senos de Aidé.

—Él es Tomé, mi compañero periodista, está muy interesado en saber sobre el experimento.

Carlos Seco lo mira por unos segundos, como si pensara en otra cosa, para finalmente extenderle la mano.

—¿Cómo se han comportado los "reos"? ¿Sí, cómo? –pregunta Aidé con una insistencia en sí misma esclarecedora.

—Pues no ha pasado nada, han estado durmiendo, y los custodios pues yendo de un lado a otro.

Tomé mira en los monitores a ocho reclusos, todos metidos en sus celdas. Algunos leyendo el periódico, otros tirados en la cama simplemente mirando el techo y la mayoría durmiendo. Y aunque Tomé no conoce el experimento original realizado en California, esta improvisación mal hecha le parece una tomada de pelo. Se pregunta quién puede sentirse metido en la cárcel en un lugar tan mal adaptado, donde nada remite al verdadero encierro más que una improvisada puerta con rejas.

—Pues esto parece todo menos una cárcel de verdad. ¿No me diga, Carlos, que así de improvisado fue el experimento en Stanford? –pregunta Tomé por fin, intercambiando con Aidé una mirada de sarcasmo contra el hombre.

—No. Acá estamos haciendo las cosas a nuestra manera, no tenemos por qué copiarle todo a los gringos, ¿o sí? –responde Carlos Seco, retórico, y enseguida habla orgulloso sobre la investigación que se realiza en este Instituto de Estudios Penales, dejando por unos minutos en paz los senos de Aidé–. Desde que inició esto, estamos tratando de ser originales. En California la cárcel fue acondicionada en un sótano, con reos y custodios que llevaban uniformes para distinguirse, y quienes portaban gafas oscuras para dar la sensación de anonimato, silbatos, esposas y porras para imprimir cierta autenticidad a la cárcel. Pero nuestro director, que sabe mucho de cuestiones penales, no quiso imprimirle tanto realismo al experimento, porque lo importante es que convivan custodios y reos de manera natural. No a través de la parafernalia del montaje. Eso es todo. Los detalles son lo de menos, esto no tiene que parecer una cárcel de verdad para llevar a cabo un experimento ¿o sí? –aclara Carlos Seco, con fastidio.

—¿Y les están pagando? –pregunta Tomé evadiendo la pregunta, con el mismo tono de fastidio del hombre.

—Claro, sin pago nadie vendría a perder su tiempo. Todos fueron seleccionados por nuestro señor director.

—¿Con qué criterio?

—Pues con el único que tiene, "el suyo". –Al responder lanza una risotada que deja ver hasta el fondo de sus mal alineados dientes.

—¿Algún perfil en particular? –insiste en preguntar Tomé.

—No, el único requisito fue que no tuvieran antecedentes penales, es todo.

—¿Y qué tipo de personas se contrató?

—Pues de todo, hay un dentista, un albañil, un maestro de primaria, un taxista, casi todos desempleados, gente común y corriente, usted entiende.

—¿Cuántos custodios son en total?

—Hay cuatro guardias, dos para el turno del día y dos para el de la tarde. Por la noche no hay guardia que los cubra. Sólo un conserje al que se le paga para que les abra la celda en caso de que quieran ir al baño.

No obstante, por más detalles que le dan, Tomé sólo ve improvisación y desorden. No hay control sobre la gente que entra y sale de la supuesta cárcel. Una señora de la limpieza va y viene con su cubeta y su trapeador, y más de un extraño entra y sale de los cubículos improvisados como celdas, dándole al lugar más un aspecto de oficina que de cárcel. Los supuestos custodios están en todo, menos cuidando las celdas, comen, beben y bromean entre sí, otorgándole a este espacio un ambiente relajado y festivo, donde custodios y reclusos no se distinguen más que por el lugar que ocupan geográficamente. Unos dentro y otros fuera de las improvisadas celdas.

Y después de una hora de estar aquí, Tomé está harto de contemplar una ridícula simulación que está lejos de parecer una investigación formal. Sólo desea irse, volver a su casa, bañarse, no lo ha hecho en todo el día, ver a su hija, aunque tenga que aguantar la permanente histeria de su mujer. Además, gradualmente le van incomodando las miradas lascivas que Carlos Seco le prodiga a su compañera reportera.

Y cuando todo parece apuntar a que esto continuará desarrollándose por la misma dirección, las cosas dan un giro inesperado, y lo que sucede a continuación es una sorpresa para todos.

Uno de los reos solicita ir al baño. El hombre que hace de carcelero lo ignora. Entonces, el supuesto recluso grita que necesita salir. El custodio simula no escucharlo. Y para sorpresa de todos, el supuesto prisionero se desabrocha el pantalón, se baja los pantalones y saca el pene para descargarse ahí mismo. Después de orinar, de mojar todo, incluidos los zapatos del supuesto guardia, se retrae con una sonrisa en los labios que declara el claro triunfo de su acto sobre la autoridad.

Desde el cubículo de vigilancia, el hombre-árbol y los otros dos tipos que vigilan los monitores ríen divertidos, mientras Aidé y Tomé no dan crédito a lo que ven.

Y es precisamente aquí donde todo se sale de control. Porque después de días de nula acción, hoy, el supuesto carcelero, toma la llave, abre la puerta y comienza una pelea frontal y violenta con el recluso. El supuesto guardia lo golpea usando los puños y las rodillas, pero esto no parece suficiente para descargar su ira. Entonces sale de la celda y con furia toma el palo del trapeador, que ha servido para mal limpiar el lugar. Enseguida lo empuña como un arma y se lanza al ataque contra el recluso, a quien tira al suelo mientras lo golpea con el palo.

Y lo que sucede a continuación, congela la mente de Tomé.

De manera inusitada el custodio rompe el palo del trapeador y con un trozo en la mano se inclina sobre el supuesto reo, con violencia bajas sus pantalones e intenta introducir el palo en su culo. El hombre pelea, se resiste. Patea con fuerza el estómago del custodio, haciéndolo perder por unos segundos el equilibrio, sin lograr derribarlo. Pero esta duda, esta defensa, sólo dura unos instantes porque el supuesto cuidador vuelve al ataque, ante la mirada sobrecogida de todos.

En un instante las cosas se salen de control, y de pronto el caos se extiende por sobre todo el lugar.

Los gritos que salen desde las celdas se van propagando como una noticia. Se reparten dispersos por todos los alrededores de la cárcel falsa. Tomé no da crédito a lo que está sucediendo. En la desesperación, el reo pide auxilio ante el intento de violación del que está a punto de ser objeto, defendiéndose como puede, sin lograr quitarse de encima al falso guardia.

Las protestas de los demás reos estallan. Sin ningún sentido de la realidad, surgen gritos de aliento al reo, surgen de las demás celdas, algunos reos arrastran sillas y golpean las puertas pidiendo salir para auxiliar a su compañero. Furia e insultos son dirigidos hacia los falsos guardias. El primitivo equilibro se rompe y se forma uno nuevo, donde la violencia es la que impera, imponiendo las nuevas reglas.

Para este momento, la divertida sonrisa que ha habitado hasta ahora la cara de Carlos Seco y de sus compañeros se desvanece para convertirse en una mueca. Obligados por las circunstancias, salen a toda prisa del cubículo de vigilancia, en auxilio de la víctima.

Tomé, sin separar la vista de los monitores, toma nota mental de los movimientos que viven en esa pequeña pantalla: los tres hombres entrando a la zona de celdas, justo a tiempo para auxiliar al supuesto reo, antes de que sea penetrado. Los tres se lanzan sobre el custodio, lo someten por el cuello. El reo llora, tirado en el suelo, mientras con dificultad se sube los pantalones.

Aquí empieza la historia propiamente dicha, o tal vez debería decirse, aquí acaba, porque Tomé, reaccionando con una lentitud de pormenores, sale también del cuarto de monitoreo y se dirige a los cubículos improvisados para ayudar en lo que puede, pero cuando logra llegar hasta las celdas, la escena ha llegado a su fin y, después de someter al agresor, lo encierran en una oficina lejos del lugar del experimento.

Las reglas se han roto y los resultados no apuntan hacia nada bueno. Está prohibido, bajo cualquier circunstancia, que los custodios o los presos se agredan mutuamente. De ninguna manera puede violarse esta disposición, poniéndose en peligro no sólo la viabilidad del experimento, sino la integridad de los supuestos reclusos y custodios.

Unos minutos después, aparece el director del instituto para ponerse al tanto de la situación y, casi inmediatamente, para dar por concluido un experimento que fue un fracaso desde el origen.

Aquí acaba todo, de manera inesperada. En unos cuantos minutos, el custodio agresor y el reo agredido son consignados a las autoridades y el mismo director del Instituto de Estudios Penales debe asumir la responsabilidad que le toca por el fallido experimento y sus consecuencias.

Los demás reos y custodios son puestos en libertad, no sin antes pagarles los seis días que estuvieron participando en el experimento. El personal es mandado a su casa. Las cámaras son apagadas. El mobiliario: camas, cobijas, trastes, baños y demás objetos son arrojados a la basura o desmantelados para dar por terminada una práctica que a Tomé le pareció seudocientífica desde el principio.

—No puedo creerlo, casi lo viola, ¿por qué lo hizo? —expresa Aidé visiblemente consternada.

—No sé… Más bien yo debería preguntarte a ti, ¿así de desafortunado fue el experimento de California? –pregunta Tomé, mordaz.

—No, por supuesto que no, pero te sorprendería saber todo lo que sucedió ahí.

—¿Qué?, ¿hubo violaciones tumultuarias a punta de palos de escoba? –pregunta Tomé con cierta audacia.

—No, en el experimento de California no hubo agresiones físicas, pero sí decenas de actos de degradación. Los guardias maltrataron a los supuestos reos, los raparon, los espolvorearon con insecticida; los obligaban a obedecer reglas injustas, sometiéndolos a castigos y esfuerzos físicos ante todo lo que consideraban incumplimiento.

—¿Qué pasó ahí?, ¿hasta dónde llegó todo?

—Cosas horribles, por ejemplo, los obligaban a hacer inflexiones y los guardias ponían la bota en la espalda para empujarlos con violencia hacia abajo, exactamente como hacían los custodios alemanes en Auschwitz con los presos judíos. Durante aquel experimento los supuestos reos fueron obligados a todo, a insultar a otros reclusos; los aislaban en un lugar estrecho donde sólo podían estar de pie o en cuclillas o sentados en el suelo; también los obligaban a limpiar los retretes con las manos; a orinar y a defecar en cubetas durante la noche, porque tampoco había baño en las celdas y no les permitían vaciar las excrecencias en el escusado. Entonces, ya te imaginarás cómo olía el lugar, el tufo que salía de ellas. Les hicieron de todo, menos golpearlos. Allá sí se respetó esta regla, pero sí los maltrataron psicológicamente, incluso los obligaron a asumir posturas incómodas y degradantes como en la cárcel de Irak, con una evidente carga homosexual. Les hacían simular actos sexuales con otros reclusos o a fingir que algunos eran yeguas, otros eran toros copulando montados sobre ellos, cosas estúpidas, pero completamente degradantes.

—¿Y qué paso con los reclusos?

—Todos asumieron una pasividad patológica. Se dejaban agredir, humillar. Pero lo más increíble de todo es que pese a que el experimento de Stanford era sumamente benigno, transformó en poco tiempo a los carceleros en sádicos y a los reclusos en histéricos, y esos papeles generaron sadismo en los custodios y vergüenza en los presos. A mí me pareció horrible el final de todo eso.

—Pero ¿por qué no se iban, si podían hacerlo?, eso no era una cárcel real –pregunta Tomé, un poco frío–. ¿Se quedaron sólo por el dinero?

—No. No fue sólo por dinero. Yo pienso que no renunciaron porque fueron devaluados moralmente y ya no tenían voluntad; la mayoría se quedó a sufrir el maltrato de los custodios por costumbre, hasta que cancelaron el experimento; suena increíble pero todo esto fue cierto.

—¡Tengo que leer eso!

—Tengo notas sobre la investigación, si quieres te las presto. Es una lástima que aquí no resultara el experimento, hubiera sido interesante ver el comportamiento de nosotros los mexicanos.

—Pues yo creo que sí resultó todo un éxito, el hombre que hizo de guardia se impuso al otro y casi lo viola, ¿quieres más? Pero si quedó clarísimo que los mexicanos somos unos hijos de puta a la menor provocación.

Al escucharlo, Aidé se torna seria, sólo cuando mira la expresión de Tomé descubre que está bromeando y que, tras ese humor corrosivo y difícil de compartir, hay cierta razón. Y con una agudeza de raciocinio, común en ella, se pregunta si valió la pena el esfuerzo de perder algunas horas de la semana para esto, pero no se responde y sigue caminando, sintiendo por encima de su cabeza los rayos de sol.

—Tengo hambre y mucha sed, ¿vamos a comer? Después tengo que regresar a la redacción, además hace un calor de verdad crudo –dice la chica con cara de desánimo.

—No creo que haga un "calor crudo" –replica Tomé–. Se dice del frío que es crudo, pero no del calor –aclara, hasta cierto punto despectivo.

Al escucharlo, Aidé sonríe pensando que Tomé bromea de nuevo, pero no, el comentario es real. A Tomé le fastidia el lenguaje impreciso, la nociones vagas y descascaradas de un lenguaje mal usado. Con un fastidio que probablemente viene más de su cansancio que de las frases de la periodista. Tomé sólo desea largarse, volver su casa, tomar un baño y dormir hasta que se canse de la cama. Y cuando está decidido a irse, contradictoriamente acepta comer con su compañera reportera. Está cansado, pero también tiene hambre y sed, y efectivamente hace un calor del demonio.

Y lo que sucede entonces es que Tomé, sin reconocerlo del todo, siente la presencia de la chica como algo agradable y gratificante. Hace mucho tiempo que no charla con otra mujer que no sea Eloísa, y eso es mucho decir, porque con su mujer ya no hay diálogo y sí, la imagen de un rostro amenazador que dicta que juntos, todo se convierte en un problema a la hora de hablar.

Después de lo cual, como si hubiera reconocido algo muy importante para sí mismo, entra a un restaurante de comida japonesa, no obstante que odia la comida nipona tradicional, pero en esta ocasión eso no es un problema porque está muy interesado en seguir escuchando a su compañera hablar sobre el experimento de Stanford. Tanto, que acepta compartir con ella un exótico platillo llamado *shabu-shabu,* una variación japonesa del *hot pot,* una especie de fondue chino, un platillo que se prepara directamente sobre la mesa, con un recipiente lleno de caldo *dashi* hirviendo, colocado al centro, y donde se introducen verduras, cubos de tofu y pedazos de ternera; todo esto aderezado con salsa de soya.

Un plato demasiado excéntrico para un tipo como Tomé, quien la mayor parte del tiempo se alimenta de pescado con ensalada. Y aunque le parece un guiso que debería consumirse en invierno por lo vaporoso y caliente, lo come con intemperante apetito mientras continúa la charla.

—¿Y en el experimento de Stanford, a qué tipo de personas contrataron? –Tomé pregunta, curioso.

Le sorprende saber que eran hombres comunes y corrientes, sin antecedentes de violencia o de enfermedad mental. Una verdadera revelación saber que uno de los carceleros más duros y crueles estudiaba el posgrado en sociología y que otro custodio, con apenas dieciocho años de edad, era un músico con un espíritu aparentemente noble, quien en la primera entrevista afirmó que "sentía el afecto más profundo por sus congéneres humanos".

—De verdad que no es tan difícil entender, si tomamos en cuenta que fueron las circunstancias las que provocaron estas conductas horrendas, y no lo digo yo, ésa fue la conclusión del experimento. –Se apresura a explicar Aidé, mientras sujeta dos palitos de madera entre el pulgar y los demás dedos de la mano, para tomar con avidez un trozo de carne que enseguida cuece y se lleva a la boca.

—¡Ah, ya entiendo! Entonces esto supone que los culpables no son los hombres, sino los sistemas, las normas, las reglas, o la falta de ellas, las que permiten estas cosas, ¿no es así?

—Pues sí, ésa es la idea. Te aseguro que si alguien hubiera puesto límites dentro de esa cárcel falsa, no se hubiera llegado a ese grado de vileza. Yo sí creo que los sistemas son los que permiten el exceso de violencia y el maltrato físico a otros.

Probablemente; a Tomé le suena hasta cierto punto lógica esta conclusión. Parece que a la gente no le cuesta trabajo asumir el papel que representa en una cárcel falsa, de manera que los carceleros se convierten en símbolos de autoridad, ese uniforme de corte militar, esa porra en la mano, esas gafas de espejo que ocultan los ojos, hacen de esos hombres verdaderos carceleros malvados que cumplen muy bien su papel de humillar.

—Todo esto me hace recordar algo curioso que pasó en mi escuela primaria –dice Tomé, mientras la mira entregarse a la masticación–. Fue un experimento que hizo mi maestra de tercer grado. Una profesora llamada Rosa Ana Castillejos, quien nos enseñaba la esencia de los prejuicios y de la discriminación. Un día nos dijo que los niños de pelo claro eran superiores a los niños de pelo oscuro, sorprendiéndonos a todos. Una revelación que cambió al instante la dinámica de clases, porque enseguida mis compañeros de pelo claro tomaron una actitud dominante sobre todos nosotros, incluido yo –dice Tomé, mientras se acaricia el cabello lacio y negro–. Para todos mis compañeros de pelo oscuro fue tan abrumadora esta declaración que los niños de cabello claro comenzaron a agredirlos verbal y físicamente, sin que la maestra hiciera nada. Y era tan horrible este hostigamiento que incluso comenzamos a bajar nuestro rendimiento escolar y nuestras calificaciones de manera dramática. Fueron días horribles, días que todavía recuerdo con cierto enojo. Pero lo más interesante fue que a la semana siguiente, la profesora Castillejos, quien no se sabe de dónde diablos había sacado esta extravagante idea, nos dijo que se había equivocado y que, en realidad, los niños de pelo negro eran superiores a los niños de pelo claro. Y esto creó una verdadera revelación, porque el cambio de idea supondría, a la vista de cualquiera, que todos los niños de pelo negro, sensibilizados por el maltrato, se comportarían más compasivos con sus compañeros por haber sido ellos mismos objeto de vejación, pero no fue así, porque al instante todos los que teníamos el pelo oscuro hicimos lo mismo contra los otros. Yo mismo me recuerdo humillando a un niño gordito de pelo rubio, pateándolo, diciéndole que era un gordo y asqueroso rubio. De verdad que no sé por qué le apliqué el mismo maltrato cruel físico y psicológico del que fui objeto yo mismo. Una experiencia rara que no he olvidado y que se compara a otras experiencias parecidas en el mundo, donde las personas que han sufrido algún tipo de persecución política o religiosa, una vez que se encuentran a salvo o en el poder, hacen lo mismo, persiguiendo y aniquilando a los seguidores de otras religiones o de otras creencias políticas. La misma basura bajo la autorización de un sistema perverso que permite la crueldad bajo pautas estúpidas, como cuando era un niño de ocho años.

Y es aquí donde nace el raciocinio más agudo de Tomé, porque parecería entonces que la maldad no está en la esencia humana, sino en reglas arbitrarias o en órdenes que se siguen al pie de la letra. Y si esto fuera así, entonces una persona que comete asesinato sobre otras personas, sería exculpado por el simple hecho de que ha obedecido órdenes y, por lo tanto, la maldad sería completamente banal. A Tomé le encanta esa palabra; un concepto que lo dice todo y que también dice poco, "el mal como banalidad".

¿Se asesina y tortura por obediencia? Y esto le recuerda a Adolf Eichmann, acusado de genocidio contra el pueblo judío durante la Segunda Guerra Mundial, quien actuó simplemente por cumplimiento de órdenes superiores y por el deseo de ascender en su carrera profesional. Un monstruo para muchos, una horrenda y profunda ciénaga de maldad, como lo consideró la mayoría. Pero para otros, como Hannah Arendt, sería sólo un burócrata que cumplía órdenes sin reflexionar sobre sus consecuencias, en cuya cabeza no cabía la idea del mal o del bien y, por lo tanto, estaríamos frente a un hombre que sólo obedecía órdenes dentro de un sistema basado en actos de exterminio; un hombre común y corriente, pese a los atroces actos que cometió. Pero Tomé no está seguro de esto, porque si fuera así, entonces, ¿por qué algunos custodios de la prisión de Stanford fueron más crueles que otros, si coexistían dentro de las mismas reglas que permitieron los abusos, si obedecían las mismas leyes, si tenían las mismas obligaciones como custodios?, ¿por qué algunas personas son más malas que otras, aunque tengan ambas la misma oportunidad de ejercer actos de maldad?, ¿por qué algunos gozan torturando a presos o a otras personas, y otros se apegan a cumplir con sus obligaciones de custodios sin ejercer directamente dolor sobre nadie y donde su único crimen, en todo caso, fue la maldad por omisión?

Porque también se puede ser malo por inacción, y esto le ha pasado a Tomé mismo, más de una vez, caminando por la calle, yendo a cualquier lado, siendo testigo de un acto de vileza contra un animal o contra una persona y donde por las circunstancias o por lo que sea, no ha hecho nada para remediarlo, dedicándose sólo a observar. Convirtiéndose él mismo en cómplice de lo que tanto odia. En un cómplice malvado que no se atreve a hacer nada por los otros.

Y si en este momento a Tomé le preguntaran: ¿qué prefieres, ser un acosador o un acosado? Respondería sin pensarlo "prefiero ser el acosado antes que un acosador", porque así es Tomé, porque la violencia le desagrada al extremo, porque prefiere, mil veces, que lo maltraten a maltratar. Paradojas de una respuesta que parece estúpida, pero así piensa él y no va a cambiar, porque no lo ha hecho en treinta y dos años. Aunque siempre existirá la duda sobre si él mismo sería capaz de ser malvado si se encontrara atrapado en una situación extrema, si se viera obligado a cometer un acto vil o escalofriante en contra de otra persona. Y entonces la línea entre el bien y el mal se vuelve difusa, y de nuevo, la cabeza de Tomé estalla en preguntas y en respuestas que no llegan a ningún lado, incapaz de encontrar la verdad ante la contundencia de la maldad.

—Y tú, Aidé, ¿qué prefieres, ser acosada o acosadora?

Tomé se anima a preguntarle a su compañera reportera y ella lo escucha con la conciencia de que está ante una pregunta compleja. Después de pensarlo largamente, endereza el cuerpo como una criatura que se despereza después de dormir un largo sueño, para responder:

—¡A mí no me gusta ser acosada!

—¡Ah!, ¿entonces serías una acosadora?, ¿serías el maldito custodio en lugar del reo?, ¡qué interesante!

Tomé, después de decir esto, se queda atento e inútilmente feroz, con las manos tensas, como una avanzada para el ataque.

—Yo fui acosada. Eso no quiere decir que prefiera ser malvada o una acosadora. —Y con la mansedumbre de un exesclavo, narra brevemente su historia—: Éramos cuatro mujeres: Romina, Elizabeth, Clara y yo. Yo soy la más pequeña. Mi padre era maestro de una primaria particular. Un hombre dedicado a la educación. Orgulloso, estricto, maniático del orden. Teníamos que lavarnos las manos varias veces al día. Mi papá tenía una obsesión por la suciedad, para él todo debía estar pulcro. En fin... Desde pequeñas nos abusó a todas bajo la complicidad de mi madre. Yo fui violada a los tres años. Nunca había abusado de ninguna de mis hermanas a tan corta edad. La primera vez que pasó tuve que ir a un hospital, perforada y casi muerta. Mi madre sostuvo la mentira de que fue un trabajador de la construcción quien me violó. Ella sabía que era mi padre el abusador. Mi madre era testigo del abuso, sucedía en la misma cama de ellos, pero nunca apoyó nuestro dolor. Decía que así manifestaba nuestro padre el amor. Difícil entender el amor a esa edad. Y bueno, bajo amenazas de decir la verdad, ese hombre fue detenido y encarcelado injustamente. Nunca lo había visto en mi vida, pero tuve que decir que fue él. Los abusos siguieron hasta los diez años, por fortuna mi padre murió y todo eso terminó. Mi hermana mayor está casada y tiene dos hijos. Para ella el tema no existe ni existió. Mi segunda hermana se suicidó, dicen que fue un accidente, pero yo creo que se quitó la vida, nunca pudo con eso. Su odio era tan grande, que prefirió irse antes de seguir sufriendo. La tercera vive sola y un poco amargada. Mi madre tiene demencia senil, la desarrolló muy pronto. Ya no recuerda a nadie ni nada. Su mente en un papel blanco, sin historia. A estas alturas no nos reconoce, creo que es la única que ha olvidado totalmente lo que sucedió. Mi hermana mayor la cuida, así que entre el olvido y la falta de recuerdos de ambas, hay alguien que la atiende con devoción. Y bueno, creo que yo no soportaría el abuso de nadie de nuevo y eso no me convierte en una acosadora o en una persona malvada. Es sólo un punto de vista.

Al escucharla, de lo real, sólo queda en Tomé la sagacidad que le hizo dar un salto para defenderse confusamente de la chica, al principio de esta charla. La misma que lo lleva ahora a razonar con inesperada lucidez si no fue demasiado duro al enjuiciarla. Razonamiento al que llega con la maleabilidad con la que un invertebrado se encoge para arrastrarse por el piso.

Tomé se sumerge, entonces, en la misma ausencia de razones y en la misma obtusa imparcialidad, como si nada tuviera que ver con él, unos minutos antes de interrogarla. Sensibilizado, reconoce con qué suavidad y contundencia habla esta chica de su pasado, sin drama, sin odio aparente. Esta mujer es de admirar más allá de su belleza física.

—Para sanar tuve que poner mi ego a un lado. Hacer a un lado también a mi "yo" y perdonar, perdonarme, perdonarlos y soltar el apego al dolor. Es un proceso de años. No sé si es bondad, quizá sólo fue por un motivo práctico: sobrevivir sin tanto daño. Quizá fue sólo para que al llegar finalmente a la adultez y a la comprensión de las cosas, en un instante de tragedia, allí hubiera algo, un poco de paz, de luz. Tuve bastante con el dolor de cada una de mis hermanas y con mi propia agonía. Aunque no fue fácil. A veces, aquel cuerpo infantil que la violencia había hecho mecánico y leve, un mar desierto que no me decía nada, me hablaba. Y buscando en mí misma, sólo Dios sabe para qué, encontré un deseo más intenso, y conseguí ver la marea que lleva hacia adelante, creo que se llama impulso de vida. No lo sé. Un día, hace algunos años, cuando era todavía muy joven, me senté en una piedra, muy erguida, observando. Mi mirada no tropezó con nada, con ningún obstáculo y sólo vagó en medio de un día tranquilo. Sólo miraba, dispuesta a disfrutar del sol, del viento, de los sonidos. Ese día, de la nada, me dije, "te amo", como si le hablara a una piedra, y de esa manera miré a la piedra y me miré a mí. Entonces empecé a llorar. Lloré tanto como no recuerdo. Entonces comencé a andar. A caminar sin ese peso de vida, eso le dio dignidad a mi sufrimiento y, poco a poco, se fue. No pensé ni por un instante en actuar para que la visión del mundo fuera idílicamente feliz. Ni siquiera sabía qué pasos debía dar, sólo fui descartando poco a poco, con sabiduría instintiva, todo lo que pudiera mantener frenado mi presente y mi futuro, porque el presente moldea el futuro. Porque mi presente es bueno y espero que mi futuro sea todavía mejor.

Con todo esto, Tomé se siente por unos instantes un hombre estúpido en la mayor soledad. Después un hombre que ha recibido una bofetada en la cara y que, sin embargo, sonríe con alegría, porque al mismo tiempo la bofetada le ha regalado una cara que él no imaginaba. Por unos segundos, Tomé se mira a sí mismo sentado en una piedra, erguido, solemne, vacío, sujetado oficialmente a su vida, como un pájaro herido en una mano. Es cierto que todo lo que le ha sucedido en su propia existencia tiene un peso que es preciso soportar. Aunque sea algo singular la pena de tener una hija enferma, su vida no parece tener nada equivalente para poner en el otro plato de la balanza, con respecto a la vida de Aidé. Y en algún momento siente que algo le está sucediendo. Alguna cosa con algún significado. Aunque no hay nombre para esto, algo sucede. Un hombre imaginándose sentado en una piedra.

Después, poco a poco, Tomé comienza a ponerse cómodo y a tomar la escucha, con respeto y empatía. Y, ¿después? Después la charla hacia otros rumbos. La charla sin prejuicios de ningún tipo. El simple gusto de hablar. Tomé se siente por primera vez en muchos meses, contento, animado ante la presencia de una persona.

—¿Y tienes hijos?, ¿esposo?

Aidé se queda de nuevo quieta y pensativa, pero no contesta porque enseguida suelta un gritito de sorpresa al mirar hacia la entrada del restaurante.

Ahí está Carlos Seco, el operador del experimento en el Instituto de Estudios Penales. El lujurioso Seco, quien levanta la mano, como si fuera una larga rama proyectada hacia el cielo, y Aidé, amable, contesta el saludo de inmediato. "Qué mala casualidad encontrarse justo aquí con este hombre", piensa Tomé con desagrado.

12

EL HOMBRE-ÁRBOL SE DIRIGE HACIA ELLOS. Sin ninguna cortesía de por medio, toma una silla. Se sienta, importunando. Y claro que importuna, porque Tomé lo mira enseguida receloso. Los segundos se desarrollan y mueren lentos, mientras el rostro de él, mudo, flota esperando que en algún momento el tipo entienda que está de más y se largue. Pero no. El hombre-árbol se instala en toda su revelada estatura.

—Esto sí que es una gran coincidencia, justo ahorita que necesito hablar con alguien, y quien mejor que tú, Aidé, para escucharme –dice, ignorando a Tomé, quien con este acto sabe no se irá pronto–. Me corrieron, el jefe me dijo que yo era un idiota. El lunes tengo que pasar por mis cosas y mi liquidación... Le expliqué que no fue mi culpa que hubiera agresión física entre los participantes; ustedes lo vieron, todo fue tan rápido, no había pasado nada en varios días, tú eres testigo Aidé, y de pronto... ya no entendí nada. El director me dijo que me corría por inepto y que lo había metido en un gran problema porque está involucrado en este escándalo el instituto mismo.

—¡Caray, qué mala noticia! –dice la reportera, notablemente preocupada.

—Yo no me podía imaginar que el carcelero número cuatro iba a sacar sus traumas de violador, no soy adivino; además el director fue el que seleccionó a los custodios y a los reos. Yo siempre hice lo que él me ordenó.

Al decir esto, Carlos Seco, notablemente frustrado, llama al mesero, pero no pide nada de comer, sólo una botella de sake. Algunos minutos después es puesta sobre la mesa, una botella de cristal verde, elegante, en cuyo frente destaca el nombre: Junmai Daiginjo 50.

El empleado la abre para llenar tres pequeñas tazas de cerámica. Al servirlo, el mesero levanta la botella dejándola reposar hábilmente sobre su mano izquierda, mientras la sostiene con la derecha. Tomé no tiene deseos de beber, pero deja que le sirvan. El sake tiene aroma marcado, algo dulce. Tomé apenas se moja los labios: su sabor es afrutado, de carácter suave, concebido así, para hacer buen maridaje con algunos platillos destacadamente condimentados de la cocina japonesa. Carlos Seco no come nada, sólo habla y bebe. Y Tomé Bata, por un instante, observa atento a su compañera reportera, su rostro pálido y delicado, los ojos abiertos, los labios sin expresión, preocupados por las eternas quejas del hombre-árbol, que no para de hablar. Harto de esta circunstancia chocante, Tomé toma la botella entre sus manos, lee la etiqueta, como queriendo meterse en ella, evadirse por completo.

De pronto se pregunta: ¿De dónde nació la idea de venir a presenciar esta farsa? Ah, sí, de la curiosidad de ver un experimento sobre la maldad humana. Ahora lo recuerda y le parece tan lejos ese momento, cuando decidió acompañar a su compañera reportera hasta ese lugar. Con la botella de sake entre las manos lee la etiqueta: Junmai Daiginjo-shu, + 4, Isojiman Shuzo, Shizuoka. Mientras lee, un deseo terco le oprime la cabeza: librarse de esta embarazosa situación. Pero no se mueve del asiento, una mirada rápida a la botella, otra a Aidé, a su cabello rojo que ha dejado por fin hermosamente suelto, otra vez sus ojos puestos en la frase: Junmai Daiginjo-shu, "¿será la denominación de origen?". "¿Cómo se lee una botella de sake?", se pregunta. Hay en esta chica una cierta voluptuosidad que le atrae. "No, no pensar en ella". Volver a la botella y ese número 4, "seguramente será el grado de alcohol", piensa, mientras el hombre-árbol mira nuevamente de manera lasciva el cuerpo de la chica, y él tiene que contenerse para no decirle "Basta, cerdo, ve a mirar a tu madre, pervertido de mierda". Y esa otra palabra, Shizouka, le recuerda el nombre de una localidad en Japón e intuye que debe ser el lugar de elaboración del sake. Y no se equivoca, porque efectivamente es el nombre de la prefectura de fabricación. Un punto a su favor, aunque Tomé no sepa que ha acertado. Tomé se contiene, no tiene derecho a decir nada, Carlos Seco es libre de mirarla si ella se lo permite, ¡total, a él que le importa! Pero sí le importa, las confesiones han desatado en él la ternura hacia esa chica, frágil y al mismo tiempo tan fuerte. Este es un día cansado, el sonido de la gente se confunde con el sonido dulce de la voz de Aidé. Isojiman Shuzo, "¿Qué diablos significan estas palabras?", piensa, notablemente irritado. "Este tipo está siendo agresivo con su mirada". "Basta". Esto está rayando en lo absurdo. A él qué le importa. Apenas si la conoce. Y esa etiqueta de sake, blanca, odiosa, machacona, de nuevo frente a sus ojos. "Este hombre es un imbécil". Sus ojos de nuevo depositados en esa etiqueta, intolerable, pero sobre todo la molesta verborrea de Carlos Seco que no para ni un momento.

Sería muy bueno que en medio de tanta molestia alguien pudiera decirle a Tomé que el primer nombre inscrito en la etiqueta, Junmai Daiginjo-shu, corresponde al tipo de sake; que el número 4 es el valor de densidad de la bebida, y que Isojiman Shuzo es el nombre del fabricante, todas ellas claves para la descripción de un sake. Pero nadie está obligado a decírselo ni él a saberlo. Pero lo que sí está obligado a resolver es esta ambigüedad que lo incomoda. De pronto le parece que un tiempo incontable ha transcurrido viendo esa etiqueta. Entonces, Tomé recuerda a su pequeña hija, su casa, de la cual está tan lejano.

Hasta que, por fin, sin objetar nada, deja que la incomodidad diga la última palabra, y se levanta en un intento por irse.

—¿Te vas, Tomé? –pregunta ella sorprendida, mirándolo directamente a los ojos–. Por Dios, pero si es tardísimo. –Sorpresivamente Aidé también intenta levantarse, como si por primera vez se diera cuenta del tiempo, pero los dedos del hombre-árbol la sujetan por la muñeca como una delgada y larga enredadera que la aprisiona, impidiéndole moverse.

—No te vayas, Aidé, te sirvo otra copita –declara Seco, con los ojos turbios.

Para esa hora de la tarde, dentro del restaurante, un halo brilla naciendo de las luces ferozmente encendidas, de las bombillas de cada lámpara calentando todo, con su luz artificial que sofoca.

¿Cómo liberarse? No, esto es falso. No se trata de liberarse de algo, sino librarse de alguien. Ansiosa, la chica mira un instante hacia la salida donde se aposta un grupo de personas de origen japonés, que ya se retiran, y sin pensarlo, sorpresivamente se suelta de un tirón de la mano de Carlos Seco, para prenderse de inmediato del brazo de Tomé, como un mono que se suelta de una rama para colgarse inmediatamente de otra, a fin de no caer. En un segundo la chica se abraza definitivamente a él, en una especie de súplica muda por ser rescatada del borracho, y Tomé, por puro instinto, extiende la mano para tomarla delicadamente del talle, como si fuera una libélula en toda su fragilidad. Al verlos juntos, Carlos Seco supone que entre ellos hay algo más. Entonces los mira con desprecio, creando de inmediato el momento siguiente, la petición de otra botella de Junmai Daiginjo 50.

Ya en la acera, lejos de la mirada del hombre-árbol, se separan. Y Tomé lentamente vuelve a la realidad tranquila y fresca de la calle, ya demudada de sol.

—Gracias, es un asco ese tipo, estaba harta de él.

—De nada.

—Por cierto, con todo lo que ha pasado olvidé mandarte las fotos para la nota.

—No te preocupes, con seguridad Rafael no las va a querer. ¿Quieres que te acompañe a algún lado?

—No, todo bien.

Después, Tomé la mira alejarse. Así es él. No puede evitar darle la vuelta al cliché de las palabras: "¿Cuándo te veré?", "dame tu teléfono". Todos, lugares comunes que no quiere repetir, que no le interesa decir. Aquí comienza y se acaba la amistad con esta chica.

Los últimos rayos del sol se extienden ambarinos y suaves antes de verla perderse entre el corro de gente y de autos apresurados, que van y vienen en todas direcciones.

13

Con los ojos vacíos, extenuados, Tomé por fin llega a su casa, y no ha cerrado del todo la puerta cuando siente sobre sí un cuerpo echándosele encima.

Sorprendido, se ve rodeado. Parece que éste es el día de los abrazos. Primero Aidé, ahora sorpresivamente Eloísa. Sí, su esposa lo recibe en la puerta con un contundente abrazo. Lo besa en la boca, le pide perdón por haberlo tratado tan mal. Acepta que Luna es una niña difícil y que él trabaja mucho, prácticamente todo el día. Tomé está sobrecogido. Tan gratamente atónito que responde a la caricia.

Sin soltar a Eloísa, cierra los ojos, la besa, la lleva al cuarto, mientras de fondo se escucha una televisión encendida en el cuarto de Luna. Tomé echa el cerrojo a la puerta. Se tiran sobre la cama. Abre la blusa de Eloísa, busca sus pezones con la lengua. Los encuentra tibios, como dos botones de flor que se abren, los mordisquea, los huele. Te amo… Lugar común. Frase hecha. No le importa decirlo. Hace tanto que no la toca. Caen sobre la alfombra, como dos niños que juegan. Y no es trágico ni cómico este momento, porque son como dos peces libres. Son ellos mismos, esa es la increíble y serena sensación que lo acoge. Y no pasa mucho para desnudarla completa. Eloísa no se apresura. Antes de abrir la bragueta de Tomé, le besa el cuello, el pecho, las manos y cuando ya todo parece dado para el amor, se detiene de pronto, atónita, para disolverse con rapidez en una meditación interior.

—¿Qué? –pregunta Tomé intrigado al ver su expresión.

—Hueles a perfume de jazmín.

—¿Huelo?

—Sí...

Y cuando Tomé intenta decir algo, se calla y eso es peligroso. Se hace un gran silencio. Tomé la mira y descubre en la trémula mirada de Eloísa una gran perturbación. Evade su mirada por un instante y todo es incierto, de nuevo frágil.

Sí, es verdad, el perfume de jazmines de Aidé está ahí, en él, en su ropa, en sus brazos y manos, en su pecho. Y esto es tan peligroso que Tomé desvía bruscamente los ojos. Cómo explicarle que abrazó a otra mujer, cómo explicarle que sí la tuvo entre los brazos unos instantes, pero que no pasó nada, que todo esto es una estupidez, una confusión infantil.

—¿En qué piensas?

—En nada –responde ella, mientras se incorpora para tomar su ropa interior y vestirse con una prisa obstinada.

—No vas a creerme, una compañera reportera me pidió que la abrazara para librarla de un borracho del Instituto de Estudios Penales, fue una tontería... –dice Tomé, mientras escruta inútilmente el rostro, la boca cerrada de Eloísa, los ojos oscuros, severos, aquella casi fealdad de su rostro que se agrava con el enojo, con el sufrimiento, con el orgullo herido. Después de escucharse hablar a sí mismo, suena tan estúpido, tan gratuito, tan falso, que si mintiera sería más creíble lo que intenta explicar.

—Tienes una amante.

—No. –Es lo único que Tomé dice, porque sabe que si insiste en negarlo corre el riesgo de inquietar más a Eloísa, por su misterio y por los celos que despierta en ella.

—¡Que no!, ¡que no tengo una amante, carajo! –grita él con brutalidad, irritado como si ella siguiera acusándolo con la simple duda.

Y lo que Eloísa dice a continuación lo rompe, como si lo golpearan con una vara seca en el rostro.

—Quiero que te vayas… Quiero que cojas tus cosas y que te vayas. Esto ya no funciona y si tú no te atreves a decirlo, yo sí…

Tomé queda en suspenso por un instante, flotando, y su pensamiento se cruza con el de ella como un arco sobre la cuerda de un contrabajo o de una viola que emite un sonido grave, triste y lacónico, que está a punto de hacerlo llorar. Y antes de comprender lo que ella quiere, Tomé accede. Es cierto. Ya no funciona y no es el perfume de jazmines, éste es sólo un pretexto del que Eloísa se aferra para terminar con una relación por demás muerta, ya hace mucho tiempo atrás. Un pretexto que también él usa para callar. Quiere abrazarla, pero desiste.

Dirigiéndose penosamente hacia el clóset, hace una pequeña maleta en la que cabe todo, incluida su vida al lado de Eloísa.

Tomé tiembla al despedirse de la pequeña Luna. "Vendré a verte cuando pueda. Te quiero", mientras la niña, absorta frente al televisor, lo ignora. Tomé tiembla con un frío que viene de un corazón oscuro y atormentado.

¿Qué voy a hacer? Se pregunta mientras se dirige a la puerta del apartamento, pero no hay respuesta y sobre él flota subrepticio su pasado, los recuerdos, las palabras, su vida entera envuelta en un delirio que lo asusta por lo incierto.

Ya parado en la calle, con la oscuridad a cuestas, no sabe si su vida empieza o aquí termina.

14

Tomé recuerda cuando conoció a su esposa. El flequillo infantil depositado en la frente, los ojos almendrados color aceituna, pero sobre todo las manos largas y pálidas. Unas manos que parecían no corresponder a su cuerpo pequeño, a su cara redonda, poco angulosa. También tiene fresca en la memoria su manera leve de andar, aquellas posturas ovilladas en las que ella se inclinaba hacia delante, como queriendo decir algo que nunca decía, igual que un signo de interrogación que se abre y, tras el cual, no hay ninguna pregunta. Una postura que con los años se ha acentuado en su mujer, haciéndola ver, incluso, algo jorobada.

Su encuentro, nada extraordinario, una café, una mirada, una sonrisa, el gusto mutuo. La conversación que después de dar vueltas y vueltas los llevó finalmente a la cama, hasta un hotel cercano. Un encuentro fortuito que no duró más de dos horas y que los hizo despedirse tan rápido como se encontraron.

Y tiempo después, ellos, que no volvieron a verse y que no hicieron el más mínimo intento de reunirse, se reencontraron por casualidad. Tomé la sujetó por el brazo, evitando que un coche la arrollara al cruzar, atrayéndola por el codo hacia su cuerpo. Eloísa, que parecía una gallina asustada, lanzó un baladro como si quisieran arrancarle un ala por la sorpresa. Se rieron un poco por la coincidencia del encuentro. Caminaron por las calles, se sentaron en un pequeño parque. Con cierta ironía y con una audacia sin gran esfuerzo, Eloísa lo invitó a ir a su departamento. Tomé aceptó de inmediato. No hubo intimidad ese día, sólo charla, aunque Tomé quería sexo y Eloísa también.

Y con una atracción que le daba misteriosamente un placer de cosa prohibida y excitante al encuentro, se mudaron a vivir juntos a la semana siguiente. Todo fue rápido, como un sueño que se dispersa al abrir los ojos. Tomé dejó la casa de sus padres para seguirla, para vivir con Eloísa en su pequeño apartamento, que era además su consultorio; lugar donde ella recibía a pacientes terminales, personas con inclinaciones suicidas, adultos mayores, personas con alguna discapacidad, gente que enfrentaba divorcios o la muerte súbita de un familiar. Como psicóloga y tanatóloga su lema era: "Muere bien, quien vive bien". Al principio le era extraño ver entrar y salir a gente desahuciada o en pleno duelo, pero después la extrañeza se fue evaporando como un perfume barato, y a unos meses de vivir juntos, ya ni siquiera se fijaba en la gente que llegaba a consultar a Eloísa.

Durante los siguientes años, Tomé evadió profundizar en la tanatología, la ciencia de la muerte, precisamente porque nunca le interesó gran cosa el tema. "La muerte como un tránsito, un descanso, un amanecer y un anochecer, una despedida y un encuentro, una realización y una promesa, una llegada y una partida", como decía su esposa de manera teatral. Todos vamos a morir, aunque lo ideal era morir bien. Por eso el odioso lema tanatológico de su mujer.

Echando la memoria atrás, Tomé recuerda una tarde ya lejana en el tiempo. Ese día llegó por la mañana al apartamento. Harto de permanecer toda la noche en la redacción, cubriendo en ese tiempo todavía como asistente en el periódico. Entró distraídamente cansado y al pasar por una de las habitaciones que fungía como consultorio, escuchó sin querer parte de una conversación entre Eloísa y una de sus pacientes.

"Yo puedo comprenderlo en mis hijos, pero no en mi esposo. Sé que estoy muriendo. Sin embargo, él viene todos los días con esa sonrisa fingida, escondiendo lo que realmente siente. Nunca hablamos acerca de mi agonía. Sé que está tratando de protegerme, pero eso es falso. En realidad, me siento más y más distante de él a medida que pasan los días. No puedo decirle que su alegría y su negativa a hablar sobre mi enfermedad es realmente doloroso para mí."

Interesado en la charla, Tomé se detuvo con curiosidad e hizo un movimiento elástico, alargando el torso para ver a la paciente de Eloísa. Era una mujer joven, como de unos treinta y dos años, sin cabello ni cejas, seguramente enferma de cáncer. Con un movimiento lánguido se apartó de la puerta. Hubiera querido quedarse ahí para escuchar más, pero consideró que era poco ético o, para ser sinceros, sintió pánico de que lo sorprendieran escuchando una conversación tan privada.

Sin hacer ruido se encerró en la recámara, entró al baño. Con la palma de la mano acarició la piel áspera de su barba crecida. Se miró rápidamente al espejo, la mirada taimada que tenía cuando estaba solo. Se hizo una mueca de disgusto a sí mismo. Después de tantos años era la primera vez que pensaba en la labor profesional de su mujer, la complejidad de ayudar a otros a enfrentar la muerte, el duelo. "La muerte siempre ocurre", recordó a Eloísa decir esto. Y también que la muerte es un hecho ineludible, que lo difícil es tener que enfrentarse con lo cotidiano después de ella.

Aturdido por un egoísmo culposo, Tomé recuerda haber caminado hacia la pared, hacia la acuarela que su mujer tenía colgada frente a la cama, puesta ahí mucho antes de que él llegara a ese apartamento. Un pequeño cuadro con una composición que incluía una guadaña, una ánfora y una mariposa. La guadaña indicando que los hombres son cegados en masa como las flores y las yerbas efímeras, el ánfora que sirve para guardar las cenizas, y la mariposa que vuela, emblema de la esperanza en otra vida. Así interpretó el cuadro preferido de su mujer, mientras se tiraba sobre la cama, odiando su egoísmo de siempre, especialmente en lo que concernía a la labor profesional de Eloísa. Pero casi al mismo tiempo, esa dureza con la que se vio a sí mismo, le trajo de golpe un melancólico pensamiento de tranquilidad que lo hizo dormir toda la noche, sintiéndose más vivo que nunca, porque al escuchar sobre la agonía de esta paciente, se reafirmó en la vida, en la existencia. Sí, otra vez el síndrome del sobreviviente, del que se siente vivir justo cuando el otro es el que está muriendo. El mismo sentimiento que tiene cualquiera que va a un entierro, un sentimiento de pena, sí, pero también de reafirmación. "Él está muerto, metido en ese ataúd; yo no, sigo aquí, vivito". Ese egoísmo de estar vivo, puro instinto ante la muerte.

Aquí acaba el recuerdo de su vida pasada con Eloísa. Tomé entra aprisa a un edificio de seis pisos. No hay elevador. Sube sin detenerse. Toca el timbre. Durante unos minutos largos y huecos espera a que le abran. El departamento parece vacío, un departamento silencioso, con un pasillo bañado de luz blanca, habitado por un viento incómodo y persistente que entra a través de un gran ventanal. Con la cabeza inclinada sin fuerza, se sienta en el piso, muy cansado por un día terrible y largo. Y cuando le parece que ha esperado demasiado y que finalmente tendrá que pasar la noche en algún hotel, escucha pasos en las escaleras. Es su hermano. Por fin llega.

Gamaliel tiene un cuerpo alto, bien hecho, coronado por un rostro oval, duro, con una sonrisa franca, de ojos excesivamente grandes. Casi siempre trae gafas. Da la impresión de que por ahí mira un animal y no una persona, parecidos a los ojos límpidos de un toro o de una vaca.

—Venga, mi hermanito, pasa, pasa, ¿llevas mucho tiempo aquí?

—Un poco.

—¿Todo bien?

—No. Necesito un lugar dónde quedarme –susurra Tomé parsimonioso–. Sólo por unos días –aclara.

A Gamaliel no le sorprende. De inmediato le quita la pequeña maleta de las manos y lo abraza como si fuera un crío, besándole las mejillas.

15

EL DEPARTAMENTO DE SU HERMANO ES un edificio nuevo, una estrecha caja de cemento frío, con ventanales que dan hacia la calle. Un lugar desprovisto de muebles, casi vacío, pese a que su hermano lleva viviendo aquí al menos cinco años.

Al entrar, Tomé siente la necesidad de contarle lo que pasa con Eloísa, con su matrimonio. Pero de lo que podía contar sobre ella, sólo conoce las sensaciones de malestar y eso es imposible de traducir en palabras. Por eso, mientras bebe el vaso con agua que Gamaliel le ha servido, guarda silencio, tiene la sensación de estar sumergido en él, de estar ahogándose dentro, pero nunca lo va a reconocer delante de nadie y menos de su hermano mayor, quien desde niño suele tomar la postura de padre.

Su hermano Gamaliel estuvo a punto de ser sacerdote diocesano. Después de ocho años de estudio se ordenó diácono y, a un año de ser sacerdote, sorprendentemente renunció a la vida religiosa, a los votos de castidad, obediencia y pobreza. Renunció a percibir un ingreso pecuniario y a vivir incardinado o adscrito a una diócesis. Y ahora, dedicado a la vida académica, es un diácono laico que cree fervientemente en Dios, pero que no está dispuesto a ponerse la sotana para demostrar su amor por la fe cristiana.

La oración diaria, la dirección espiritual, los retiros periódicos, la vida sacramental, la meditación de la palabra de Dios, el conocimiento de los grandes autores espirituales de la Iglesia, los años de estudios en filosofía y ciencias humanas, en psicología, en pedagogía, en sociología, en teología, en el estudio de la Biblia, la fundamentación de la fe, Dios, Jesucristo, la Iglesia, el hombre, los sacramentos, la moral cristiana, la espiritualidad, la historia de la Iglesia, la liturgia, la catequesis, todo… todo a la basura. Ocho años de su vida arrojados por la borda para ser hoy un simple profesor de tiempo completo que da clases de filosofía o de historia de las religiones en una universidad pública. Sobre los motivos para no ordenarse sacerdote, Gamaliel sólo explicó que su renuncia se debía a los vicios de la Iglesia, que lo alejaban del verdadero sentido del Evangelio, pero tanto Tomé como su familia saben que sus motivos van mucho más allá de esta razón.

Después de un rato de haber llegado, Tomé rechaza comer algo. Ahora sólo quiere dormir. En un repentino agotamiento, en el que hay un cierto bienestar por estar al fin en un lugar seguro y conocido, se echa en la cama de los invitados. Y como una ventana que se cierra de golpe empujada por el viento, rápidamente se duerme y rápidamente sueña con su casa, con Eloísa, con su pequeña Luna.

A la mañana siguiente, muy temprano, todavía a oscuras, la habitación flota a media luz y las sombras delimitan los contornos de la ventana y de la puerta, sin que Tomé sepa exactamente, qué hora de la mañana es. Cauteloso, se levanta. Camina descalzo hasta la ventana, la abre y una brisa fría le toca todo el cuerpo como si no existiera de por medio la gruesa pijama de algodón que trae puesta.

Sale de la habitación. Busca a su hermano. No está. Su cama está tendida. No lo escuchó salir. Sobre la mesa hay una llave, pertenece a la puerta principal, y a su lado una pequeña nota con la inconfundible letra de su hermano: "Aquí te dejo la llave", y más abajo, con letra minuciosa y pequeña lee: "No temas, dice Jesús, busca primero en el Reino de Dios y su justicia, y todo lo demás se te dará por añadidura. Te quiere, tu hermano Gamaliel".

Tomé lee la frase palabra por palabra, meditativo. Su hermano, igual que lo haría su padre, quiere brindarle apoyo moral en este duro trance, y aunque Tomé odia la postura paternal de su hermano, agradece su buena intención, pero no quiere torturarse más pensando en su separación con Eloísa y menos buscar soluciones a través de la fe; una fe que, por lo demás, no comparte con él.

Somnoliento aún, aparta los ojos de la nota para recorrer el pequeño departamento, mientras un largo vacío lo llena todo con su silencio. La habitación de Gamaliel, impecable, ascética, de cura, de sacerdote parroquial. Las paredes desnudas de cualquier adorno o cuadro. Sólo una cruz de madera apolillada destaca, negra, como una mariposa crucificada con las alas abiertas. No hay televisión ni radio y los únicos habitantes de la casa: docenas de libros ordenados meticulosamente en sencillos libreros de madera, lo observan mudos. Un vistazo a la biblioteca de su hermano basta para comprobar que en su interés sigue predominando la Biblia, la historia del cristianismo, el latín, el derecho canónico, la historia de las religiones, la teología y particularmente la demonología, de la que es un estudioso asiduo, desde que era muy joven. Al lado de la cama hay un pequeño librero con al menos una cuarentena de textos que hablan sobre el demonio, escritos en distintos idiomas.

Su hermano es un convencido de que hay una presencia constante de Lucifer en el mundo, y que el mayor mérito del diablo ha sido lograr que los seres humanos piensen que no existe. La estrategia es siempre la misma: persuadir a todos de que no hay infierno ni pecado y de que el mal es solamente una experiencia más que hay que vivir. "Y casi lo ha conseguido, incluso dentro de la Iglesia hay muchos que le sirven sin saberlo. Es claro que el diablo ha hecho su guarida en el mundo, particularmente en el Vaticano, donde le gusta tentar a los ministros de Dios", así piensa Gamael, creando animadversión en las buenas conciencias religiosas, que siempre lo vieron como un peligro para la institución católica.

Ésa fue precisamente la razón más importante para que su hermano renunciara a ser sacerdote. Su decepción por un clero que no cree en Lucifer, en los exorcismos, en los males extraordinarios que puede causar el demonio sobre la Tierra. "No todos quienes se dicen cristianos ni todos los ministros ordenados de la Iglesia creen en la existencia del diablo". Y para su hermano aquel que no cree en el demonio, no cree en el Evangelio y está claro que la Iglesia, al no aceptar la existencia del demonio de manera clara, deja de creer en Dios. Por eso Gamaliel prefirió renunciar al sacerdocio, porque no soportó que la mayor parte de la Iglesia negara la existencia del diablo, pero sobre todo no soportó que le impidieran trabajar en la expulsión del demonio a través de la práctica del exorcismo. Su hermano quería ser un exorcista en México, pero le fue impedida la labor. Y cuando Tomé escucha hablar así a su hermano, le parece un fanático, un loco y, sin embargo, lo tolera. La existencia del diablo es un tema viejo que han discutido cientos de veces y por el cual han reñido en más de una ocasión, aunque Tomé siempre acabe ignorando su dogmatismo demoniaco o dejando en paz el tema, para evitar que se abra un abismo insalvable entre ambos.

Tomé, a diferencia de su hermano, no cree en Dios ni en Lucifer. Es un ateo, un escéptico. Ambos fueron educados en un colegio salesiano, pero pronto, Tomé se deslizó por las ciencias sociales, por el agnosticismo, aunque en el fondo le fascinan los ritos milenarios de la Iglesia que resisten a la modernidad. Y sí, a él le gustan las historias del demonio, como le gustan los cuentos de fantasmas y de vampiros. Como lector, le encantan los monstruos, aunque no puede creer verdaderamente en ellos, como no puede creer en la existencia de Dios y menos del diablo. Para ser honestos, Tomé le teme más a la influenza estacional que al demonio mismo.

Después de instalarse en un larguísimo silencio de meditación, mira el reloj. Es muy tarde. De prisa se prepara para salir lo más pronto que puede rumbo a la oficina, mientras un dolor agudo, que viene de lo emocional, se le echa encima. Eloísa es un dolor fresco, permanente y constante.

16

EL RELOJ CIRCULAR DE GRANDES NÚMEROS ORDINALES toca cada hora sus campanadas solemnes de reloj viejo. ¿A quién diablos se le ocurriría poner un reloj que cada hora se desborda en campanadas que emulan a las de una vieja iglesia? ¿Pues a quién va a ser? A Becerra, un jefe a quien le gusta recordar la importancia de cada hora, y sobre todo, la asociación de ese sonido con su absurda presencia machacona y estresante. Así es Becerra, un jefe quien montado de manera permanente en su oficina-panóptico, disfruta de espiar a todos. Aunque parece estar metido en su computadora, sabe exactamente qué hace cada uno de los periodistas. De hecho, aunque estén prácticamente metidos en sus mamparas leyendo, hablando por teléfono o preparando alguna nota, son observados meticulosamente. Es la malevolencia del control. La incomodidad de tener un jefe al que le gusta presionar con su mera presencia. Como un presagio, al sonido de ese reloj, el movimiento de la gente de la oficina se vuelve más ansioso y es claro por qué: es la hora en que

Becerra tiene el impulso más vivo para tomar alguna víctima entre sus garras.

Tomé, queriendo huir por unos segundos de la obligación de sentarse en su escritorio, sabiendo de la vigilancia extrema a la que son sometidos, va directo al baño.

Con una atención inconsciente, entra de prisa al sanitario y va directo al mingitorio. Se abre la bragueta, desenfunda su pene circuncidado y contraído por el frío de la mañana. Su pensamiento ya está de lleno en las siguientes notas de hoy, donde a veces cubre más de una.

Está imbuido en un malestar que desde que se fue de su casa lo persigue todos los días, un malestar donde no le duele nada, donde lo único que siente es vacío. Tal vez por eso no escucha cuando la puerta del baño se abre. Con la vista puesta en su propio chorro amarillento, ignora a la persona que orina a su lado. No obstante, con una sorpresa que ofende, descubre que es Iván, el asistente, su compañero "hueso", el maricón al que no pudo romperle la cara aquella noche extraña de pornografía y zoofilia, y al que después de esa noche no se ha encontrado de frente y a solas.

El corazón se le comprime por la sorpresa. Es la primera vez que se encuentran desde aquel extraño suceso. Nervioso, termina de orinar, enfunda el pene y va directo al lavamanos. Con desconfianza mira a Iván de reojo, pero él no parece verlo. Este es el momento que Tomé esperaba. Están solos. Es hora de aclarar todo. Y armado de valor, lo mira, pero Iván, una vez que termina de orinar, se sitúa al otro extremo del lavado, ignorándolo, como si Tomé no existiera. Confundido por la actitud de su compañero, avanza más de lo que cree ser capaz y se para frente a él. Lo reta con el cuerpo. Está dispuesto a todo, incluso a liarse a golpes con él, si fuera necesario. De frente, Iván le parece mucho más alto y fornido. Y en esta diferencia es que se hace consciente de la situación, sabe que corre el riesgo de que su compañero acabe con él de un solo puñetazo, considerando, además, que Tomé nunca ha sido bueno para este tipo de confrontaciones, pero es demasiado tarde para retroceder. El cuerpo se le llena de escalofrío, como la piel de una vieja gallina de granja. Iván también lo mira fijamente y cuando está buscando las palabras para aclarar lo de esa noche de guardia, duda. ¿Cómo reclamar algo tan incómodo? "Te prohíbo que vuelvas a pararte frente a mi con el pito erecto". Suena tan estúpido, tan hilarante, que sólo puede mirarlo enmudecido, con un desconcierto que lo hace enrojecer.

—¿Qué?, ¿todo bien, Bata?

No le llama por su nombre, lo llama Bata, como esa noche.

Y cuando está a punto de reclamarle su malestar, la puerta del baño se abre. Es Chaz, el reportero de cultura. El frustrado galán de cine que nunca encuentra un trabajo que esté a la altura de su talento. Al verlo, Tomé siente cómo se desinfla el ánimo de rabia, igual que un globo que es alcanzado por una aguja.

—Cabrón, a ti te ando buscando, parece que Rafael perdió el ojo. Ya quiere que lo den de alta para integrarse a la chamba, pero el médico le dijo que debía esperar. Su esposa dice que a pesar de todo está bien de ánimo. Es un cabronazo. Nada lo para.

Con una crispación intensa por la noticia, Tomé observa a Iván girar el cuerpo, secarse las manos para salir exactamente como entró, ignorándolo. Con la mandíbula todavía tensa, piensa que tal vez fue mejor que sucediera exactamente eso: que alguien entrara al baño para evitar una confrontación entre ambos, porque aunque es cierto que deseaba con todas sus fuerzas romperle los testículos a punta de patadas, también es real que no aporta nada el riesgo de acabar en la calle, sin trabajo, justo en uno de los momentos más difíciles de su vida. Además, qué ganaría con eso. En realidad nada pasó y lo otro, la exaltación de su masculinidad, parecería más homofobia que otra cosa. Parece ridículo defender un honor masculino mancillado en un incidente incómodo y nada más. Por otra parte, en este momento no puede perder el trabajo, porque esto es un hecho, Becerra, su jefe de redacción, está buscando cualquier pretexto para joderlo.

Aprisa, Tomé abandona el baño y desde su lugar de trabajo piensa en Rafael, nunca imaginó que perdiera el ojo. Es una tragedia para cualquiera. Con tantos problemas maritales no ha tenido tiempo de verlo, de solidarizarse con él, más que por teléfono. No sabía que su ojo estaba tan mal. Desde que pasó lo del accidente en la cárcel le dio vueltas al asunto, pensando qué pudo haber lastimado a Rafael. Las indagatorias señalan que fue la esquirla de un petardo lanzado por los reos. Es una pena. Tomé intenta escribir una nota, está ansioso y trata de hacer cualquier cosa para que las horas pasen, y escribir es prolongar el tiempo, es dividirlo en partículas de segundo. Tomé debería ir a ver a Rafael, pero no puede, no tiene el valor de verlo a la cara, de alguna manera se siente culpable de no haber sido él quien saliera lastimado. Un pensamiento infantil, pero que hace daño directamente sobre su ánimo. Tal vez después se anime a ir a visitarlo, sin embargo, por lo pronto, este día no, eso lo tiene clarísimo.

A esta hora de la mañana, en la redacción todo es movimiento. Algunos reporteros deambulan de un lado a otro, mientras algunos más, escriben a toda prisa sobre la pantalla, con el auricular pegado al oído. El sonido de fondo es único: un corro de voces, parecido al zumbido nervioso de un panal de abejas, tirante y monótono, el mismo que distingue a un restaurante atestado de gente.

La única persona que parece congelada en medio de ese pequeño caos es Bertha Solís, la reportera que cubre finanzas. Está parada a un lado de la impresora, pensativa. De perfil, destaca su nariz ganchuda proyectada hacia al frente, pero sobresale, particularmente, el ridículo sombrero blanco que trae puesto. Un accesorio descontextualizado y pequeño, comparado con su enorme nariz, mismo que se posa distraídamente en su cabeza como un triste pájaro sobre un árbol ralo, precisamente ahí, tratando de encubrir su defecto más notorio: la calvicie que padece.

Empujado por la trémula percepción de este movimiento mecánico que habita a lo largo y ancho de la oficina, sorpresivamente, Tomé se levanta para apostarse a un lado de Bertha. Necesita distraerse, charlar con alguien, hablar de lo que sea. Y es este impulso el que lo lleva hasta ella, el que lo orilla a extender la mano, a darle un amistoso beso, con esas ganas que nacen de pronto, que nos empujan a buscar la charla con cualquiera que esté a la mano. Esas mismas ganas que se nutren de la soledad propia y que sirven para constatar que más allá de nuestra isla interior, hay otras personas. Porque Tomé, a un solo día de estar separado de su mujer, ya siente que le pesa la soledad con su dolor informe atravesándole el cuerpo, arrojándolo repentinamente al sinsentido de la vida cotidiana. La mala noticia sobre Rafael también lo anima a acercarse a ella. Siente una ansiedad única, que pocas veces es capaz de controlar.

Y efectivamente, como cada persona es una isla, una ínsula personal y única, Bertha no está de ánimo. No tiene ganas de hablar con nadie. Está muda, en una meditación llena de sí. Al saludo, la reportera le devuelve un beso insípido en la mejilla, para enseguida darle amablemente la espalda, hecho que le niega a Tomé toda posibilidad de diálogo.

Viéndola de espaldas, él mira su talle, los glúteos firmes. Un vicio de carácter que padece la mayoría de los hombres. A Tomé no le interesa mirarla, pero la mira. Es como un tic masculino y aunque sea el trasero de una mujer que prácticamente se ha quedado calva, detiene su mirada ahí, justo en medio de la hendidura intergluteal, en medio de las nalgas. Y lo que Tomé observa, con una curiosidad que supera el morbo, es una destacada mancha roja. Diminuta flor carmesí sobresaliendo, contrastando con el pantalón claro de la reportera. Extrañado, sin entender qué es esa mancha roja, hurga el pantalón, sin inocencia. Es sangre, una pequeña mancha de sangre menstrual. Entonces se sume en una muda estupefacción, en una meditación insondable, la misma en la que caemos todos cuando algo nos sorprende.

Y sí, está sorprendido, pero ante todo le parece que debe decirle a su compañera que se ha manchado de sangre, que la toalla sanitaria la ha traicionado como lo hace un mal amigo.

Nada nuevo en el mundo femenino. A su esposa le pasó un par de veces. Una de ellas sucedió al principio de su relación. Estaba en el centro histórico. Una señora fue quien la puso alerta. Tomé supone que mucha gente se dio cuenta, pero nadie dijo nada, sólo esa mujer, quien discreta los detuvo para acercarse y decirle a Eloísa que se había manchado de sangre menstrual. Enseguida su mujer se quitó la mascada verde del cuello y se la amarró a la cintura, como colegiala, con los ojos amedrentados. Después de unas cuadras, sorpresivamente, su mujer lloró como nunca. A Eloísa nunca le importaron esas cosas, pero ese día fue presa de los vaivenes hormonales o tal vez su llanto se debió a la propia vergüenza de caminar tantas calles con el pantalón manchado de sangre, lo que la venció, lo que la sumió en esa sensación de agobio, que sólo las mujeres entienden cuando se manchan, y que empata milenariamente con el trasfondo maléfico e impuro que conlleva desde siempre la sangre menstrual.

"Debo decírselo", piensa Tomé en su súbito remolino de nervios, mientras balancea un momento el cuerpo y sigue quieto, sin moverse de su lugar. No es la sangre menstrual un tabú para Tomé, incluso en el sexo. A Tomé le gusta el coito durante la menstruación. La penetración sin riesgo de embarazo, deliciosa, que abre la puerta al placer de una humedad que es distinta a la del lubricante común, y donde hay cierta voluptuosidad en la sola idea de bañar con sangre el pene, como en un pacto eterno y místico. Una idea que no toleran muchos hombres, pero que él disfruta o disfrutaba cuando tenía sexo con Eloísa; sobre todo cuando su mujer estaba en la disposición de compartir con él su ciclo menstrual. Pero aquí no se trata de un pacto sexual sino de otra cosa, se trata de decir simplemente: "Mujer, te has manchado de sangre".

—No puede ser –responde finalmente Bertha, mientras lleva la mirada hacia atrás, intentando corroborar, incrédula, la versión de Tomé. Los ojos abiertos, la boca llena de sorpresa, embriagada de pena, acongojada y con una cierta vanidad de sí misma, que ya luce ardiente de humillación.

Y sin suéter de colegiala con el cual cubrirse, Bertha Solís se quita el sombrero para ponerlo ridículamente atrás, en las nalgas, en la idea de iniciar una carrera que le permita llegar al baño sana y salva.

Y aunque las vidas individuales son un misterio para Tomé, por primera vez desde que la conoce, repara en ella, en su cara, en su cabeza sin sombrero, en las zonas despobladas de pelo que la afean por completo. "Qué horrible es una mujer calva", piensa con urgencia. Y presiente que puede llegar al cuarto de baño sin que nadie la vea, pero es falso, porque Tomé ya ha visto todo en ella, esa mancha de sangre, esa cabeza que le avergüenza. Entonces Bertha, sintiéndose observada, se vuelve repentinamente abstracta como uña y retrocede, poniéndose una mano en el cráneo avergonzada, mientras con la otra sostiene el sombrero para cubrirse la mancha de sangre. Un momento ridículo y sórdido, en el que Tomé es arrojado repentinamente hacia una incomodidad terrible que lo obliga a desviar la mirada hacia otro lado, igual que lo hace una persona que se encuentra de frente con una malformación o un horrible labio leporino o cualquier otro defecto en el rostro que obligue a estacionar la mirada en otra parte de la cara, lejos de cualquier trágica deformación que pueda afear invariablemente un rostro, exactamente igual que lo hace la destacada calvicie de Bertha.

Bajo la mirada de Tomé, Bertha reconoce su fealdad. Odia sentir que es una mujer calva, pero sobre todo, odia asumir que no puede controlar su manía de arrancarse el pelo y esto le ocasiona de pronto unas ridículas ganas de llorar. Con los ojos humedecidos, apenas si levanta el rostro para mirar a Tomé.

Este momento tiene una carga tan excesiva que él, con la prisa de un colibrí, profiere un exiguo: "Tengo que irme, que tengas un buen día", y se aleja sin mirarla de nuevo, mientras su compañera, con los ojos bajos y trémulos, camina hacia el sanitario, mientras siente cómo la invade una enorme desdicha que va más allá de esta inoportuna mancha y que la ahoga con su larga meditación de tragedia.

Después Tomé, listo para comenzar el día, se sienta en su escritorio de nuevo. Suspira aliviado, cierra los ojos por un instante. Se ve a sí mismo sentado en su silla, en una postura quieta, el cuerpo y la mente centrados en sí mismo. Hizo lo correcto. Cualquiera debería hacer esto frente a un incidente así. Pero por lo pronto, en ese instante, se obliga a abrir los ojos y a dejar de pensar en Eloísa. Por fortuna hay mucho trabajo hoy.

Y efectivamente lo hay. Su teléfono suena. La nota lo llama. Está listo para ir a cubrir el hallazgo del día de hoy, al norte de la ciudad de México: dos cabezas halladas en un parque público. Nada que sorprenda en este país, porque la mayoría de los mexicanos, incluido él, se han blindado contra la sorpresa de encontrar día a día, cuerpos asesinados, torturados, desmembrados, descubiertos por perros callejeros, quienes antes que nadie husmean el olor del crimen.

—Estamos en 11 de cualquier 36 –responde Tomé a su contacto que le ha avisado por radiofrecuencia sobre el hallazgo en la calle Independencia–, "pendiente de cualquier información" quiere decir.

Más tarde, con la serenidad susurrante y difusa del mediodía, Tomé mira el par de cabezas metidas en una caja de cartón, ambas con visibles muestras de tortura y decapitadas con arma blanca. En un trozo de papel se lee una leyenda que dice: "Por hocicones", haciendo alusión a un ajuste de cuentas. Se lo adjudica un grupo de narcotraficantes de la ciudad de México llamado Los de Abajo, cuyo nombre le hace recordar a Tomé la novela escrita por Mariano Azuela. Curioso nombre para un grupo delictivo, tan peculiar como el de otros grupos denominados Los Caballeros Templarios o Los Senadores, dedicados también al crimen y a la extorsión.

Los dos decapitados tienen quemaduras, la marca inconfundible de este grupo criminal. Quemar el rostro a la altura de los ojos para cegar antes de darle muerte a la víctima. El primero es un hombre como de treinta años de edad, de tez blanca, cabello lacio y castaño. El segundo tiene aproximadamente unos cuarenta y dos años, tez morena clara, cabello entrecano, lacio y corto. A un metro de ellos se encontró un zapato tenis. Ninguno de los dos cadáveres pudo ser identificado. Una nube de moscas sobrevuela los cráneos, van de un lado a otro, rápidas, excitadas por el nauseabundo olor. De repente, una mosca amenaza con montarse en el labio de Tomé. Con violencia manotea, la aparta de sí, asqueado. El sonido frío y nervioso de los autos que van y vienen por la calle lo pone alerta. El aire que escapa veloz por entre las copas de los árboles es el único testigo del abandono de dos cráneos en este parque umbroso. Tomé mira estos rostros y piensa en sensaciones intraducibles; atormentándolo secretamente, como si la muerte canturreara a su oído que "México está maldecido por la violencia".

Dos horas más tarde, el Ministerio Público inicia la averiguación previa número 104/2018 por el delito de homicidio, y ordena el traslado de las cabezas a las instalaciones del Servicio Médico Forense, en la Ciudad de México, para la necropsia correspondiente. Mientras la policía busca indicios de los cuerpos; cuerpos que, sobra decir, nunca aparecen, dejando a esos cráneos huérfanos de identidad para siempre. Cabezas que finalmente son enterradas en fosas comunes. Cuerpos que nadie reclama. Puestos bajo tierra en ataúdes baratos que son donados por los gobiernos estatales o por el federal. Sin cortejos fúnebres, sin flores, sin globos, sin veladoras, sin música, sin rezos, sin lágrimas. Hijos de la violencia, olvidados en la ignominia de la fosa común.

¿Y el alma que pertenece a la sustancia divina?, ¿dónde queda cuando una cabeza es arrancada del cuerpo? "Partida", piensa Tomé. Rota, desmembrada también. Pero no, porque en estos cuerpos violentos y violentados parece no haber alma o si la hay, a quién le importa el espíritu de un asesino, de un narco, de un maldito hijo de puta, secuestrador, sicario o simplemente un asesino de otra banda rival. A nadie. Naves perdidas bogando con sus velas desplegadas para chocar directo contra un faro o un muelle, para morir partidos en dos en la víspera de la violencia. Porque las almas que mueren así acaban por desintegrarse en el infierno. Sombras negras, restos tristes de lo que un día fue un ser humano.

17

A las dos de la tarde en punto, Tomé mira su reloj. La pantalla azul cobalto cambia cada diez segundos para mostrar la fecha. Una vez enviada la nota a la redacción, en breve, lo rodea un profundo vacío.

Y al final de la mañana algo sucede tan distante, tan distante, que pensando en sentimientos más que en palabras huye de la redacción, de las notas, de los cadáveres del día, para escaparse de la oficina e ir directamente hacia la escuela de Luna, quien ya espera a que la recojan, apostada en una banca del patio, al lado de la salida. Ahí está él, mirándola de lejos. Tiene suerte. Eloísa no ha llegado a recogerla. Sólo basta cruzar la calle para que Luna lo vea y vaya hacia él. "¿Y mamá?", pregunta. "Mamá me pidió que viniera por ti". Le miente a su pequeña hija y a la maestra, quien se la entrega confiada, mientras la niña lo mira sin expresión. "¿Tienes hambre? ¿Quieres comer algo?". "Helado", responde ella, mientras Tomé recrea dentro de su cabeza sonidos de sí mismo, sonidos de padre, de un padre que nunca ha sabido serlo y que ahora quiere comenzar por aprender. Tomé desearía que Luna saltara de gusto por el simple hecho de verlo, pero nada la mueve, porque Luna está siempre aislada dentro de su cabeza. Una vida que existe por la misma débil razón por la que ha venido a este mundo, para ser una pequeña inmersa en la enfermedad mental.

A tres cuadras hay un restaurante de hamburguesas al carbón. Entran. Luna no quiere comer. Sólo quiere helado y un refresco. Tomé tampoco tiene apetito. Una botella con agua le basta. ¿Qué tal la escuela? Pregunta queriendo comunicarse con ella, pero no hay eco. Luna se pelea con el popote, lo muerde, lo introduce peligrosamente en su nariz, hurgándola como si quisiera alcanzar con él su propio cerebro. Tomé, paciente, se lo quita de las manos, ella llora, manotea, buscando ansiosa que se lo devuelvan. Él cede con la condición de que no vuelva a meterlo en los orificios de su nariz. Tomé intenta relajarse, pasar unas horas tranquilo. "Mamá dice que no vas a volver nunca, nunca jamás". Pero el "nunca jamás" es una palabra demasiado larga, tanto que pierde rápidamente el sentido, y al final Tomé se queda vacío al escuchar a su hija, sólo con un sabor de nada en la boca.

—Ah, ¿sí? y, ¿qué más te ha dicho tu mamá?

—Nada más —responde Luna, mientras bebe un poco de refresco, para derramar un chorro sobre la blanca camisa del uniforme.

Incómodo, Tomé cambia ligeramente la posición en el borde de la silla y se reduce austeramente a ser sólo un hombre sentado, mirando cómo su hija pica con la cuchara un helado de chocolate, mientras por dentro siente despertar un miedo interior llamado soledad, fracaso, ira, mediocridad. El aire en el restaurante es caliente y denso. A lo lejos, una joven limpia una mesa con un trapo blanco. Con círculos rápidos y gruesos, la deja impecable, brillante, mientras sigue de inmediato con otra mesa igualmente sucia. "Dios mío, qué triste estoy", piensa Tomé, en un débil y sombrío impulso.

Es la tranquila tristeza del pasado. Un matrimonio que tuvo sus momentos de luz, de ventura. Otros terribles. Y de las omisiones es mejor no hablar. Tomé, después de concebir a Luna, nunca más quiso tener otro hijo. El terror de procrear de nuevo a un ser enfermo lo paralizó siempre; aun con la insistencia de Eloísa por lograr una familia más grande. ¿Una familia más grande?, ¿para qué? Esos eran los momentos en que se separaban uno del otro, como si ambos se disolvieran, sumergiéndose en su propia materia disuelta, como dos peces nadando en distintas aguas, yendo en direcciones opuestas. Eloísa queriendo ser madre de nuevo y Tomé huyendo de la posibilidad, de la idea misma de tener otro hijo enfermo, como se huye de la peste bubónica, del VIH, del cáncer, de una enfermedad incurable y mortal. Con los ojos tristísimos, siente en el pecho un dolor inmutable clavado justo en medio. Ya no hay nada qué hacer. Todo está terminado, porque aunque volviera el tiempo atrás, decidiría lo mismo. Jamás sería padre nuevamente. Resulta insoportable la idea de que sus genes inoculen la deformidad mental de nuevo.

Luna se incorpora de un salto, apretando las manos coléricas y de pronto el restaurante retumba con sus gritos. Tomé interrumpe sus pensamientos notablemente alterado. ¿Qué te pasa, Luna?, pero no hay respuesta, sólo llanto y las manos de la niña, de pronto, metidas en la entrepierna, por debajo de la falda.

Tomé se escurre para meterse por debajo de la mesa, intentado averiguar lo que le pasa. Ahí, debajo de la mesa, el ambiente se torna oscuro, húmedo y todavía más sofocante. Luna abre las piernas de golpe señalando bajo su pequeño calzón, pero Tomé no ve nada y Luna sigue aferrada con sus dedos, justo en medio. Tomé se incorpora, para sentarse a su lado, mientras un aire nuevo lo toca todo, haciendo volar las servilletas de papel que hay sobre la mesa. Una pareja de comensales ha entrado por una puerta que está al lado y una fina ráfaga de viento se cuela, incluso por debajo de sus pies.

¿Qué pasa, Luna?, ¿qué tienes?, ¿por qué te tocas "ahí"? Pregunta con la mirada puesta sobre su calzón, justo en medio de su pequeño sexo. La niña llora. Él la toma de la mano, la lleva directamente al baño, necesita revisarla, saber con urgencia qué es lo que tiene su hija.

Tomé y Luna no entran al sanitario. Se asoma primero. Hay dos tipos orinando. Se agacha de nuevo mirando a su hija, quien no deja de tocarse. ¿Qué pasa?, ¿te lastimaste?, ¿te duele?

—No –responde la niña malhumorada.

—¿Qué tienes entonces?

—Pipí –dice ella como una nena de dos años.

—¿Quieres ir al baño?

—Sí.

—¿Y por eso lloras, Luna?, me asustas, no tienes que gritar así, por favor, ¿por qué no dices que quieres ir la baño?

—Quiero hacer pipí.

Por unos segundos Tomé se queda serio, inmóvil. Una arruga en la frente, en la comisura de los labios.

—Luna, entra al baño, yo aquí te espero. Éste es el baño de las niñas. Ve, anda.

—¡No, tú conmigo! –grita Luna, reclamando ruidosamente la atención de la gente que entra y sale de los sanitarios.

—Yo no puedo entrar al baño de las niñas, ve tú. Ya sabes ir al baño solita, debes aprender a ser más independiente.

—No quiero –vocifera Luna, inclinada, moviendo los brazos con vehemencia, mordiéndose el labio inferior por el esfuerzo de retener la orina. Y de pronto, para. Deja de fruncir el ceño y mira al frente. Un ruido de chorro, estrellándose en el piso reclama la atención de Tomé. ¡Luna, no, aquí no! Pero es tarde. Luna se ha orinado. Ha vaciado la vejiga justo en la entrada de los baños.

La atención tiene alas, y es justo ahí donde se posan las miradas de los comensales que entran y salen de los sanitarios, mirando con sorpresa a una niña Down de nueve años, llorosa, en medio de un charco de orines. Qué impresión de debilidad, de pusilanimidad tiene él en la cara. "Luna", murmura débilmente. Desearía haber tomado una mejor decisión, entrar con ella al baño de hombres o de mujeres, qué diablos importa, si su hija no quería entrar sola, ¿por qué obligarla? Es una estupidez pensar que a los nueve años una niña debe ser independiente para cualquier acto de vida.

Tomé se apoya en la pared, mientras ve llorar a su pequeña hija. "Vamos". Entran al baño. Tomé ignora a los dos tipos que todavía permanecen en el sanitario. Como puede le limpia las piernas, trata de secarla, de atrapar la humedad de la falda, del calzón, de los calcetines, de los zapatos empapados de orines con un puño de papel de baño. Es todo lo que puede hacer en ese momento por ella.

Uno de los hombres abandona el sanitario, encuadrando su cuerpo viril en el marco de la puerta, y el otro, menos corpulento, sale también enseguida, mirándolos de reojo. Tomé va hacia el lavabo. Se lava las manos, se moja la cara. Una sensación de frescura, de desahogo, lo acoge como si acabara de despertar. Se anima. Vuelve a mojarse una y otra vez hasta sentir la piel estirada, brillante. Se alisa el cabello. Se seca con un pedazo de papel. Se mira al espejo, mira en el reflejo a Luna, cabizbaja, con la mirada puesta en los zapatos empapados. Pobre… Y de nuevo, todo es culpa suya.

Con Luna tomada de su mano, sale, arrastrando un vacío inmenso en la cabeza, en el pecho, un vacío que se nutre de culpa y casi enseguida escucha una melodía *new age*, que va incrementando su volumen. Es el timbre de su teléfono. Se asusta. Sabe que es Eloísa. "No tienes derecho a llevarte a Luna sin avisarme". "Lo siento, estoy a tres cuadras, voy para allá y te explico lo que sucedió", dice él. "Guárdate tus explicaciones. Te detesto", cuelga Eloísa.

Es verdad, su mujer lo detesta, no por esto, sino por todo. Por la vida que ha llevado a su lado. Entonces rememora la tarde anterior y la atormentada noche que vino después de que Eloísa le pidiera que se marchara y él se fue. Una maleta. Su última discusión.

Tres cuadras, eternas. Dolorosas. Eloísa está ahí, callada frente a él, vociferando sin hablar. Acusándolo, señalándolo con el dedo. Y aquella es una sensación ya experimentada otras veces cuando reñían. Esas explosiones frecuentes de su mujer. Siempre latente la amenaza de su furia, de su enojo eterno. Luna corre hacia su madre. "Me hice pipí. Papá no me llevó al baño", dice señalándolo. "Lo siento", Tomé murmura con argumentos que ella no escucha. "No quiero saber nada. Quiero el divorcio". Tomé está petrificado. Esta vez no es un enfado como los otros. La frase le corta la respiración un instante, sobre el tiempo, la escucha dolorosa.

Eloísa y Luna se marchan y él sigue parado estúpidamente en la calle, sin pensamientos. Fija los ojos en una fuente hecha cascada, un borbotón ondulante, como parte de la fachada de un restaurante de *seafood*. Nunca había visto una fuente que diera una impresión tan nítida de fluidez y movilidad. Había venido cientos de veces por Luna y nunca había reparado en este lugar, en el detalle acuoso que invita a entrar, a comer, a beber algo. Los ojos entornados en la fuente sirven para no pensar. No pensar en el divorcio. No pensar en lo que viene, pero como una puñalada, una herida dura y profunda, le duele tomar conciencia de que en verdad es el fin.

Con el celular en la mano, tiene la esperanza de que su esposa llame para decir: "A pesar de todo te amo, vuelve mañana. No, hoy mismo", pero sabe perfectamente que es un pensamiento falso y vacío. Hurga en su herida, a fondo. Aquí terminan quince años de matrimonio.

Tomé sabe lo que vendrá: el divorcio sin más trámite, sin peleas. Las cosas claras. La custodia de Luna quedará con Eloísa. Los pocos bienes que lograron juntos también. No le interesa nada. Su Luna recibirá una pensión puntual. La verá durante los fines de semana o cuando el trabajo se lo permita. Los primeros meses sufrirá ahogado en soledad. Con el transcurrir del tiempo, nacerá en él una secreta resignación: aprenderá a comunicarse en silencio con los recuerdos de su vida anterior, convirtiéndose, ésta, en su manera de existir para seguir funcionando afuera, en el mundo.

Sabe que a veces un deseo agudo, envuelto por un impulso como de ola, un deseo agudo de rescatar el pasado, lo empujará a llamar a Eloísa con la esperanza de acortar la distancia entre ambos; todo esto, siempre contrariando a los pequeños gritos de su corazón, que dirán "no lo hagas". Pero él no escuchará; la llamará y de todos modos no pasará nada, porque aunque coman juntos o tomen un café o se encuentren por unos minutos, cada fin de semana la pequeña maleta donde están las cosas que los unen se habrá roto para siempre, sumergiéndose en agua caliente como si su materia fuera papel, para disolver su vínculo, su vida pasada de pareja, para transformar todo esto en otra materia. Materia nueva que pueda crear otras figuras de vida, nuevas esperanzas. Por Dios, tal vez si tiene un poco de suerte, así será...

Pero mientras todo esto es sólo futuro, sabe que llegó el fin de su matrimonio. Sólo es cuestión de tiempo para que la separación de ambos se concrete en un divorcio formal. Y aun cuando lo sabe, es consciente de que hoy es jueves. De que son las cuatro cuarenta de la tarde. Y sabe que mientras todo esto sucederá irremediablemente, en este momento no tiene otra opción de regresar a la casa de su hermano. Así debe ser, no podría volver a la oficina con este malestar que lo abruma. Francamente agotado, camina sintiéndose rodeado de cosas vivas y muertas, donde las cosas muertas son más, porque están dentro de él, como una fruta que se agusana, pudriendo cuidadosamente cada milímetro de su dolor, dolor de ausencia, de familia desmembrada...

Y arriba, las nubes altas presagian, con su tono gris, un día triste de lluvia.

18

AL CERRARSE LA PUERTA DEL DEPARTAMENTO se aísla de la calle. Con escasa luz de día y sin ninguna idea, Tomé se sienta en medio de la sala, en el único sillón que habita la casa de su hermano. Tendría que llorar. No puede. Siente que de alguna manera está siendo más fuerte de lo que es y la piedad por sí mismo se apodera de él. O tal vez debería salir, suicidarse, arrojarse por un puente. "Suicida por amor", imagina el rótulo en un tabloide. No. Por amor no, por desamor, que no es lo mismo. Nadie se mata por amor sino por la falta de él. Pero ¿qué es lo que le duele?, ¿es el desamor o el abandono?, ¿el divorcio o la soledad?, ¿la carencia de familia o el fracaso? Tampoco se responde. No quiere pensar. Este es el mecanismo de defensa de su género. Los hombres no piensan en medio de la crisis. No hablan de ello. Es mejor evadirse por un rato. Buscar la respuesta sin buscarla. Meterse en la cueva. Leer el periódico. Ver un partido de futbol americano. Jugar cualquier cosa en la computadora. La masculina astucia de evadir que se vuelve grande con tanta práctica. La mente de las mujeres funciona de otra forma. Ellas hablan. Se reconfortan en el diálogo. En la disección de los problemas, dándole vueltas hasta que no queda nada que decir. ¿Es el falso cliché? Sí. El trillado dilema que clarifica las diferencias entre los géneros. Marte y Venus. Mujeres y hombres. Vaginas y penes. Finalmente, mundos distintos. Pero ¿cómo evadirse al puro estilo de los hombres en el departamento de su hermano, sin periódico, sin televisión, sin computadora, que ayuden en el proceso?

Tomé camina lentamente hacia la cocina. Con cierta incomodidad se reprocha no haberle dicho algo esencial a Eloísa. ¿Qué? Que la amó como a ninguna otra mujer. ¿Se le olvidó decirle algo más? Sí, es un hecho. Se le olvidó decirle también... pero eso nunca se lo dirá a riesgo de ser mal interpretado... que quince años de matrimonio no sirvieron para convertirse en una pareja feliz. Que vivir juntos, dormir juntos, tener una hija juntos, no es garantía de nada, que la esperanza de convertirse en un solo ser se concreta en los hechos día a día, y jamás esperando que lo imprevisible esté bajo el control de la voluntad.

Tomé abre la alacena. No está logrando dejar de pensar en medio de la crisis como se supone que lo hacen los hombres. "Pues bien", dice con amargura, en voz alta, ¿qué sigue? Piensa, mientras se encuentra de frente con una botella de Smirnoff. Dios. El mundo es grande. Como primera providencia sigue beber un buen trago para calmar la cabeza ardiente. Y en este mundo enorme, donde el polvo se deposita sin sentido en cada milímetro del tiempo, en los muebles de la cocina, dentro y fuera de las alacenas, encima de esta botella sorda y transparente; precisamente en este mundo es donde Tomé coge un vaso polvoso para limpiarlo con la punta de su camisa, para servirse vodka y beber un gran sorbo, entregándose indefenso a la armonía de su fuerte sabor a centeno.

Por pura inercia entra al cuarto de su hermano. Prende la luz de la lámpara que está a un lado. Se sienta sobre la cama. Sube los pies sobre la inmaculada colcha. A un costado, sobre la cómoda, hay un libro. ¿El título? *Ritual sobre exorcismo*. Lo hojea con curiosidad. Es increíble que su hermano nunca haya dejado de leer literatura sobre estos temas. Con parsimonia, lee: "En el nombre de nuestro señor Jesucristo, crucificado bajo Poncio Pilatos, te conjuro para que abandones este cuerpo". Así empieza el rito de expulsión del demonio, seguido de once pasos que, en teoría, permiten sacar al diablo del cuerpo de un poseído. Todo como una receta puntual de cocina, salvo que ésta no sirve para hornear pastelillos, sino para expulsar el mal que habita dentro del cuerpo de un endemoniado.

Aquí, Tomé detiene la lectura para beber un largo trago, mientras los muebles de la recámara se vuelven poco a poco sombríos a medida que va avanzando la tarde fría. Vuelve a las páginas. El libro está plagado de consejos para sacerdotes exorcistas. En la página tres lee: "no precipitarse a la hora de caracterizar como poseído al primer neurótico o histérico que se presente diciendo que tiene al diablo adentro: *In primis ne facile credat aliquem a daemonis obsessum esse*. Los verdaderos poseídos por el diablo –dice un párrafo– deben contar con tres signos particulares, sin que falte ninguno de ellos: la comprensión de una lengua desconocida, por parte del poseído; el conocimiento de hechos distantes u ocultos y la demostración de una fuerza física que supere a la que corresponde a la edad o condición física del sujeto poseído".

A Tomé le parece simplemente ridículo que el manejo de una lengua o que una fuerza superior a la normal puedan ser pruebas de posesión. Esta capacidad que tiene el demonio de poseer a las personas, parece más una vieja historia moralizadora, demasiado truculenta como para contársela a los niños, y pueril en exceso como para interesar a los adultos. Para Tomé el tema del demonio y de los exorcismos comienza y se agota exclusivamente en la ficción, en películas como *El exorcista* o *El exorcismo de Emily Rose*, filmes que vio cuando era joven; atestados de ridículas escenas de vómito, de cabezas que giran, de levitaciones de camas y objetos, de ojos que cambian de color, acompañados de multiplicidad de voces y lenguas, de piruetas. Los mismos clichés de folclore que describen un exorcismo. Un espectáculo rancio, fuera de este tiempo, más que un acto solemne de fe.

Y en esta agnóstica cavilación, Tomé intenta poner en su cabeza la mística del diablo, pero le cuesta trabajo pensar en el personaje, sobre todo cuando no cree en el diablo. ¿Cómo es el demonio? ¿Rojo o negro? ¿Más cercano a la bestia o al hombre? ¿Con fauces y garras, como lo han imaginado durante siglos? Entonces, haciendo realmente un esfuerzo, piensa en la trillada imagen de Lucifer, con sus rasgos celtas, inspirados seguramente en Cernunnos, dios de la fertilidad, de la caza y del otro mundo; con sus grandes cuernos, el vellón de macho cabrío que cubre su cuerpo, el poderoso falo, de olor sulfuroso, efectivamente con garras, con orejas de asno, ojos centelleantes y dientes de bestia; o tal vez sólo deba pensar en la imagen moderna del diablo como un hombre vestido con un elegantísimo traje negro, que va tentando a la gente. No, no quiere imaginarlo como una persona, prefiere la primera figura, la que está más cercana a los animales, precisamente por esto, por aterradora y dantesca.

Finalmente, después de mucho esfuerzo consigue imaginar un diablo a su gusto, tan feo como temible. Y es precisamente en medio de este ejercicio de meditación fáustica, que comienza una fuerte ventisca, seguida de lluvia. Casi al instante se apaga la pequeña lámpara que tiene al lado, dejando la habitación en penumbras. Tomé sonríe, si fuera un adolescente la coincidencia sería todo un hallazgo, una oportunidad de sentir terror, de salir bufando de miedo para meterse debajo de la falda de su madre. Pero a su edad difícilmente se puede sentir miedo del diablo. Es una lástima.

A tientas se levanta de la cama. Revisa el foco de la lámpara de noche, pero el fallo no está en la bombilla. Como un ciego llega hasta el interruptor, sin embargo, el apagón parece generalizado. Apoyado en el alféizar de la ventana, abre la cortina y bebe el último trago de vodka, mientras observa la calle demudada de luz y los faros de los autos que iluminan momentáneamente la calle. Todo en medio de una noche fría y lluviosa que, efectivamente, parece sacada de una película de terror. Sin premura vuelve a la cama, se tumba en ella, se echa hacia atrás, recostando la cabeza en la almohada. Y así, de la nada, rompe el silencio y suelta una carcajada que se despeña en la oscuridad, arrancándolo por unos segundos del duelo.

Parece de locos que Tomé se ría así, pero honestamente es imposible no hacerlo cuando recuerda la última frase que leyó en el manual de su hermano y que explica puntualmente: "que los demonios una vez expulsados, salen de las personas poseídas a través de los orificios naturales del cuerpo, dejando tras de sí un asqueroso olor, prueba fehaciente de que el desalojo del diablo ha sido todo un éxito, pero que en ciertos casos –aclara– puede tratarse sólo de una flatulencia maloliente y entonces –aconseja el manual de exorcismos–

habrá que arremeter de nuevo contra el demonio". Y a Tomé la frase le parece de una genialidad enorme, donde el humor involuntario se expresa en todo su esplendor dentro de un manual de posesiones. Otra vez la risa al imaginarse a un hombre en pleno exorcismo, echando flatulencias ma-lolientes por todos lados. Pedos en lugar demonios. Carajo, sólo un niño puede tomar en serio estas cosas.

De un momento a otro, abrazado por la contradicción de reír y llorar casi al mismo tiempo, y cuyos recurrentes epi-sodios concomitantes de alegría y tristeza parecen dominarlo, vuelve a sentir esa pena de pérdida, esa tristeza que le hace escuchar su propia respiración, garantía primaria de que si-gue vivo, aun con el horrible dolor que siente por dentro.

Ahora se acaba lo cómico. Porque en un instante, de nue-vo cansado, con un corazón que late lento y rojo, permanece inmóvil, en medio de la oscuridad, sintiendo los músculos de la mandíbula tensos. Cierra los ojos. Quisiera aprovechar la oscuridad para dormir y olvidarlo todo. Pero no puede por-que cuando entreabre los ojos, se encuentra de nuevo con la misma penumbra de la habitación y con ese sonido de lluvia que arremete duro contra todas las ventanas. Con los ojos abiertos pero ciegos, los oídos tensamente despiertos acechan-do todo lo que sucede fuera de la habitación, cree escuchar ruidos. Tropezando, se levanta de la cama para acercarse a la puerta de la recámara. ¿Su hermano? No. No es nada, sólo lluvia. Otra vez escucha algo. El esfuerzo para ver y oír en medio de la oscuridad lo obliga a concentrarse con tal fuerza, que lo deja durante unos instantes insensible a lo que pasa alrededor. Tomé permanece por unos momentos en el marco de la habitación. Después vuelve a la tibieza de la cama.

Y segundos después, de nuevo se hace la luz. La peque-ña lámpara se enciende iluminando el cuarto. Tomé fija la mirada en la bombilla, en su filamento, en la blanquecina luminiscencia que lo salpica todo y las pupilas se le dilatan por unos segundos, heridas por la claridad. Con un vaso vacío de vodka entre las manos y sin nada que hacer, vuelve al libro y ahora lee otro capítulo. Lee en voz alta la letanía que recitan los que han hecho un pacto con el diablo: "Yo... me entrego a Belzebut, a Lucifer, a Leviatán y a aquel a quien se quiera entregar la posesión de mi alma y mi cuerpo, y renuncio a Dios, a la Virgen, a los nueve coros de los ángeles y a los santos y santas del paraíso y adoro de todo corazón y con toda mi alma a los nueve coros de demonios, y me sacrifico a todas sus voluntades, y me consagro al diablo, y me uno a la magia, y no quiero otra cosa que no sea Lucifer, y a él por siempre me entrego".

Y al terminar de leer este cántico que suena a herejes, a apostasía, la luz vuelve a huir de la lámpara, dejando a Tomé en penumbras nuevamente. Y la coincidencia de estar recitando un cántico demoniaco y esos apagones repentinos, pero sobre todo los ruidos que escucha fuera del cuarto, mezclados con la lluvia, la oscuridad, todo junto, lo ponen nervioso, como cuando era un chico y su hermano le contaba historias de miedo. Pero sobre todo, es ese sonido como de pasos lo que lo pone alerta. ¿Pasos? Sí, parecen pasos. El corazón de Tomé late violento y rápido esta vez. Con el libro en la mano sale de la recámara y al fondo, justo en la cocina, cree ver una sombra. "¿Quién anda ahí?", balbucea apenas... Ya no es el diablo a quien teme, sino a algún intruso que aprovechando la oscuridad de la noche haya entrado al departamento y esté ahí, esperando al acecho. Y en este instante, de la cocina surge un estallido como de cristal que confirma que efectivamente hay alguien dentro del departamento.

19

Sin saber qué hacer, Tomé contiene la respiración, lo más seguro es ir a la puerta de salida del apartamento.

Pero no se mueve. Sin más defensa que el libro que trae en las manos, siente en sí una especie de tensión que lo inmoviliza, una taquicardia constante, acompañada de sudor, todo mezclado con una ansiedad, que es miedo y zozobra.

¿Cómo se enfrenta a un ladrón con un libro del demonio en la mano? Tomé, como un ciego, se apoya en la pared, el cuerpo delgado, las piernas quietas bajo el pantalón negro del traje, un poco desteñido por el uso. Y como la situación se hace cada vez más extraña y tensa, aflora una realidad peligrosa y fuera de límite: efectivamente hay un intruso dentro.

—¿Quién anda ahí? Finalmente se atreve a gritar, aunque lo que quiere es huir.

Nadie responde. Sólo una sombra de nuevo moviéndose lenta. Y cuando está por enfrentar lo que tenga que ser, casi de inmediato escucha una voz familiar.

—Hola… no sabía que estabas en casa –responde finalmente su hermano con una vela apagada en la mano.

—Maldita sea, me asustaste, Gamaliel, no te oí entrar.

—Perdón, no se ve nada y me tropecé con una botella en la cocina. Caray, qué día.

Y ahí está Tomé. El rostro un instante como eterno, la cara piadosamente pálida, casi mortal. Ahí está él, con los ojos inocentes espiando desde dentro de su propio miedo infantil, su escepticismo sobre la existencia del diablo, al mismo tiempo que su temor primitivo a las fuerzas demoniacas, que están ahí desde la creación del mundo, desde siempre, buscando, tentando, atemorizando hasta a los más incrédulos, pero sobre todo el temor al otro, al otro llamado ladrón o asesino, que mata, que lastima por unos cuantos pesos o por nada, cometiendo terribles villanías al amparo de la influencia del demonio.

—¿Y tú? ¿Qué hacías ahí parado?

—Leyendo, pero escuché un ruido…

—Estás pálido, pareces un muerto.

—Cómo no, si casi me matas del susto, pensé que alguien había entrado al apartamento.

—Ya, hombre… lo siento. ¿Qué estás leyendo?

—Tu manual sobre exorcismo.

—¿Y qué?

—¿Qué?, ¿con qué?

—¿Qué te pareció, pues?

—¿Qué?

—Pues el libro.

—No sé, apenas leí unas cuantas páginas, después se fue la luz.

—Es uno de mis libros de cabecera.

—¿Tú para qué quieres un libro sobre exorcismo?

—Me gusta el tema, siempre me ha gustado.

—¿Cuándo eras sacerdote presenciaste alguno? –pregunta Tomé, todavía lento y pálido y Gamaliel responde con otra pregunta.

—Sí, he estado en más de uno. ¿A qué hora volverá la luz?, espero que no tarde –dice su hermano mientras enciende la vela.

—A mí honestamente me parece ridículo todo el rito. ¿Cómo sabes que el supuesto poseso nos es un esquizofrénico o un psicótico? Las tres características de las que habla tu manual son una mierda, es ridículo sostener que alguien que hable otro idioma que aparentemente no conoce, o que tenga una fuerza descomunal, esté poseído. Eso es una pendejada del siglo pasado, con todo respeto, hermano... es una tomada de pelo –aclara Tomé, molesto.

—En realidad los exorcismos son mucho menos espectaculares de lo que se ve en las películas. No hay levitaciones ni telequinesis o multiplicidad de voces ni pronunciación de distintas lenguas. Es más complejo. Satanás está siempre activo. Hace todo para que las personas caigan en tentación y cada vez que se realiza el mal, él está detrás, pero también existe una extraordinaria acción del maligno y ésta es la posesión diabólica, eso es un hecho, aunque tú no creas en ella...

Rápidos pensamientos se entrecruzan en Tomé, precisamente en el mismo instante en que vuelve la luz. Todavía con los ojos abiertos, los oídos tensamente despiertos acechando lo que pasa alrededor y en medio del susto que vivió por unos segundos, Tomé sonríe interiormente, sin saber por qué. Aunque sí lo sabe. Se siente más tranquilo con el departamento iluminado, pero sobre todo sonríe porque ahí está de nueva cuenta el tema favorito de su hermano, el diablo, tal como le gusta a Gamaliel. Igual que siempre, la misma discusión eterna, que en el fondo lo desconcierta.

—Algún día deberías presenciar alguno para que veas lo que es de verdad el demonio.

—No, gracias… yo paso de esas pendejadas, además, tú ya no eres sacerdote, ¿cómo puedes practicar un exorcismo?

—Pues como laico, como un auxiliar de liberación. Efectivamente, no tengo carácter de exorcista, pero podría ayudar en el discernimiento del mal o incluso con mi oración de intercesión, así se le llama a la oración que hacemos los laicos en la lucha contra el demonio.

—¿Y en México se practican exorcismos?

—Sí.

—¿Cuántos? –pregunta Tomé, pensando otra vez en cifras, con la avidez de quien piensa en números todo el tiempo.

—Pocos… no porque no haya posesiones, sino porque hay pocos exorcistas, y eso sí que es un problema, porque al diablo le encanta esta circunstancia.

—Qué curioso, yo tenía la idea de que no. ¿De verdad crees esas tonterías, Gamaliel? Me parece increíble, pareces un cura de rancho, de pueblo, igual de ignorante, caray no quisiera ofenderte, pero así lo pienso.

—No voy a discutir eso contigo, sólo voy a decirte que el diablo está más cerca de lo que crees, aquí mismo, todos los días, lo que pasa en México no es casual, todo esto tiene que ver con él.

De pronto a Tomé lo asalta una idea antigua, tan vaga y arremolinada que no es exactamente la que debería nacerle en ese momento, sino otra demasiado difícil de pensar.

—¿Tú crees entonces que México está poseído por el diablo?

—Sí, eso es exactamente lo que quiero decir, el diablo está aquí, como un día estuvo en el Salvador, en Nicaragua, en Colombia, en Chile, en Argentina, en otras partes del mundo donde hay violencia. Le gusta recorrer el planeta, le excita la sangre, porque de ella se alimenta. Ahora está en nuestro país. México está endemoniado y se necesitan exorcistas para combatirlo. Lo ideal sería un exorcista por cada parroquia, pero es muy difícil, sobre todo cuando el Vaticano ha dejado de creer en él.

Es en este momento que Tomé llega a lo más alto de la cuesta de lo absurdo, atrapando a su hermano en el bosquejo de un idea desquiciada y ridícula y exacerbando su propia conciencia del mal. Súbitamente es capturado por un remolino de agudísima conciencia que lo obliga a pensar en la posibilidad de que México esté verdaderamente poseído por el diablo. Entonces piensa en Sinaloa, en Veracruz, en Michoacán, en Guerrero, en Nuevo León, en Morelos, en Tamaulipas, en todo el país. En la descomposición social que anida en México. En las decenas de crímenes que suceden día a día. En los que hoy lloran a sus padres y que mañana serán los próximos sicarios, los asesinos brutales que cortarán cabezas y colgarán a sus adversarios de un puente. Tomé piensa en un diablo sádico que disfruta con la imagen de cientos de cabezas, de brazos y manos cortados, metidos en bolsas de plástico.

Y si así fuera, entonces efectivamente el diablo debe de estar detrás de todos los encobijados del país, los cadáveres que amanecen envueltos en plena calle. En el paraíso de la muerte impune, con la cara de puto diablo que aflora macabra, testigo de la muerte, de sus secuestros y quemas de negocios, todo en medio de la extorsión impuesta por los narcos. Y si esto es la manifestación del diablo, entonces sí, piensa Tomé, a México se la está cargando el diablo o la verga, que para el caso es lo mismo. Una verga que tenemos todos hundida en el fondo del culo, recordándonos que el mal está al acecho, a la vuelta de cualquier esquina.

Y a Tomé Bata le nace de repente una idea tan clara, perfilada como un pájaro negro en medio del cielo despejado y azul: en algún lado debe de estar el origen del mal. No en la explicación infantil de la existencia del diablo, sino en otro lado.

Y sin hacerlo del todo consciente, Tomé ha estado tratando, todas estas semanas, de entender dónde se gesta el mal y por qué. En el fondo necesita saber, conocer la naturaleza humana, su propia esencia, que tal vez es la de un pájaro negro, maligno, parada en la rama baja de un árbol, esperando la menor oportunidad para sacar lo peor de sí mismo, para arrancarle a alguien los ojos de un solo picotazo, como lo hace la mayor parte de los seres humanos. Sí, el tema del mal se está convirtiendo en una aspiración, en una obsesión dentro de él. Tomé necesita llenar su cabeza de respuestas para olvidarse un poco de sí mismo y de sus problemas aparejados a una vida mediocre que le ahoga hasta el asco.

Después de esto, a Tomé Bata le nace de pronto un nuevo sentido de vida, un nuevo objetivo: necesita entender el origen del mal, pero ¿para qué? Pues… ¡simplemente para entender!, para enfocar su mente en algo más productivo que este vacío de vida que lo inunda y para darle al mismo tiempo –pero esto no lo sabe ni él mismo– un poco de sentido a su quehacer de reportero de nota roja. Un ejercicio profesional que, por lo demás, lo hunde todos los días en el desánimo de tener que cubrir la muerte que viene aparejada con la violencia y que flota todo el tiempo, subrepticia, en cada rincón de México: un país de nota roja.

Y sin cuestionar más a su hermano, Tomé palmea su espalda, con la fuerza y la bondad física que tiene una mano pesada, fraterna, y huye a dormitar. Hablar con su hermano es como sostener una charla con un borracho terco y empecinado.

Deseoso de perderse lejos, se encierra en lo que hoy será su nuevo cuarto, se encierra y se mete bajo las cobijas para anidar en sí, en un sueño pesado, deseoso de perderse en un lugar que no tenga imágenes de sangre ni del mal. Un sueño blanco de nada, que por fin llega, haciéndolo sucumbir por unas horas a la inconsciencia, como un cuerpo al que se le amarra una piedra y es lanzado a la cavidad profunda del mar para perderse en su hondura de olas.

No obstante, un sonido seco y ronco suena en las horas silenciosas de la madrugada para despertarlo de golpe. Es el sonido de una puerta que se cierra. Tomé se levanta. Sale de la habitación. Va hacia el cuarto de Gamaliel. La recámara está vacía. La cama recién tendida, como si no hubiera dormido ahí. Vuelve a su propio cuarto. Corre la cortina. Su rostro se ilumina apenas con la luz durmiente de la calle. Allá afuera la lluvia cae sin fuerza, sin cesar. Las gotas se deslizan trémulas, brillantes, secretas por el cristal de la ventana.

Desde la ventana ve a Gamaliel salir del apartamento, en medio de la llovizna, para abordar un auto que lo espera con las luces apagadas. Tomé, intrigado, observa a su hermano. El reloj marca las tres de la madrugada. Entonces mira el horizonte desierto de la noche, con sus aceras silenciosas, para preguntarse casi inmediatamente: ¿a dónde va su hermano?, ¿a dónde irá de noche un profesor universitario que da clases durante la mañana? Un hombre sin pareja, sin amigos con los que acostumbre beber un trago.

Porque Gamaliel vive como un laico, pero tiene ese espíritu de sacerdote presbítero. Sin embargo, las apariencias engañan, y puede ser que se trate de la amante, de aquella mujer que no tiene horas determinadas para el deseo, para el sexo. Eso sí sería una sorpresa: su hermano liado con una mujer, una misteriosa mujer que se encuentra con él de noche.

En el aire, su respiración flota en la oscuridad frente a la ventana opacando el cristal. Con la punta de los dedos quita el vaho, dibujando un pequeño círculo, como el ojo de buey de un barco, por donde puede observar. Mira hacia fuera. El auto se ha marchado rápidamente en dirección al sur. Vuelve a la cama, con un zumbido de pensamiento que vuela en su cabeza, emulando el continuo batir de las alas de un insecto que no encuentra la salida por ningún lado.

Tomé cierra los ojos. Se esfuerza por dormir. Concentrado en el sonido de la lluvia, tratando de decir adiós a cualquier idea. No obstante, en un último instante de conciencia, apenas iluminado por ideas claras, piensa en Eloísa, en sus movimientos leves y delicados.

Después, por fin, el bendito sueño viene a él... por fin.

20

EL TIEMPO ES UNA MALDITA ILUSIÓN, un engaño que nos creemos para significar nuestro triste paso por este mundo.

Para algunas personas, como Tomé Bata, somos prisioneros cautivos de un tiempo engañoso al que le hemos puesto manecillas para contabilizarlo, para apresarlo como se hace con un pájaro dentro de una jaula. Sólo que la prisión es redonda y en lugar de barrotes, tiene números y manecillas que giran eternas para darnos la certeza de que el tiempo avanza, aunque no se mueva. Igual que una montaña, siempre perenne.

Entonces, ¿existe o no el tiempo?, ¿es una ilusión, como lo piensa Tomé Bata? O pese a que se encuentra preso en esta jaula circular, el tiempo sí avanza, existiendo. Porque si el tiempo no es una ilusión, entonces vale la pena cambiar de pensamiento y asegurar que el tiempo es tan real como lo es una manzana pudriéndose dentro de un frutero.

He aquí los hechos.

El padre de Tomé Bata nació, envejeció y murió. Igual que lo hizo el abuelo de Tomé, el bisabuelo de Tomé y el tatarabuelo de Tomé. Todos ellos nacieron, envejecieron y murieron. Se pudrieron al final de sus vidas, dentro de un ataúd, igual que lo haría una manzana en un frutero. Fue el tiempo. Entonces el tiempo no es una ilusión ni un simbolismo. El tiempo es, como lo es la Nada. Existe, aunque sea abstracto como un pensamiento redondo. Todos nacemos, crecemos, envejecemos y morimos. Nuestra vidas no pueden detenerse ni retroceder; por lo tanto, no es una falsedad: ésta es las prueba tangible de que el tiempo de la decadencia y de la disolución está aquí con su reloj interno, metido en cada célula del cuerpo, presente en la vida de cada persona dando vueltas con sus pequeñas manecillas, susurrando al oído a través de su tic-tac de precisión: "has nacido, estás envejeciendo y morirás, se secará tu voz y un día, no muy lejano, no serás más que memoria, polvo abonando la tierra".

Pero parece más bien que la condena no es la existencia del tiempo (a la cual no podemos resistirnos), sino su ritmo. El tiempo puede ser eterno o instantáneo. Lento o rápido. Una verdadera paradoja: suficientemente lento como para enloquecernos, o instantáneo para sacarnos de él cuando menos lo imaginamos. Un ejemplo perfecto de un tiempo lentísimo es la imagen de un padre de familia que espera por horas en el Servicio Médico Forense para identificar a su joven hijo, tristemente muerto en un accidente automovilístico. Este hombre, víctima de la burocracia y de las horas, tiene que soportar la lentitud del tiempo para llenar formularios y papeles, antes de poder reconocer a su hijo sobre la plancha. Son esos instantes en los que se vive un tiempo lerdo como de tortuga. Un tiempo que parece estacionado.

Oxidado como una pila de herrumbre, donde cada molécula está paralizada y los segundos parecen malditos siglos. He aquí la entropía máxima del tiempo. Llenar formularios por horas es el ejemplo de un tiempo que se encaja en el pecho como un estilete cortante y que hunde su dolor sobre instantes que parecen eternos, un tiempo torturador que daña al que agoniza en la espera.

No obstante, no todo el tiempo es lento. A veces el tiempo se vuelve rápido, nervioso, como el movimiento de un colibrí. Idéntico al que se vive durante el coito. El primer efecto consiste en la turbulencia, donde las fluctuaciones aumentan, amplificándose, propagándose, el sudor, el quejido, finalmente el orgasmo, hasta que se extingue y queda sólo la sensación de un tiempo que ya no es, de un placer corporal que se ha ido y que sólo queda evanescente en la memoria, tan fugaz como lo es el placer. O bien, idéntico a esa primera mirada paralizante de dos que se descubren y que casi inmediatamente tienen que separarse, porque uno se queda en el vagón del metro y el otro tiene que descender en la siguiente parada, separando irremediablemente a los que nunca serán amantes. Es el tiempo inexorable que se bifurca. A veces lento, retorcido. A veces rápido y prematuro. Atemporal, como ha sido el tiempo en la vida de Tomé Bata todos estos días: lento y rápido al mismo tiempo, tanto que no encuentra razones para ser.

El tiempo de la pequeñez y de la vastedad. El de dormir, de comer, de bañarse o el de la espera a que algo importante pase en su vida. El descubrimiento pesimista de que el tiempo es irreversible y de que no está pasando nada en su existencia que valga la pena ser vivido. Porque levantarse aprisa, ir a la redacción, comer, regresar, a veces no es suficiente para sentir que se está suficientemente vivo, y entonces el tiempo se convierte en una mera ilusión.

Después de algunas semanas de nada, de un tiempo vacío de hallazgos personales, pero lleno de trabajo, de nota roja, Tomé llega a la redacción, esperando internamente que algo distinto pase, tan distinto que sea capaz de hacerlo reaccionar como lo hace la lengua cálida de un perro, que obliga a sentir la piel al instante a través de ese calor húmedo y afectuoso en el que se convierte el lamido de un animal.

Es urgente y cuando la urgencia apremia, suceden cosas, y el tiempo, como el viento, avanza veloz.

¡Atención! En la oficina de Tomé Bata todo parece ser igual. Sin embargo, insospechadamente, hoy algo cambia. Frente a su escritorio encuentra una nota, que a la letra sólo dice: "Márcame".

Nadie firma. Sólo hay escrito un número de celular. Tomé marca enseguida, curioso. Una voz femenina responde de inmediato. No es su esposa. La voz de la desconocida dice:

—Hola. –El tono es de confianza, amistoso. Tomé guarda silencio–. ¿Me escuchas? Soy yo... ¿No me reconoces...? –Tomé intenta responder, pero le falla la voz–. Soy Bertha.

"¿Quién?" La mente de Tomé busca rápidamente una respuesta. No la encuentra de momento. "¿Cuál Bertha?", piensa sin hablar. Lo delata la sorpresa, la profunda arruga en medio de la frente.

—Soy yo... Bertha Solís, tu compañera. Aquí estoy, voltea, justo a tu derecha.

La cara de Tomé es la misma de un niño idiota, sorprendido por la maestra copiando en un examen. Efectivamente, ahí está su compañera, a unos siete metros de él. Es ella, la reportera que cubre Finanzas. Ahí está, con la mano levantada, saludando y con el auricular pegado a la oreja, como él. El juego es estúpido, evidentemente, pero Tomé no cuelga. Ella está ahí, beatificada por la soledad. De pie, inquieta. Efectivamente, es su compañera reportera, con aquel sombrero blanco sobre la cabeza, como un enorme albatros que extiende las alas antes de lanzarse al vuelo.

La lentitud y el silencio se hacen presentes. Tomé no sabe qué decir ni cómo reaccionar. ¿Qué debe hacer?, ¿colgar?, ¿levantarse?, ¿ir hacia ella? No hace una cosa ni la otra.

—No te agradecí suficiente lo de la otra vez.

"¿Qué fue lo de la otra vez?", piensa Tomé molesto por el juego de hablar por teléfono mientras se miran a la distancia.

—Nadie me dijo que tenía el pantalón manchado de sangre menstrual, sólo tú. Seguramente todo el mundo me vio pasar una y otra vez por toda la oficina, pero ¡qué cabrones!, nadie fue para decirme ni pío. Pues eso... nada más, quería agradecerte.

—No fue nada –responde Tomé por fin.

¡Ah, ya entiende!, hasta este momento todo está más claro, pero el juego ya lo tiene definitivamente de mal humor. Quiere colgar. Maldita sea la hora en la que pidió que pasara algo diferente en su vida.

—¿Vas a salir a comer? –pregunta Bertha, cambiando sorpresivamente la dirección de la charla.

No hay manera de no verse expuesto frente a su compañera. Cómo decir que no. Cómo dar un pretexto para no salir a comer, si ella está ahí de frente, a unos cuantos metros. Porque cuando se miente por teléfono, es más fácil. La excusa es lo de menos. El tono correcto es lo importante.

Si la expresión del rostro miente, la voz puede decir lo contrario. Tomé no está acostumbrado a alterar la verdad, pero lo hace de vez en vez, sobre todo cuando se trata de huir de una situación incómoda como ésta, pero esta vez no puede.

Tomé ha estado buscando que algo nuevo pase en su vida, pero no así. No ahora. No una comida que no quiere con su compañera Bertha Solís. Ella, la calva. La infeliz que no se relaciona con nadie. La hermética. La eterna traumada del sombrero blanco. Bertha invitándolo a él, a él, que en el fondo no quiere nada. Porque así es el duelo del divorcio, no se quiere nada y al mismo tiempo se requiere que algo nuevo suceda. ¡Ah!, qué nostalgia no tener mujer, no tener con quién comer o al menos con quién pelear, no tener a nadie más que un hermano que lo acompaña a veces, sobre todo cuando hay un poco de tiempo o de ganas, y ésas no abundan entre él y su hermano, con ambos metidos hasta el tope en sus respectivas ocupaciones.

Tomé queda expuesto. Quedarse callado es mejor para el momento, pero no lo logra.

—Sí, salgo a comer.

—¿Quieres acompañarme? —pregunta abiertamente Bertha.

—¡Claro! —responde Tomé sin dudar.

Socorro. *Help*. Ahora el tiempo corre lento, lentísimo, como un inválido que se arrastra en busca de su silla de ruedas, después de haber sido derrumbado por una turba en pleno incendio. Tomé cuelga. Debió negarse, decir no, o mínimo debió quedarse callado.

Bertha cuelga también, al tiempo que se aproxima, juguetona. El sombrero-albatros vuela planeando hasta su escritorio, alegre, como el tiempo que de un momento a otro se bifurca, acelerando su paso, veloz.

—A las tres nos vemos abajo –dice ella en tono cómplice.

Después… todo sucede rápido. Un restaurante cualquiera, el menú de siempre: sopa de pasta, arroz, carne, postre, agua insípida de frutas, pero sobre todo una charla sin gran relevancia, tan pálida y desdibujada como la cara de Bertha. El reloj avanza rápido y de pronto son las cuatro. El viento esta tarde trae un clamor vago, una reivindicación de que el tiempo pasa de prisa, lo suficiente para regresar a la oficina y terminar con esta forzada comida.

—Te invito un café a mi casa, es un grano delicioso, lo traje de Chiapas, yo nací allá. Hace tres años que vivo por aquí cerca. ¡Vamos sólo un rato y volvemos a la oficina! Yo tengo mucho trabajo, tanto que creo que tendré que quedarme horas extra, pero de verdad quiero agradecerte con un buen café, no todos los días alguien hace lo que hiciste por mí –dice Bertha, realmente animada.

Tarde de viento, donde los pájaros vuelan agitados de un árbol a otro como hojas de papel. Tarde, donde la reportera sonríe mientras con las dos manos fija su sombrero a la cabeza.

Tomé esta vez tiene toda la intención de decir de inmediato que no. Pero de nuevo guarda silencio, porque más que una invitación, parece una súplica. "Por favor, vamos", y el tono que Bertha utiliza es imposible de obviar.

—Vamos, pues, un rato nomás, no puedo dejar de mandar una nota que tengo pendiente para el vespertino, ya sabes cómo es Becerra, no quiero problemas con él –sentencia Tomé, con tono serio.

Está dicho. Sólo un rato. Bertha gira veloz sus pasos sobre una calle angosta. La brisa sopla por la izquierda y el sombrero de su compañera reportera se levanta para dejar al descubierto una parte de su cabeza. La Pelos, como la conoce toda la redacción, luce fea y calva, al mismo tiempo que ridícula. Tomé procura andar de tal manera que pueda sentir el viento de frente en todo el rostro, tratando de no mirarla, para sólo seguir el camino abierto que el aire promete, ¿qué promete, qué? Un tiempo de tedio tomando un café chiapaneco que no quiere, pero que no se atreve a rechazar. Un café caliente y espumoso en una tarde de ventisca. Eso sería lo único bueno, porque Tomé ama el café, tanto como amaba los ojos negros de su exesposa.

Bertha no miente. Sólo basta caminar un poco para llegar a un viejo edificio de la Roma sur, con su espléndido estilo ecléctico, típico de la época, mezcla entre *art decó, art nouveau* y arquitectura neocolonial. Un departamento grande, agradable, habitado por el olor a madera de los muebles de cedro y un enorme ventanal en la sala, mismo que inmediatamente ella abre de par en par, dejando entrar ese viento terco que busca por dónde colarse, abriendo paso, también, a una tarde tranquila que va dejando poco a poco caer su oscuridad.

Ahora, gradualmente, más sistemático, el viento ya no golpea la cara de Tomé ni lucha con arrancarle el sombrero a su compañera. Desde ese tercer piso, definitivamente el viento sólo se enfrasca en una sutil lucha contra una enorme cortina blanca de textura transparente, que se mueve de un lado a otro, simulando una danza de finas olas. Una cortina etérea, fantasmal pero hermosa.

El olor a café pronto inunda el departamento. Aromático, delicioso. Unos sorbos y después, la charla. Aunque esto último no es del todo cierto, porque las pocas frases dichas en realidad se parecen más al silencio incómodo que surge cuando no se tiene mucho qué decir. "Sí, ha llovido a cántaros por estos días y ya no es tiempo de lluvias". "Hay tanto trabajo", o algo de charla, dirigida a la típica crítica al jefe: "Becerra es un pésimo jefe, autoritario e insensible", y cosas que se podrían omitir y que no pasa absolutamente nada si no se dicen. ¿Qué contarle a Bertha?, ¿qué preguntarle sobre su vida?, si a Tomé no le interesa nada sobre ella.

Temiendo que se abra ante sí un insalvable espacio vacío, el mismo que habita el universo de los mudos, Tomé se levanta buscando el baño. Lo encuentra a la derecha, como casi todos los baños, invariablemente.

Entra de inmediato y cierra la puerta tras de sí. La ventana del baño tiene una cortina gruesa por donde no pasa la luz de tarde. A oscuras intenta encontrar el interruptor. No lo logra. Con los ojos ciegos, le parece que da vueltas alrededor de sí mismo, con un vértigo no del todo desagradable. Se está bien en esta semioscuridad, en este silencio que no lo obliga a nada. Sus pies ciegos tienen la desconfianza de tropezar. En un segundo sus zapatos palpan la suavidad sospechosa de un tapete. Tomé lo pisa. Extiende las manos, toca un espejo, el lavabo. Se acostumbra a la penumbra pronto. A la izquierda, pegada a la puerta, ve una pequeña línea fosforescente. Es el apagador. Se hace la luz. Para entonces, Tomé ha comenzado a instalarse en la oscuridad que está hecha del mismo material del que se nutre el roce sutil del silencio, de la nada y su materia viva.

Al encender la luz, las pupilas se le dilatan. El baño es enorme. Tiene azulejo verde turquesa en las paredes. El piso es totalmente blanco. Tomé abre la llave del lavabo. Toma un pequeño jabón de color rosa, haciendo la mayor cantidad de espuma posible, como cuando era un niño y jugaba a hacer figuras con espuma de jabón. Tomé se lava las manos antes de orinar, es una terca costumbre que le viene desde la infancia. Mientras se enjuaga meticulosamente, mira los rincones, la tasa del baño, dentro de la regadera, el lavabo. Todo está en orden, pero hay gran cantidad de cabellos tirados por todos lados. Muchos. Eso es lo que más destaca. Le parece desagradable el contraste entre la claridad del piso y el pelo oscuro y rizado de Bertha. Una pequeña y áspera toalla blanca le sirve para secarse las manos. Su mujer no dejaba cabellos en el lavabo después de cepillarse. Era casi una obsesión recogerlos con un clínex o con un pedazo de papel de baño. Eso hacen las mujeres, por lo general, recogen el pelo que dejan al peinarse, pero parece que a la reportera de Finanzas no le importa mucho esto del cabello regado por todos lados. Pobre, su calvicie va en serio. Debe de ser un problema terrible dejar pelos como si se fuera un gato. Igual que el follaje que cae al suelo, cuando es otoño y caen las hojas de los árboles.

Pero Tomé no orina. Se mira al espejo las cejas bajas que enmarcan sus ojos negros. Esa boca mediana, de labios gruesos. La sombra oscura de su barba. Una barba terca que se rasura por las mañanas y que para la noche ya asoma su rastro. Tomé se mira completo hasta el pecho. Ha bajado al menos unos tres kilos desde que él y Eloísa se separaron. Es un hombre de baja estatura, como el común de los mexicanos. Es conocido en el mundo cotidiano de la calle como el Güero, aunque tiene el cabello oscuro y la piel morena, como la mayor parte de los mexicanos. A veces para insultarlo le han dicho en la calle "pinche prieto, por qué no te vas a chingar a tu madre", aunque a estas alturas de la vida ya no le importa el racismo que sufre por esto. Tomé pestañea varias veces, quieto para concentrarse de nuevo en los cabellos que cubren el lavabo. Nuevamente se mira al espejo, pero esta vez se concentra en sus entradas.

Y él que pensaba que eran preocupantes y espectaculares, se equivoca. Frente a la calvicie de su compañera Bertha, es un hombre de cabello súper abundante. Sonríe. De pronto, le nace un orgullo inusitado por su cabello. Se lo alisa, se acomoda el frente. Se acerca tanto al espejo, que casi lo roza con su nariz, observándose el cuero cabelludo. Pero ¿qué es esto? ¡Una cana! Tiene la tentación de arrancársela, pero se contiene. No quiere que ese cabello blanco forme parte de la alfombra asquerosa de pelo que cubre el suelo por todos lados. En un instante piensa en Eloísa, su mujer. En su cabello negro, lacio. Le gustaba cuando se lo soltaba a la hora de hacer el amor. A veces le hacía cosquillas en la cara o en el cuello. Sobre todo cuando su mujer lo montaba como si fuera un potro, para hundir su pene hasta donde ella deseaba. Sí, no lo había hecho consciente, pero le gustan las mujeres de cabello largo y abundante, no importa si es rizado o lacio.

Antes de salir, Tomé apaga la luz. Pero no sale del baño, se queda ahí unos segundos, en penumbras, con la puerta cerrada. Sólo que esta vez siente una tensión desagradable en el cuerpo. Sabe que no hay peligro. Es obvio que se trata de la misma extensión tranquila y segura, del mismo baño, sin ninguna trampa más que la corta y dura sombra que se esconde en cada esquina. Sin embargo, ahora se siente incómodo con ese registro en la mente de todos los detalles: la toalla de manos medio sucia, ese solitario vaso y su cepillo de dientes, la tasa de baño percudida a falta de aseo, ese shampoo Crece Fem, que combate la caída del cabello "el único shampoo hecho con karité, que nutre el folículo piloso", y ese tapete verde olivo con una mancha de mugre del lado derecho. Con todos esos detalles guardados en la memoria primaria o memoria de corto plazo, siente una nueva urgencia de irse. De huir de ahí. Rápidamente abre la puerta, se hace la luz y en un segundo está en la sala.

Bertha ha puesto música clásica de fondo. A estas alturas tiene prisa de irse. Su compañera no lo mira, está tendida sobre un sillón individual, completamente relajada y sin zapatos. Tomé no puede verle la cara por culpa del sombrero, que parece más bien una triste sombrilla. Ella está ensimismada viéndose las uñas lustrosas. Sobre un cenicero yace un pequeño cigarro de manufactura improvisada. Bertha levanta el rostro, o más bien debería decirse que levanta el sombrero al tiempo que toma el pequeño cigarro y lo enciende. De inmediato, Tomé identifica el olor a marihuana. Se sorprende, Bertha no parece una mujer que fume cannabis. Inseguro, rechaza de inmediato la invitación a fumar.

—Por favor, Tomé… ¿no me vas a dejar fumar sola, verdad?, quiero agradecerte que no seas un macho como todos los hombres. ¿No me digas que nunca has fumado mota?

Serio, Tomé mira desdeñoso aquel pequeño cigarrillo. Desde la calle se escucha el sonido del tráfico.

Tomé Bata se inquieta ante la novedad y se rasca la barbilla de manera insistente, nerviosa.

—Gracias, no. Hace mucho que no fumo, creo que la última vez fue cuando iba a la universidad. No te miento si te digo que ni me acuerdo de cómo fumar –Tomé sonríe apenas–. Gracias por el café, me voy.

—Pues qué mentiroso eres. Dijiste que te quedabas un rato y todavía no pasan ni quince minutos y no te has tomado el café que te serví. Pero está bien, si quieres irte, adelante. Perdona que no te acompañe a la puerta, pero estoy descalza. Ni modo… –Bertha arremete con tono chantajista.

Y de pronto, sin ninguna otra razón, más que la de su propio orgullo de no fumar desde que iba a la universidad, Tomé se deja llevar, una vez más.

En un acto inusitado, toma entre sus dedos ese maltrecho cigarrillo y fuma. Aunque esta vez tampoco es del todo cierto que se siente presionado por las súplicas o el aparente desamparo de Bertha. En esta ocasión, en el fondo de sí, desea fumar marihuana, ausentarse un poco. Se trata de su primer pensamiento claro desde que salieron a comer. En realidad, desde que se separó de su mujer. Es el primer pensamiento que no carga con la defensa de siempre. Sí, acepta. Extiende la mano e inhala porque quiere. Sin ninguna razón más que su propio hartazgo de todos los días, de la condena de seguir haciendo siempre lo mismo, víctima de los designios del destino o de las necesidades de los otros. Cuatro fumadas seguidas y un ataque de tos. No ha olvidado cómo fumar, pero sí la sensación de aspereza que deja en la garganta la cannabis, ahogándolo. Hasta hoy, él ha sido la víctima, el hombre abandonado por su mujer. ¡Pobre infeliz!, cómo ha sufrido en estos meses. ¿Pero no era eso lo que quería? La relación ya estaba fracturada, es un hecho. Fue lo mejor y Tomé es capaz de aceptarlo, por fin, porque esto es menos doloroso que asumir que son las circunstancias las que siempre lo orillan a que las cosas sucedan. Son los hechos. Así fue y punto. Y esta tarde, hubiera sucedido lo mismo, si su compañera reportera le hubiera ofrecido alcohol. En realidad Tomé está harto de su sobriedad y de vivir durante todos estos meses, en sus cincos sentidos, el infame duelo del divorcio.

Con la mente más clara, se sienta en el sillón frente a la ventana. Entonces fuma con calma y simplemente ve pasar el tiempo. Lo hipnotiza el ritmo de esa cortina que va y viene.

Bajo los efectos de la droga, el tiempo es como un animal pesado. No. Como un animal, no. Es más bien lánguido, como una pluma que cae en cámara lenta, a una velocidad de pausa, sin esa prisa perentoria de todos los días que lo apresa por el trabajo en la redacción, por las exigencias de su jefe, por los cientos de asesinatos que hay que cubrir en la gran urbe, siempre antes que nadie.

Pero enseguida, lo que Tomé experimenta ahí sentado, es una taquicardia que apenas puede controlar, seguido de un entumecimiento en las manos. Siente los dedos helados. Hay en él un poco de temor, ¿de qué? De perderse, de no controlar las reacciones de su cuerpo. Inquieto, siente que le falta el aire y se levanta hacia la cocina por un poco de agua. Al caminar tiene la sensación de que flota, se siente ligero como una pluma que cae lentamente sin llegar al piso. Cuando por fin entra a la cocina, de momento olvida para qué está ahí y regresa a la sala con cara de angustia.

Bertha sigue el ritmo de la música con su pie, ignorándolo. No hablan. Tomé vuelve a sentarse. Mira a su alrededor. En todos lados hay cabellos; sobre los sillones, sobre la pequeña mesa de centro. Es como pelo de gato. Pero no… el pelo de gato es suave y delgado, y el cabello que yace tirado en todos lados es áspero, como el de los muertos. Es difícil de explicar, pero ahora Tomé tiene una rara sensación de asco. El mismo que siente cuando ve el cabello de gente que ha muerto, que ha fallecido por cualquier causa. El cabello de un cadáver es horrible, no tiene brillo, es como zacate. A la mente de Tomé viene una de las últimas notas que cubrió:

Una mujer asesinada violentamente que muere con la cabeza aplastada por una enorme piedra. Un caso de tantos, víctima de un esposo vil que, después de patearla, la golpeó con una enorme roca, arrancándole la mitad del cuero cabelludo de un golpe certero.

Todavía recuerda ese pelo tirado como una jerga sucia en el suelo. Y ahora aquí siente el mismo asco. Paranoia. A esto se le llama paranoia y sucede a veces cuando se fuma cannabis. Ahora está intimidado ante la presencia de Bertha, que luce como un maniquí de tienda, calvo, blanquecino e inmóvil.

De pronto, Tomé es atacado por una tarquicardia que viene de golpe. Un mal viaje. Se levanta, va hasta el ventanal. Sale al balcón. El aire que entra le golpea el rostro, pero la angustia no para, tiene un mal viaje, un viaje que le empuja a asomarse al balcón, a inclinarse buscando algo en el vacío.

21

Por unos segundos siente que el vacío lo llama, pero se retira violentamente, como si algo lo jalara por detrás. De un momento a otro se siente mejor, tal vez porque sabe que podría lanzarse al vacío si así lo quisiera. ¿Y eso es sentirse mejor? ¡Qué pendejada! Pues no es una pendejada. Es mejor tener una salida que sentirse acorralado. Qué tontería, se contra argumenta a sí mismo como si estuviera charlando con alguien. Lanzarse no es una salida, por Dios. Ahora, con temor, se aleja rápidamente del barandal. Está sudando pero afortunadamente el ataque de ansiedad pasa pronto y, más relajado, vuelve adentro.

¿Qué hace él aquí, fumando hierba? ¿Por qué no está en la oficina? ¿Por qué lo dejó su mujer? ¿Por qué nunca ha podido ser feliz? ¿Por qué no ama su trabajo? ¿Por qué se siente tan vacío? No es la mota. El mal viaje es añejo. La paranoia es anímica, podríamos decir, antediluviana. Su cabeza ahora es una ola muda en la que hay un enorme deseo de entender todo lo que es susceptible de ser entendido; y todo

ese entendimiento es una manera de empezar a reconci-
liarse con lo que entiende de sí mismo. ¡Wow!, esto es un
pensamiento pacheco que es incapaz de repetir a unos segundos de pensado, incluso de entender de manera clara.
Entonces piensa: "Estoy vivo y vivir es sufrir, pero no sufro
siempre; cuando me río o duermo, no sufro". Tomé estalla en risa. Esto es otro pensamiento pacheco. Claro, pero
confuso al mismo tiempo. Confuso pero clarividente. Y
así como ése, vienen a su cabeza otros igual de abstractos,
pero que en medio de un cigarro de mota se convierten
en pensamientos perfectos. Maravillado por la perfección
automática de sus ideas, Tomé se echa a reír con la cabeza inclinada hacia atrás, mirando directamente los cuatro
focos de la lámpara de la sala, deslumbrado. Ahora todo
es luminiscente como la claridad, y de pronto ya están hablando Bertha y él. Y esto le da al tiempo la eternidad de
un pájaro posado sobre un árbol. Se ríen mucho. Bertha
es divertida. "Una mujer divertida con sombrero". Este es
otro pensamiento lúcido, que lo hace reír. Se había olvidado de ese sombrero. Por unos segundos es parte de
Bertha, como los dedos son parte de las manos. Entonces
Tomé enciende de nuevo, por iniciativa propia, ese cigarrillo delgado y maltrecho. Ya no tose. Su garganta comienza
a acostumbrarse a ese picor de marihuana. Retiene por
más tiempo el humo en sus pulmones, mientras comienza
a jugar con la idea de que el sombrero de Bertha es un pájaro blanco posado sobre una rama baja, a la altura de sus
ojos. Un pájaro impedido de volar. Con una mano pesada
(porque Tomé siente las manos pesadas como si fueran de
piedras) se levanta y con una lentitud de pormenor, intenta coger el sombrero, sin lastimarlo, igual que lo haría
con una paloma. Con la sutileza física de quien tiene una

mano hecha de plomo, aparta el sombrero de la cabeza de Bertha y lo pone a un lado. Tomé no está pacheco, está pachequísimo. Completamente. Y para su sorpresa la reportera no se resiste, se deja quitar el sombrero. Ese sombrero-pájaro, que por la proximidad de su mano, asustado, no se atreve a mover las alas. Lentamente el cuerpo de su compañera comienza a temblar y sus ojos oscuros se cierran por unos segundos con una dulzura de hembra. Se besan. No. Esto es impreciso. Tomé la besa. Y esto, realmente es una sorpresa.

Después de besarse largamente, es ella quien toma la ofensiva, quitándose la blusa de inmediato para dejar al descubierto el nacimiento de sus senos por debajo de ese sostén blanco, un poco percudido; al mismo tiempo que la chica extiende la mano terca para tomar de nuevo su sombrero y ponérselo, mientras Tomé escucha el diminuto latido de esa ave, que indica que el pequeño pájaro blanco tirado en el suelo no ha muerto, volviendo al ataque, para posarse otra vez sobre la cabeza de la mujer, siempre terco. Por unos segundos Tomé vuelve a sentir horror por ese sombrero. Pero... esto no es del todo cierto, porque piensa que tal vez fue mejor que se lo pusiera, ya que esa cabeza calva lo distrae para mirarla, para besarla sin observar fijamente los huecos de cuero cabelludo, porque está pacheco pero no idiota ni ciego como para dejar de ver un defecto tan notable en ella. Después Tomé deja de reír como si su pensamiento fuera una herejía, una maldad.

Y la única cosa en que piensa es el ruido que su lengua hace al hundirse en la vagina de Bertha, ese chasquido de labios y lengua. ¿Pero como pasó esto? Estaba besando su boca y ahora está besando sus dos labios, los labios de su sexo mojado, igual que un pez que salta fuera del agua.

195

El sabor salado y ácido de su sexo lo estremecen. Otra vez el disgusto físico comienza a apoderarse de él. Un placer mal discernido, el mismo que siente alguien que ha tomado una droga que lo hace desear no a esa mujer, sino a su mujer, que duplica a esa mujer en su exmujer. Qué confuso. Y esa imagen de su exesposa lo empuja a separarse de Bertha. Y las cosas se invierten. Ahora es ella quien desabrocha la bragueta de Tomé para prenderse a su sexo, lamiéndolo como un gato a su pata izquierda. Y el displacer que comenzaba a sentir, se va y en su lugar queda una erección definitiva que sirve para exaltar sus exclamaciones de placer. La boca de esta mujer sabe mamar. La lengua de Bertha es maestra en lamidas, apenas siente la punta de sus dientes y esto es definitivamente placentero. Mientras Bertha mueve la lengua rodeando la punta de su glande, lo mira. Y a través de esa mirada, ambos están de acuerdo en que esto no es otra cosa más que calentura. Una terrible calentura sin más apellido que la necesidad de coger, de venirse juntos o separados, da igual. Tomé entonces le mira los senos pequeños, que tienen forma de conos. Odia esa forma. Los pechos de Eloísa eran grandes como frutas. Un cono no es la forma de pechos que más le gusta, pero los toca, los aprieta, como si los estuviera ordeñando. Tomé fija la mirada en el pubis negro de Bertha, poblado de un pelo espeso. Y de pronto, ahora sin miramientos, de un manotazo, Tomé hace volar el sombrero lejos del alcance de su compañera reportera, al mismo tiempo que su cabeza calva queda expuesta. Y la paranoia lo ataca de manera contundente; hay en él una mirada de horror, de contradicción que va y viene, de placer y disgusto al mismo tiempo. Es raro ver a una mujer con el pelo púbico súper poblado y la cabeza tan lampiña, como la palma de una mano, todo esto mientras le chupan la verga.

"¿Te gusta que te toquen el ano?", pregunta ella sacando el pene de Tomé de su boca, exactamente en el momento que parece más glorioso. Tomé se retrae al instante. No, a él no le gusta que le toquen el ano. Entonces ella se separa, deteniendo el impulso de hundir en él su dedo medio. Y para sorpresa del propio Tomé, con un movimiento rápido, ahora Bertha intenta montarse en él expresando su deseo de ser penetrada y renunciando por unos segundos a la idea de penetrarlo con los dedos. Por unos instantes ella renuncia, por fortuna, a esta idea que más que excitarlo, lo aterroriza y lo agrede.

Entonces, Tomé mira a su alrededor, hacia arriba, directo a esa lámpara que hace un círculo perfecto, y en ese preciso momento, tal como una señal que viene del cielo, suena un teléfono. Es el móvil de Tomé. Un horizonte que desentona, el pretexto perfecto para impedir que Bertha le ponga un condón y hunda su vagina en él. Tomé está muy excitado, pero no quiere penetrarla, no va a penetrarla, ni hoy ni nunca. No le gusta lo suficiente para poseerla y todavía le duele su exmujer. Basta. Se acabó la calentura, al menos en su cabeza, porque su pene sigue con una erección de cine porno. Con el condón a medio poner y perdido, Tomé busca su pantalón. No, no lo busca. Antes debería encontrar su calzón. No puede ponerse el pantalón primero y los calzones después. Siguen los pensamientos pachecos, ahora en forma de razonamientos estúpidos. Bertha lo mira fijamente, pero Tomé desvía la mirada y se fija en sus propios pies ridículos cubiertos con calcetines. "Voy para allá", dice antes de encontrar su calzón.

—Podemos hacerlo rápido antes de que te vayas, todavía estás erecto, ¿quieres que te chupe un poco más?

—No, tengo que irme —responde Tomé, contundente, mientras retira esa mano delgada y femenina de su pene, la cual obstinadamente trata de ponerle el condón. Todo esto al tiempo que piensa que el resto de la tarde le espera un dolor de güevos insoportable por haberse negado al orgasmo.

La mujer se ruboriza, tragándose el rechazo de Tomé, mientras recoge su sombrero nuevamente, para quedar mal puesto y de lado, sobre su cabeza, como si fuera una mueca maltrecha.

—Debo irme. Hay una nota que cubrir, un electrocutado en el Centro Histórico, ya sabes cómo es esto, es urgente.

Bertha no entiende nada de lo que pasa, pero se suma instintivamente a la búsqueda de sus prendas íntimas y procura intercambiar con él una mirada cómplice, pero aquí no hay complicidad, sino una situación ya incómoda para ambos.

Como puede, Tomé sale de la casa de su compañera de Finanzas, cargando todavía la curiosa sensación de estar volando en lugar de caminar. Es evidente que sigue drogado. Al principio se siente inseguro, ¿cómo va a llegar pacheco a cubrir la nota? Pero el tiempo, que va y viene, una vez más, se acelera, y cuando se da cuenta ya está ahí, en el lugar del siniestro, listo para cubrir.

22

Tomé llega al lugar de los hechos. En el piso yace un hombre de edad mediana, de nombre Miguel. Tiene quemaduras graves. Después de intentar subir a una torre de alta tensión, muere en el acto, electrocutado. El hombre era conocido por realizar este tipo de acciones bajo los efectos del alcohol y las drogas. A Tomé está por darle un ataque de risa. "Muere un hombre electrocutado por efecto de las drogas", piensa. Qué estúpido. Él también está drogado, pero no se subiría a un poste de alta tensión ni con diez kilos de mota encima. "Qué tipo tan pendejo", piensa, al mismo tiempo que sonríe abiertamente mientras observa despectivo ese cadáver.

—¿De qué te ríes, cabrón?, ustedes ya ni la chingan, no respetan nada.

La sonrisa de Tomé se congela, boquiabierto, como si hubiera tropezado con una piedra y estuviera a punto de caer por la sorpresa. Sintiendo la cabeza pesada, vuelve el rostro hacia la izquierda para mirar a una mujer que le grita llena de ira.

—Encima de que vienen a exhibir a los muertos con sus pinches cámaras, te ríes, cabrón. Largo de aquí, pendejo. ¡Te vas a chingar a tu madre o te puteo! Era mi hijo, infeliz. ¡De qué te ríes?, ¿de qué?, maldito cabrón.

Esta última frase suena como una amenaza y lo es, porque enseguida la mujer se acerca a Tomé para empujarlo, mientras los demás reporteros corren rápidamente para ver qué sucede. Todos se concentran en observar la minuciosa rabia de una mujer, que estalla en honor al fallecido. Pero nadie se sorprende demasiado, porque es un hecho común entre los reporteros de nota roja, quienes a veces tienen que soportar todo tipo de agresiones al tratar de sacar su trabajo adelante.

—Ven, Tomé… Vámonos. –Tomé camina, sin saber quién lo toma del brazo para alejarlo del cadáver.

Tomé da un "sí, sí", con inesperada seguridad. Y cada vez que repite esta palabra, está convencido de que tiene irse ya. Al caminar hace un amplio gesto de generosidad que se dirige hacia la mano que lo sujeta.

Con sorpresa descubre que es Aidé, su compañera reportera que cubre también Policía en *El Nuevo Día*. Ahí está, con un abrigo negro y su inconfundible cabello rojo, suelto, como una visión pacheca que se tiñe de carmesí, igual que ese cuerpo tirado en el suelo, cuya sangre comienza a salir por los oídos. Aunque no es lo mismo el rojo de la sangre, que el color de unos labios como los suyos. Y Tomé vuelve a repetir un "sí, sí" dos veces más, como tonto. Salvo que esta vez la frase irritada se ve interrumpida por el estruendo de una sirena de ambulancia que lo hace mirar, nuevamente, con tal perplejidad a esa madre, quien ahora está arrodillada frente al cadáver de su hijo, aullando como una perra herida.

Aturdido, Tomé mira de nuevo a la reportera.

—¿Es que ya no sabes hablar? –pregunta Aidé.

Tomé la mira dócil como una oruga y vuelve a sonreír, paralizado por un momento, al ver una cara familiar. Todavía siente las manos entumidas y frías. Recuperándose, camina junto a ella.

—¿No quieres venir? Hoy se reúnen los Once en la casa de un amigo. ¿Quieres echarte un trago?

—¿Quiénes?

—¡Los Once, hombre!, los reporteros de nota roja que cubren toda la ciudad. Tú eres un Once, bobo. –Aidé ríe, mientras mira a su alrededor como quien busca algo.

—Ah, sí, los Once –repite Tomé, lento.

Parado sin moverse, siente como una oleada de luz intermitente lo deslumbra. Es un carro del Ministerio Público que llega deprisa para levantar la averiguación previa a propósito de la muerte del accidentado.

—Entonces qué, ¿vamos?

—Supongo que sí.

—Ahí está Graco, vámonos con él, –dice Aidé señalando un auto a la distancia.

Entonces, sobresaltado, como si con esa alarma de auto hubiese reconocido el regreso insidioso de la pachequés, siente tal preocupación por seguir drogado que aprieta los dientes con una dolorosa mueca de desamparo, mientras aborda una camioneta Peugeot, rumbo a una reunión de periodistas de nota roja a la que no está seguro de querer asistir en esas condiciones.

23

Del pequeño departamento de la colonia Portales sale un hombre de estatura mediana, que los recibe con una amplia sonrisa en la boca. Y es el único, porque ya una vez dentro, nadie los mira, todo el mundo está enfrascado en la charla, algunos beben y ríen, ignorando al mundo, mientras el bullicio compite en estruendo con una cumbia a volumen alto.

Tomé se sienta en un sillón verde e intenta ponerse en una posición confortable, pero no lo logra. Tiene para consigo una sensación impersonal, como si fuera un paquete mal colocado, un bulto. Es una sensación incómoda, desagradable.

Observa a su compañera alejarse, saludar a todo el mundo, mientras la ve intentando llegar hasta la cocina que está al fondo del apartamento, directo hacia unos tragos. Y aunque el efecto de la cannabis está cediendo un poco, todavía siente ese sopor que le entume las ideas.

Luego, bruscamente, sentado ahí, se deja asaltar por el sueño y en la posición más inesperada, con una mano protegiéndose los ojos, bosteza como si quisiera tragarse al mundo. Cierra los ojos. En realidad, Tomé está agotado. Siente sobre los párpados el dolor del gran peso del día, pero sobre todo, el de la hierba. Finalmente, se deja vencer. La capacidad inarticulable de soñar comienza a formarse. Entonces sueña que sueña… Se pierde, y por unos segundos se abandona a la inconsciencia de lo onírico. Hasta que alguien le toca el hombro. Es Aidé, su compañera reportera, quien ha tardado una eternidad en regresar. Trae en cada mano un vaso con whisky en las rocas. Tomé, al sentir su propio entumecimiento, abre los ojos y reconoce de mala gana que está despierto.

—Perdón, estoy muy cansado.

—¿Quieres irte?

—Creo que sí, estoy muerto de sueño, me da mucha pena contigo.

—No te preocupes, no pasa nada, te acompaño abajo.

—No te preocupes, no salgas, yo tomo un taxi y listo. –Tomé articula las palabras como si fuera un muñeco impuesto en ese sillón, sin mover un solo músculo del cuerpo. Contraponiendo de manera ridícula la frase al acto, y donde lo único que apenas mueve es la boca.

—¿Estás bien?

Inquieto, no sabe si debe responder un sí o un no.

—Fumé un poco de hierba antes de venir, hace siglos que no lo hacía y me cayó pésima, pero ya pasa…

—Si comes algo te vas a sentir mejor, yo tengo mucha hambre. Si quieres podemos ir a comer unos tacos aquí cerca y después tomamos un taxi juntos, yo me acerco a mi casa y tú a la tuya –dice la chica, inesperadamente.

—Pero es tu fiesta y acabas de llegar.

—No es mi fiesta, además esto está como siempre…

de güeva. Y se va a poner peor… como si no los conociera.

Teniendo sabiamente en cuenta sus propias limitaciones en ese estado latente de pachequés, y sintiéndose más indefenso que un conejo, Tomé espera, como si una actitud de silencio pudiera hacerlo parecer menos idiota.

—¿Quieres cenar o no?

—Pues sí —responde Tomé a medias.

—¡Entonces, vamos!

Quince minutos después, en medio de la extensión tranquila de la noche, entran a una taquería de barrio, donde todos comen de pie, apostados sobre una barra de aluminio. Es todo lo que Tomé necesita. Con intemperante apetito, devora unos tacos al pastor que le saben a gloria, mientras disfruta cada bocado como si fuera el último de su vida.

—Ya te dio el monchis —dice Aidé, mientras mira juguetona todo lo que la rodea de un modo más personal.

—"Monchis", qué curioso, hace mucho que no escuchaba la palabra, creo que desde que salí de la universidad, ¿tú fumas?

—He fumado, pero creo que me gusta más el alcohol. Yo soy más borracha que pacheca, como la mayoría de mis compañeros reporteros. Todos son una bola de alcohólicos, ya sabes, de oficio.

Y Tomé piensa que él no es lo uno ni lo otro. Ni pacheco ni alcohólico. Nada. Sólo un hombre ascético de flojera, como diría cualquiera de sus compañeros reporteros.

Atento, la escucha hablar, mientras se concentra en una mancha de grasa pegada a la pared. "Aidé es muy bonita", piensa sin mirarla.

Poco después, los pasos repetidos y pausados de ambos forman una marcha monótona, mientras caminan por pequeñas calles oscuras al sur de la ciudad de México, hasta que encuentran un taxi conducido por un gordo de más de ciento cincuenta kilos que se detiene para llevarlos.

—¿A dónde van? –pregunta el hombre, que parece haber entrado en ese pequeño Volkswagen por arte de magia.

—A la Narvarte –contesta Aidé, sin permitirle a Tomé decir nada. Y en realidad la respuesta no le sorprende. Hay que llevarla primero a ella. Es de caballeros.

Una vez que han llegado, Aidé lo invita a pasar, demostrando también una gran amabilidad. Y Tomé asiente de inmediato. Para ser honesto, no quiere irse, el sueño se ha esfumado y la noche apenas comienza; no obstante, en el fondo acepta la invitación de Aidé porque le gusta, pero sobre todo porque haberla encontrado es una especie de buen augurio.

Tomé sube al pequeño apartamento para sumergirse enseguida en un instantáneo silencio de espera, porque en cuanto están ahí, la chica va de un lado a otro, recogiendo cosas, entrando y saliendo de la cocina, como hormiga nerviosa y obsesiva por el orden. Mientras la mira ir y venir de un lado a otro, Tomé se huele los dedos y nota esa mezcla rara entre el olor a sexo de Bertha y el dominante olor a tacos. Incómodo, siente la necesidad de lavarse. Y la escena se repite: busca el baño. Sólo que esta vez lo encuentra al fondo a la izquierda del departamento.

De manera inmediata prende la luz. Está impecable. Como un verdadero maniaco, busca cabellos en el lavabo, en el piso, pero no hay rastro de ellos. En la llave de la regadera ve colgados unos pequeños calzones blancos. Tomé se lava las manos varias veces, mientras los observa. Se huele de nuevo la punta de los dedos, siente que todavía queda el penetrante olor a cilantro y cebolla. Esta vez sí orina, para volver a lavarse un par de veces más, hasta que domina el aroma a aloe del jabón líquido para manos. Entonces se mira al espejo, mientras recuerda el sabor de la vulva de Bertha. Se enjuaga la boca como si acabara de besar su sexo. Busca pasta de dientes en los cajones. La encuentra y con el dedo medio se frota las encías, la lengua. Hasta ahora, Tomé no ha tenido tiempo ni siquiera de pensar en lo que ha hecho. Y durante una fracción de segundo piensa, con candor, se admira de sí mismo, como un niño que trae la culpa encima por haber hecho travesuras.

En unos cuantos minutos sale del baño, por fin se ha ido esa etérea sensación de atontamiento. Sólo le queda un leve sopor que lo hace pensar todavía con lentitud. Asombrado por la peculiar noche que está viviendo, se deja envolver por la agradable atmósfera del apartamento. Con la perspicacia de lo extraño, nota en su mano derecha una vena abultada en la que hacía años no reparaba, ahí detiene los ojos por largos minutos.

Después mira con infinito detalle todo a su alrededor, mientras oye ruidos en la cocina. Aidé lava algo de cristal, la escucha abrir y cerrar el refrigerador. La chica está en la cocina preparando un par de tragos.

Mientras espera a que aparezca, Tomé se concentra en una mosca montada sobre una blanca pared. Humildemente busca apoyo visual en esa mosca, que por fuerza es casi azul. De pronto, le nacen deseos de matarla de un solo periodicazo, pero no lo hace porque no hay nada con qué aplastarla, sólo libros en pequeñas repisas de madera. Y eso implica una gran imposibilidad, porque nunca mataría a una mosca con un libro, sería una especie de crimen dejar un pequeño y sucio cadáver en la carátula de un libro de Beckett. Entonces se sienta en un pequeño sillón reclinable, al lado de una lámpara de piso, sin dejar de mirar a ese insecto;

sus pequeñas patas trabajan con exactitud frotándose una y otra vez la pequeña cabeza, sin que nada la altere, como si llevara consigo la gran inconsciencia de una planta. Porque al igual que esta mosca, las plantas no saben nada del mundo y esto es malo, porque eso las sitúa en desventaja frente a cualquiera que quiera tener el papel de depredador. Los hechos son los siguientes: Tomé sabe demasiado sobre este insecto díptero de cuerpo peludo, sabe mucho de sus hábitos y costumbres. Sabe que con zumbidos graves, provenientes de su aleteo, puede ir y venir a través de su vuelo nervioso. Qué desventaja ser una mosca tan ignorante de la vida y de la propia existencia. Porque un insecto que no sabe nada más allá de su pieza bucal adaptada para succionar y de las ventosas de sus patas que se adhieren a los cristales. Esa mosca no sabe que es un ser vulnerable. Y Tomé, sabiendo sobre la conducta previsible de este animal, aprovecha la distracción de la díptera para quitarse un zapato y de un solo golpe la aplasta, dejándola embarrada sobre la pared. Así es la sobrevivencia en este mundo de depredadores, porque si esa mosca hubiera sabido más de la vida y de la fobia de los hombres hacia ellas, hubiera podido leer claramente, y desde el principio, las intenciones asesinas de Tomé. De esas desventajas está hecho el mundo, idéntico al acto de morir que llega de golpe, sin que podamos presentir nada, porque así es la muerte, una depredadora insaciable que, cuando lo desea, aplasta a quien sea con su zapato invisible, dejando al mundo incapaz de superar la muerte, como ese insecto azulado.

Ésta es la meditación que Tomé tiene montada en la cabeza, cuando ve salir a Aidé de la cocina, con una bandeja en las manos, en la que transporta un plato de galletas saladas con paté y dos copas de vino tinto. Tomé se siente ridículo con un zapato en la mano, pero no se lo pone, decide más bien quitarse el otro y disfrutar descalzo de la suavidad de la alfombra que cubre el departamento de Aidé.

Pero la inquietud de haber matado a ese insecto apenas le dura algunos momentos, porque enseguida brindan y charlan, en un diálogo unido por la perfección de un mundo que se mueve siempre armónico. Qué fácil resulta hablar con Aidé, cómo fluye la charla, la risa; sobre todo esto último. Tomé se ríe de todo, está de buen ánimo pese al cansancio. El vino ayuda a espabilar el sueño, a traer la risa, la complicidad.

Sí, definitivamente, podría ser un alcohólico y no un pacheco. El vino en buenas proporciones desinhibe, armoniza. La cannabis lo pone meditativo, de tragedia, paranoico. Definitivamente, si tuviera que elegir entre un vino y hierba, elegiría el alcohol, pero no todo, si se pudiera ser más específico, elegiría el vino tinto, la barrica, el vino de crianza, pero aún mejor, el de gran reserva que ha pasado al menos dos años en la barrica y otros tres años en una botella oscura, hasta que se convierte en un vino con cuerpo, en un delicioso vino que lo hace sentirse feliz, como esta noche.

Y ahora él se encuentra en la situación de poco saber, idéntico al de esa mosca, que por el momento permanece muerta, simulando ser un pequeño hoyo negro en la pared, el mismo que deja un clavo después de ser removido. Porque al igual que ese insecto, Tomé no sabe casi nada de su compañera reportera. Pero a diferencia de la díptera, no saber nada le produce una alegría sin sonrisa y la sensación de no peligro, diferente al que tendría cualquier animal en terreno descampado. No necesita saber nada para sentirse bien. Y así, con el desconocimiento más legítimo, sólo se dedica a escucharla hablar, a mirarla, a reírse junto con ella. Hasta ahora Tomé tiene los sentidos de una mosca. Pero tiene uno más, con el que constata todo lo que sucede su alrededor: el raciocinio. Y su pensamiento le dicta que se siente más feliz que de costumbre.

Pero lo que más le sorprende es la extraordinaria sencillez de la reportera. La naturalidad con la que habla de sí misma. Una mujer que nunca se ha casado, más joven que él, sin hijos. Reportera de nota roja por pasión. Habitante de un pequeño departamento que comparte con una amiga. Atea por convicción, pero cercana a una intención espiritual no teísta, es decir, practicante de la meditación y de ciertas premisas budistas, de la que Tomé no sabe absolutamente nada o casi nada. Algo difícil de abstraer para alguien como él, quien es reacio a ceder a cualquier práctica espiritual o práctica ascética, con la que no se identifica en absoluto, porque la búsqueda de la purificación no va con él, sí con gente como su hermano, un puritano de raíz.

A Tomé le resulta fascinante escucharla hablar. Mujer budista cubriendo sangre. Extraño y completamente extravagante al mismo tiempo.

—¿Entonces eres adoradora de Buda?

—No, no soy nada y menos adoradora. Sólo cobran sentido para mí algunas cosas.

Oírla discernir sobre temas religiosos, si es que se puede llamar religión al budismo, es tan divertido, como escuchar lectura en atril para niños. Todo lleno de verdades tan infantiles como imprácticas, como que el origen del sufrimiento se encuentra en los deseos; que el sufrimiento se extingue cuando se abandona el ansia de placer y posesión; que el camino que lleva a la felicidad, no es otro que la plena conciencia del presente.

Todas estas abstracciones vestidas de dogma, de un dogma impráctico. Porque negar el deseo, el anhelo, el placer y la posesión, es como negar la naturaleza humana, y entonces más valdría convertirse en una simple mosca que no siente ninguna necesidad por estas cosas, que deja que la vida corra diariamente a través de su rutinario vuelo. Pero esto es mentira, incluso las moscas violan los preceptos de budismo, porque en su animalidad ceden al anhelo, al deseo de posarse en un pedazo de mierda o de carne podrida, viéndose atraídas por el placer que les produce la inmundicia. En este sentido, Tomé es como una mosca que no puede dejar de ceder ante el placer, ¿de qué?, de lo que sea, no importa, ya que los seres humanos siempre están deseando cualquier cosa. Sólo habría que ver los centros comerciales atestados de gente que desea tener cosas, o las zonas rojas llenas de hombres deseando poseer una mujer de la calle. Y los ejemplos de los deseos humanos son infinitos. El deseo es el motor del mundo.

Después de la cuarta copa, Tomé mira a Aidé directamente a los ojos. No le cuesta trabajo recordar ese primer encuentro con ella, su blanca sonrisa que iluminó sólo un momento, pero de manera importante, la calle, y después la comida que compartieron juntos y la charla, la presencia del incómodo y libidinoso hombre-árbol. Ese día pensó que no volvería a verla nunca más, qué estupidez, debió haber sabido que siendo una reportera de nota roja se la encontraría en cualquier lugar de la ciudad, cubriendo igual que él muertes fugaces e inesperadas en esta urbe de miedo.

—¿Cuántos años llevas cubriendo Policía? —pregunta Tomé, rascándose la cabeza con una oscura melancolía.

—Seis años… ya seis años. Ahora que lo digo, pienso que parece una eternidad —asevera la chica, meditativa.

Tomé la interrumpe, ansioso por compartir su experiencia.

—Yo llevo apenas unos cuantos meses y siento que he pasado mi vida cubriendo. —Al decir esto se siente un pedazo de luz trémula que se apaga un poco, ensombreciéndolo—. ¿Por qué nota roja, Aidé?, ¿por qué no Cultura? Te veo más ahí —afirma contundente Tomé.

Entonces las cosas poco a poco se vuelven verdaderas. Parece que lo que dice huye de su boca, brillando a distancia, con total honestidad.

—Es tan bueno a veces cubrir nota roja —responde Aidé, ciertamente, alegre.

¿"Bueno" cubrir nota roja? ¿Ha dicho "bueno"? ¡Qué locura! Parece que al decir esto, los labios de la chica, poco presentes, se esconden en la sombra nacida de la posición de su cabeza, ligeramente inclinada hacia abajo.

¿Cómo puede ser bueno cubrir el horror de la sangre, la inmundicia? —piensa Tomé—. Cualquier persona en su sano juicio no soportaría ni un día de trabajo, aquel sabor a muerte, solitario y solemne. Tomé se ve a sí mismo sentado en el sillón de la sala en una postura quieta, el cuerpo cerrado dentro de sí. "Esta mujer debe estar mal de la cabeza. Tal vez la violencia que vivió en su infancia, con su asqueroso padre, la orilló a disfrutar de lo más sádico, de lo más oscuro", piensa Tomé, deslizando la mirada por la ventana, hacia la noche negra y sin forma que se extiende más allá de la luz viva de la sala. La maldición que abraza la nota roja no tiene nada de espiritual. Tal vez esta mujer ama el sufrimiento ajeno, por reconocerse ella misma en él. Estas son puras interpretaciones sin fundamento, pero a Tomé le turba escuchar que cubrir nota roja es "bueno". Si Aidé fuera más inteligente, podría disimular, al menos un poco, su gusto por este infame oficio, pero no lo hace. Tomé comienza a sentirse incómodo. Simplemente no sabe qué replicar y sin poder evitarlo cae en abstracciones dentro de su cabeza, buscando respuestas.

Tomé vacila cansado, pensando si debe quedarse más tiempo, mira a su alrededor, se recupera un poco. De pronto, toda la emoción que traía se evapora.

Entonces, sin que Tomé espere nada más, escucha hablar a la chica por fin.

—La primera vez que cubrí nota roja lloré todo el día. No podía quitarme de la cabeza a aquella mujer degollada por su esposo. Ese señor estaba desconsolado por haberla matado. Ella era una mujer muy enferma y le pidió que la ayudara a morir. Y él la ayudó. Fue un corte rápido y preciso en el cuello. Se desangró al instante y el hombre esperó a la policía para entregarse. Antes, había dejado a sus hijos con la abuela para que no tuvieran que ver la muerte trágica de su madre. Esa noche pensé que no podría volver a cubrir nunca más, pero al siguiente día me levanté y volví a la redacción, sin entender el porqué de mi persistencia. Con el siguiente cadáver que vi me pasó lo mismo, lloré hasta que me cansé. Mi jefe de redacción me dijo que era cuestión de adaptarme y yo no comprendí nada. ¿Qué era eso de adaptarse? Para mí era realmente importante saber qué hacía ahí, en ese momento. Entonces, como era indispensable entender perfectamente por qué estaba en este oficio, sólo me abrí, abrí el corazón y las respuestas llegaron solas.

Al escuchar esto, Tomé se siente todavía más confundido. "Abrir el corazón", no es este oficio una práctica donde se trate de abrir el corazón, como si se bailara danza clásica o se pintara con óleo. Esta vez se siente realmente perdido. Esta mujer no se parece a nada de lo que haya conocido antes. Tomé continúa escuchándola, ciertamente, desconcertado.

—Una tarde de diciembre, lo recuerdo perfecto, tuve que ir a la morgue –continúa la chica–. Después de tres días de búsqueda, encontraron el cuerpo del rector de una universidad privada. Había pistas de dónde podía estar y, efectivamente, fue encontrado en un paraje cercano a la universidad. Su cuerpo estaba ya rígido, había indicios de tortura. Murió en posición fetal. Su rostro tenía una expresión de tristeza y miedo. Es impresionante ver cómo un cuerpo puede guardar el registro facial y corporal de lo último que vivió. Antes de entregarlo a su familia, había que hacerle la autopsia. Y lo que vi ese día fue increíble. El médico forense comenzó a hablarle al cuerpo con respeto, hasta con cariño, diría yo. Todavía recuerdo sus palabras, le dijo: "Hermanito, necesitamos revisarte antes de entregarte a tu familia. Necesitamos quitarte la ropa. Ya estás en casa, tu familia nunca dejó de buscarte. Ellos te aman. Ya estás aquí, hermanito. Ya estás aquí". No sé como explicar algo tan insólito y sobrenatural, pero el cuerpo comenzó a tomar una postura distinta. Te lo juro. Después de ser una masa dura y contrahecha, su cuerpo poco a poco tomó otra posición y fue fácil desvestirlo, hacerlo descansar tendido en la plancha, practicarle la autopsia y entregarlo a los brazos de su familia. No sé si lo imaginé o lo viví, pero la expresión de su cara también cambió, para volverse relajada y tranquila. Sé que suena a locura, pero yo lo vi. Y a partir de ese momento supe que estoy en este oficio para hablarle a esa gente que muere en condiciones terribles con el mismo cariño y respeto con el que ese médico forense le habló a ese hombre. No sé si eso cambia en algo las cosas, pero cada persona que veo morir en condiciones trágicas se lleva las mejores palabras de cariño y de compasión que puedo dar. Me vienen entonces deseos de ser buena persona, como cuando un niño llora y te nace el deseo consolarlo. Siento necesidad de dar las últimas palabras que acompañen en su viaje a esos seres desdichados y dolientes. Tú lo sabes, ninguna persona que cubre la nota roja muere en paz, casi todos tienen historias trágicas previas a su muerte. Y bueno, ésa es la razón por la que es bueno para mí cubrir nota roja. Y supongo que también para las personas que mueren será bueno. Estoy segura que mi buena vibra hacia esa gente hace que se vaya menos triste, menos aterrada, menos furiosa, menos sola. Desde entonces ya no lloro. Al contrario, siento paz, porque creo que puedo hacer un poquito por cada muerto que es arrancado de la vida en situaciones trágicas. ¡No me veas como si estuviera loquita! Tú me preguntaste que hacía en Policía. Yo no hablo esto con ninguno de mis colegas. Ya me imagino si me escuchan mis compañeros reporteros, me agarrarían de bajada. La gente común no lo entiende y la verdad, odiaría ser vista como una lunática.

Tomé escucha a esta mujer con atención, con mesura, sabe que tiene en contra el hecho de entender poco. Pero sobre todo, sabe que tiene a su favor el hecho de que no entender nada es un hermoso y limpio punto de partida para conocerla realmente.

Aquí termina el tema sobre el oficio que comparten ambos. Tomé no hace más preguntas. No la interroga. No piensa. No la juzga. Es complejo entender desde este punto de vista un trabajo que lo ha torturado durante estos últimos meses. Aidé es una mujer sorprendente, tal vez lo más sorprendente que haya conocido en su vida.

Y así pasan los minutos en esta noche mágica. Tomé, más confiado, se levanta para poner algo de música, desea dispersar la sordidez de la charla y alegrar un poco la noche. Y lo logra. Mudarse hacia otros temas más livianos aligera el ambiente. Hasta la risa aparece. Casi ya nadie usa discos compactos, esto le gusta de la casa de Aidé. Entre el repertorio musical encuentra de todo: jazz, baladas, música clásica, rock progresivo, electrónica, hasta música de banda; en su selección musical domina un eclecticismo incapaz de llegar a formar un todo orgánico. Finalmente elige uno al azar. Se trata de un viejo disco de trova que solía oír con su exmujer hace mucho tiempo, cuando se querían, cuando se disfrutaban, cuando podían charlar toda la noche antes de que la oscuridad del silencio cayera sobre ellos, amordazándolos en la imposibilidad de transmitirse absolutamente nada. Qué terquedad. Otra vez Eloísa en su cabeza, como una melodía machacona que no se va y que se repite siempre, perenne, aun disfrutando de esta noche. La imagen de su exesposa no se va de su cabeza. Tomé intenta recordar qué gesto usaba con ella para expresar esos instantes de gozo y de alusión al placer. Se esfuerza por recordar esa mirada que le prodigaba a Eloísa cuando bebían vino y se deseaban. Pero si todavía puede recordar esos detalles, no sabe cómo expresarlos frente a Aidé. Entonces, de nuevo, Tomé acaba sintiéndose angustiosamente preso y torpe de su pasado.

—¿Estás bien? –pregunta la chica, pendiente de las reacciones de Tomé.

—Sí, bueno… No sé, me acordé de cosas…

—¿Se puede saber de qué?

—De mi ex mujer, hace poco tiempo nos separamos.

Mala confesión, porque enseguida, después de sentirse angustiosamente preso, se ve a sí mismo como un imbécil hablando de su expareja. ¿Por qué tuvo que decir esto?

Beber vino en una noche deliciosa, para acabar hablando de su esposa, le parece una forma de perpetuar su tragedia, una pendejada mayúscula. Y con esa ansia de pez, que retrata la enorme boca abierta antes de morir fuera del agua, Tomé se pone de pie, toma sus zapatos, se acerca a Aidé, le extiende la mano en forma de despedida, cortés, pero singularmente estúpida.

—Estoy cansado, dejemos esto para otro día, disculpa.

"Dejemos esto para otro día". Y, ¿qué es esto? Sólo una charla con vino, ¡imbécil! Y Aidé, quien se siente hasta cierto punto desconcertada, omite el sentimiento y de inmediato se pone de pie, también, de la manera más cordial. Con mesura apaga la música, camina unos pasos para despedirse de manera amable. Ella tiene la cara arrobada e ingenua. Parece un poco confundida con el cambio de actitud de Tomé, pero comprende el momento por el que está pasando. Aidé nunca ha tenido la oportunidad de divorciarse, porque nunca ha estado casada, así que, totalmente receptiva, se vuelve hacia él y mientras lo despide en la puerta, lo mira a la cara… lo abraza. Y esto es inesperado. Porque inmediatamente Tomé se deja llevar, sin el peso perfecto de la fatalidad para corresponder al abrazo, con ese mismo sentimiento que da el deseo del cuerpo al ser estrechado con una calidez sin ambages. Aidé siente la pura necesidad de darle un poco de consuelo, de ternura, como se hace con un buen amigo que sufre alguna pena. Así permanecen unos minutos, sólo abrazándose.

24

Oscilando, CERCA EL UNO DEL OTRO, como péndulos a un solo ritmo, eternos y acompasados. El abrazo le parece a Tomé delicioso y por simple intuición hunde la nariz en el delicado cuello de Aidé. El olor es embriagador, le recuerda el aroma de los invernaderos, con su olor a bromelias, menta, a melisas, a lavanda, a salvia, a helechos. Una esencia mezclada con feromonas, piel y sudor. Un aroma exquisito imposible de describir. Y todo esto le deja a Tomé la sensación de haber emergido, de tener el corazón de una persona viva. A estas alturas, a él no le importa que su compañera lo haya abrazado inconscientemente o por la lástima que puede dar un divorciado que sufre. No le importa, disfruta la cercanía, sus senos pegados a su pecho, hermosos y duros. Aidé es tan delicada, tan perfecta. Tiene un talle delgado que rodea con facilidad. Es pequeña y frágil, como un cachorro. Y de ese abrazo casual, ahora trata de soltarse pero no puede. En realidad, Tomé de pronto tiene una conciencia física de esos brazos y apenas puede contenerse. Es alegría.

—¿Me invitas de nuevo una copa de vino?"–pregunta él. Y sin saber qué hacer consigo mismo, no espera respuesta, sólo busca la mirada de Aidé, y su comprensión–. No quiero estar solo esta noche. Estoy viviendo con mi hermano y me siento un intruso. Sólo un rato más y me voy. Te lo agradecería tanto, desde que me fui no me siento nada bien. ¿Sabes?, tengo una hija enferma. Tiene síndrome de Down y yo la amo como a nada en el mundo. Amo su sonrisa de ángel, su corazón blanco. La extraño más que a nada en el mundo, extraño contarle cuentos antes de dormir y acariciarle el cabello delgadito y suave mientras duerme, y mirar su minúscula nariz, que al tacto es una frutita de terciopelo. Nunca he sentido un amor tan dulce dentro de mí y me pesa no estar con ella.

Aidé lo invita a pasar de nuevo. Lo mira con dulzura. Parece que el tema de esta chica realmente es la compasión hacia los otros, o tal vez la lástima. Tomé no lo tiene claro del todo, pero para estos momentos poco importa. Lo que desea es permanecer un rato, sentirse a salvo de su soledad y remordimientos. Olvidarse por un par de horas más de su tristeza y frustración. Hace frío y, sin embargo, Tomé se siente sofocado, con el corazón hinchado en el pecho.

Para cuando entran de nuevo, el viento comienza a soplar con fuerza, presagiando lluvia, golpeando las ventanas. Tomé se sienta en el mismo lugar de la sala. Se escuchan truenos; efectivamente, es la lluvia que llega. Tomé la reconoce por la humedad fría en el aire, ésa que se presenta previamente a la lluvia, pero sobre todo por la cólera del viento prisionero, que da vueltas por todo el apartamento. Y las gotas de agua llegan, ensordeciéndolo todo, con una rapidez de fondo.

Con la ventana cerrada, en poco tiempo se instala de nuevo el calor. Con renovadas fuerzas le ayuda a Aidé a preparar algo ligero para cenar. Para entonces la lluvia de la noche para. Tomé tiene los ojos enrojecidos por el cansancio. Un día peculiar y agotador. El cansancio resulta ser peor de lo que esperaba y su boca tiene un regusto de sueño no dormido, pero no lo suficiente para no bromear un poco.

—¿Sabes cómo me dicen en la redacción?

—¿Cómo? –sonríe Aidé, divertida, mientras parte unos pedazos de pan y saca un poco de jamón serrano del refrigerador.

—Rata… En lugar de Bata.

La chica estalla en una grata y estruendosa risa. Ambos se ríen. Él la mira.

—Eres increíble, Aidé, gracias. Nunca había conocido una persona como tú, tan especial. Eso que dijiste sobre hablarle a los muertos para que se vayan tranquilos, me conmovió. Jamás vi la muerte así. –Tomé guarda silencio, todo es nuevo, como una antena sensible que capta lo que nunca se ha dicho.

Aidé lo mira, le sonríe de una manera distinta. Se acomoda el cabello. Su postura toma una posición que horas antes no había visto en ella. Como si le agradara la presencia de Tomé. Cómo explicarlo, no como antes. Algo cambió en estos últimos minutos.

Tomé está nervioso, nunca ha podido leer claramente los deseos de una mujer. No se atreve a pensar que una mujer tan hermosa como ella lo mire así, de esa forma. Y guiado por la mera intuición, se acerca, sin tocarla, primero. Ella se recarga en el lavabo de la cocina. Con delicadeza la abraza prolongadamente, sin ninguna intención, más que la de sentir su calor reconfortante de nuevo. Segundos después se separa de ella, sereno, mirando hacia el techo de la cocina, un poco apenado por el deseo inesperado de ese abrazo.

Y sintiéndose eufórico, sin pensarlo se acerca nuevamente a ella, busca su boca y la besa, arriesgándose a que lo rechace de manera contundente, arriesgándose a salir de nuevo de ese apartamento para no volver nunca. Pero para su enorme sorpresa, ella responde rozando con la punta de la lengua el labio de él. Se separan por unos segundos, se sonríen. Tomé no puede creer que una mujer tan bella quiera ser besada por él. Jamás le ha sucedido besar a una mujer tan atractiva, tan dulce. Entonces toca su espalda, hunde sus dedos en una de sus vértebras, con total suavidad, como si fuera un quiropráctico buscando subluxaciones. La comparación le parece pueril y tonta en exceso. Es un gesto torpe, sin ninguna intención, es un gesto que le nace, inocente, sólo para reconocerla, o más bien debería decir para conocerla por primera vez. Esto lo excita. La besa de nuevo y ella responde. Con la suavidad de un pez dentro del agua, se sumerge en una lucha franca por hundir su pez-lengua en ella y lo logra. Y de un momento a otro, sus bocas son como dos animales acuáticos rozándose en un mundo húmedo y profundo.

Al separarse guardan silencio, esperando que muera el eco de lo no dicho. La mirada de ambos se cruza y nada es transmitido. Sin embargo, pocos segundos después, de nuevo la charla, la sala, la cena ligera.

Aidé se quita los zapatos, invitándolo a hacer lo mismo, como un acto simbólico de confianza e intimidad. La chica pone música de nuevo. Abre un poco la ventana, y afuera, después de la tormenta, sólo queda una lluvia suave y cantarina. El viento abre la ventana completamente, pero esta vez no hace frío. La noche es fresca. Aidé se levanta de nuevo para ver la calle, denudada de luz.

—La verdad es que no he podido superar la separación de mi exmujer –dice Tomé en un tono ceremonioso, el mismo que adopta siempre que habla de sí mismo–. Es estúpido, pero así es, aunque hacía años que estábamos distanciados, no he podido superarlo del todo –añade tontamente.

Pero esta vez, una leve tristeza se apodera de él.

—Supongo que es normal –responde ella, mirándolo con empatía.

—Supongo que sí, fueron muchos años juntos. Diez años son casi una vida. Voy a hacerte una confesión Aidé; estoy un poco asustado. No sé a dónde me lleva esta libertad. No sé muy bien qué hacer conmigo mismo. Soy un hombre libre, pero hay algo que todavía me ata. O me ato yo a esto, no lo sé.

Tomé por primera vez se atreve a hablar con alguien de sí mismo, a abrirse un poco para profundizar. Después de esto, guarda silencio.

—Yo no quiero decir que nunca he sufrido, sería falso –declara Aidé con tono humilde, mientras se desata el cabello–. Nunca he vivido con alguien más de un año. Lo que me sucede a mí es distinto. Controlo demasiado, sé hasta dónde llegar, tal vez para evitar sufrir. Siempre tengo la medida precisa para saber hasta dónde ir, para no desfondarme.

Tomé la mira, frotándose lentamente los pies descalzos, examina con placer su fortaleza, no espiándola sino mirándola directamente.

—A mí lo que me pasa –Aidé vuelve a hablar de sí misma– es que no puedo involucrarme seriamente con nadie. No puedo evitarlo, algo pasa que nunca llegan las cosas a ningún lado con ningún hombre, a los dos años máximo me enfrento con el tedio de estar con hombres a los cuales no amo; es como si supiera exactamente cuánto va a durar la relación y esto me basta para romper de antemano las relaciones en mil pedazos, y después no sé cómo juntarlos.

—¿Entonces no te enamoras? –pregunta Tomé, curioso.

—Sí, sí me enamoro, y mucho, pero precisamente por esto puedo construir y demoler y construir otra vez, relación tras relación. Y saber que puedo morir un día de amor, exactamente, porque puedo construir y demolerlo todo, exactamente igual, al día siguiente.

Tomé sonríe, este es un pensamiento pacheco sin cannabis, tan claro y confuso al mismo tiempo.

—En realidad –aclara ella– creo que lo que más disfruto es el enamoramiento, esa sensación, el amor platónico, donde a veces no es necesario ni un beso, porque te habita la pasión y el recuerdo por alguien. La distancia y el recuerdo es algo que me mantiene enamorada, ahí, sin sentir asfixia. No sé, creo que estoy más enamorada del enamoramiento que de otra cosa, más incluso que de los hombres.

Tomé se levanta del sillón y se inclina hacia fuera de la ventana y escucha. ¡Ah!, lluvia con viento, de nuevo.

Aidé se levanta para seguirlo hasta el amplio ventanal. Se asoma y escucha también cómo cae de nuevo la lluvia sobre el pavimento.

Desde ahí se adivinan las luces de la ciudad, los perros mojados. Un inusitado relámpago abre claros e ilumina durante un segundo el pelo rojo de Aidé.

—Yo nunca podría enamorarme de alguien como tú –dice Tomé sin pensar en lo que sale de su boca, pero no se arrepiente de ser franco. No sabe por qué, pero intuye que se puede ser completamente sincero con ella y eso le gusta, le da seguridad.

Aidé sonríe complacida, podría decirse que paradójicamente feliz, por lo que ha dicho Tomé. Qué amistad tan rara y tan auténtica, al mismo tiempo, parece nacer en este momento entre ellos dos.

Y apoyándose en la cortina de tela, Aidé responde: no te preocupes, me parece genial que sea así.

De momento comienza a hacer de nuevo más viento y un poco de frío. Aidé cierra la ventana y ambos vuelven a la calidez del interior.

—No supe qué nos pasó, un día simplemente sentí asfixia de estar con ella. La casa era una cárcel donde me ahogaba. –Tomé habla de sí mismo con soltura. Mientras habla de su relación, la ventana se abre, golpeándose a sí misma una y otra vez. El viento frío recorre el salón. Tomé siente escalofrío, no por el viento, sino por lo que acaba de decir.

—Yo creo que, bueno, si me permites mi opinión –expresa confiada Aidé–, creo que tal vez sólo era cansancio de la cotidianidad. Ése que sienten las parejas en algún momento de sus vidas. Tal vez si se hubieran dado la oportunidad de darse tiempo, aire, todo hubiera sido distinto –comenta Aidé, mientras cierra la ventana con seguro.

—¿Aire?

—Sí, es una metáfora. Es decir, salir de la rutina, darse la oportunidad de buscar cosas que alienten el masaje al súper ego, como diría un profesor mío, no sé, nuevas actividades.

—¿Masaje al súper ego? Nunca había escuchado eso. ¿Cómo es?

—Es sólo darse la oportunidad de hacer cosas que alienten la creatividad, la pasión por lo que se hace, no sé,

supongo que eso quiere decir. Cada quién puede interpre-
tarlo de diferentes maneras.

—¿Otras mujeres, quieres decir?

—No, no necesariamente. No pensé en eso, pensé más
bien en cosas que a uno le hacen reconocerse a sí mismo,
es todo. Sales, te reconoces, lo disfrutas y vuelves a tu casa
sintiéndote distinto, renovado. A veces la gente no se da la
oportunidad de eso y el cansancio se apodera de todo.

Tomé la escucha con honestidad. Sí, fue burdo cansancio y no supieron cómo huir de él. Tomé guarda silencio
mientras mira la mesa, las cortinas, la ventana, los vasos,
una estatuilla de hierro, los libros, las verdaderas cosas, intentando trabajar en la profundización de una realidad tan
palpable, pero tan compleja, a la que parecía sobrarle una
fatalidad mayor.

Y justo en ese preciso momento en que piensa en todo
esto, de un momento a otro, intenta borrarlo todo de su
cabeza y volver a empezar, ya no tiene sentido torturarse
pensando en cómo huir de la triste cotidianidad. Ya está
hecho y dentro de su cabeza vuelve a empezar.

Como un gato se estira, se pone de pie, se sirve una copa
de vino y llena la copa de Aidé. Se sorprende al descubrir, a
través de la liberad de escoger sus movimientos, que ya no
se siente tan mal al pensar en Eloísa y en sus omisiones, faltas y errores mutuos. Hasta que le parece que encontrar la
simple sutileza en la risa, en la charla sin objetivo alguno,
lo relaja, hace que ese dolor de la separación se relativice.
Ambos sonríen y guardan silencio, se miran, mientras las
aguas corriendo por las alcantarillas de la ciudad, líquidas y
abundantes, fluyen.

25

DE UN MOMENTO A OTRO, el tiempo corre como la brisa en la noche. Aidé, sintiéndose en confianza, se recuesta sobre la alfombra. Tomé se echa a su lado, como dos amigos que miran las estrellas. A ambos les parece el techo indudablemente alto, el suelo liso, la noche increíble. Y, por un momento, Tomé mira sin angustia el techo, las paredes, este mundo. Ambos han abierto sus cartas sin ambages. Se han sincerado sin fingir nada, sin lo que se imposta cuando se desea impresionar al otro. Aquí no hay nada de esto. Sólo placidez y honestidad.

Y es en este preciso instante que ambos se sienten como dos niños, y esto es inesperado...

Son hermosos, ahí en el piso, enfrentándose casi sin darse cuenta a una cercanía doblemente franca. Y es aquí que Tomé se acerca a ella, pero no se besan. Sólo sienten mutuamente su respiración. El aliento cálido que da la intimidad y la cercanía. Así juegan con las manos. Ambos se giran, para quedar frente a frente, para rozarse la nariz, una y otra vez, sin besarse. En un segundo, Tomé gira la cara hacia la pared.

—¿Vez ese punto negro de allá?

—Sí. Responde ella, concentrada en ese punto oscuro.

—Es una mosca, la maté con mi zapato –dice, volviendo la cara hacia Aidé.

—¿De verdad? Parece el hueco que deja un clavo.

—Sí, lo mismo pensé cuando la aplasté.

Y ambos ríen, Tomé la mira avergonzado. Y tanto ríen de esa tontería, que se atragantan de verdad, hasta toser. Y en un instante, sin saber cómo, la risa se detiene y se besan, esta vez involuntariamente. Se besan sin querer besarse, por mero accidente. De verdad que por accidente. Y los dos se sorprenden auténticamente, no estaba planeado besarse, tirados en la alfombra, como nada de lo que ha sucedido aquí ha estado planeado. Y por un momento se permiten ser vistos. "Tan bonita…", piensa Tomé. Tan bonita que podría enamorarse de ella, aunque con todo el dolor de su corazón le pusieran una fecha de caducidad en la frente.

Tomé intenta apartarse de ella, intenta ser sutil, pero, en lugar de eso, dirige la boca hacia sus labios de nuevo. Y se hunden en un beso largo. Tomé se siente mareado como quien va a nacer. Sorprendido se deja llevar. La besa sobre la ropa, sin tocarla con las manos. Hunde su nariz en ella, en el nacimiento breve y eterno de sus senos.

Y en el instante de esta materialidad, Aidé cede y ésa es la confirmación de que también lo desea. Tomé se mira en sus ojos, ¿esto es real?, ¿él puede gustarle a una mujer tan atractiva? Él, que siempre se ha sentido un hombre feo.

Feliz, Tomé levanta su blusa, desabrocha su sostén y abre la boca para besarle los senos, pero esta vez no como un pez agónico, sino como un pez vivísimo, que lengüetea con avidez esos pezones rosados y suaves. Es hermosa esta mujer. Es pequeña, delgada. Tal vez demasiado delgada para su gusto, pero no es verdad, es perfecta. El culo esbelto, delicado y firme. Es increíble cómo puede tener las piernas, las nalgas, los senos tan firmes, como de chica de veinticinco años. Tomé se detiene en su pubis poblado de un bello rojizo. Aidé es efectivamente una pelirroja natural, qué tontería pensar en eso en estos instantes, pero lo hace.

Sin querer le viene a su memoria una mujer con la que salió antes de unirse a Eloísa. Una chica muy blanca de cabello rubio, con la que estuvo no más de dos meses. Cuando hicieron el amor por primera vez, se sorprendió de ver que tenía el vello púbico insólitamente negro, y recordó cómo ese contraste le resultó hasta cierto punto grotesco.

Aidé tiene el cabello rojo y la paleta de colores de su cuerpo, si piensa en términos pictóricos, corresponden perfectamente con su pelo púbico. Tomé besa su vientre, ahí se detiene. Casi puede escuchar el silencio con el que avanzan las pequeñas gotas que ahora caen del cielo, como su suave tamborileo. Escucha los suspiros de Aidé, imagina su boca en su delicado sexo, pero Tomé evade llegar hasta ahí. Retrocede, recorre sus piernas, los dedos de sus pies, sus brazos, la espalda fina y delicada, para detenerse de nuevo en su cuello, en el que ahora prevalece el olor a piel y a sudor. De pronto, Tomé para en seco. ¿Habrá empezado excesivamente rápido con ella?, ¿esto es un buen principio? Pero también sucede que hay una cuestión simple: Tomé tampoco quiere tomarse un tiempo eterno y material para empezar a amar a esta mujer. ¿Dijo a amar? Sí, a amar a esta mujer, porque desde que la miró por primera vez se sintió cautivado por su boca ambarina. Sin embargo, queriendo ser leal con su propia necesidad de aclarar lo que siente, no quiere engañarla: tiene que empezar por el comienzo, todavía le duele Eloísa y, siendo más honesto, tiene que reconocer que como todo un promiscuo, porque eso parece esta noche, aunque no lo sea, debería decir que viene de besar el sexo de una mujer que nunca le ha gustado, y que no le produjo ningún placer. ¿Por qué hizo eso? Tomé no sabe por qué lo hizo, tal vez porque estaba drogado. Qué buen pretexto para justificar su boca en el sexo de una mujer que le produce asco. Pero Tomé sólo piensa esto último, porque enseguida, contradictoriamente a la dirección de sus ideas, besa de nuevo a Aidé. Y ella, con una habilidad diestra, desenfunda su pene para meterlo sorpresivamente a su pequeña y eterna boca. Nunca hubiera esperado esto. Es la glorificación máxima del placer. Aquí no hay disgusto, no hay incomodad. La escena se repite, pero ahora con otra mujer. Parece el guion de una película porno de bajo presupuesto. Que diferente la boca de Aidé a la de su compañera calva. Qué extraordinario suceso esta noche, dos bocas en diferentes momentos, en un mismo día, en un mismo lugar, besándole el sexo a él. Los labios de Aidé son tan delicados y suaves, que Tomé con un esfuerzo infrahumano se contiene para no estallar ahí mismo. Se sobrepone, sumergiéndose en una especie de trance en el que se esfuerza para no tener un orgasmo en los labios abultados y suaves de una mujer que le encanta. Esto parece un sueño.

Esta noche, Tomé ha alcanzado un cierto e inesperado punto. Esto parece alarmarlo porque ya no hay forma de volver atrás, por fin es demasiado tarde, lo que lo hace sentir eufórico. ¿Qué está haciendo? Viviendo un día que parece eterno e increíble. Madrugada, tres y media.

26

"POR FIN ESTOY VIVIENDO", piensa en su cabeza Tomé. Pero la verdad es que esto no parece precisamente un cambio de vida, sino sólo un incidente inesperado y hermoso.

"Amor", repite Tomé dos veces, casi agónico. Cómo puede decirle amor a una mujer que casi no conoce. Después se besan de nuevo, en un largo beso de tierra nublada, de árboles frescos, de verde musgo. Tomé se prueba el sexo a través de los labios de Aidé y le gusta. Es como si besara él mismo su propio sexo, en labios de otra persona. Todo esto es mágico, tener un cuerpo tan hermoso aquí, basta para vivir, para no dejar de sentir cada instante de esta asombrosa noche.

Tomé corresponde a ese beso y, como si jugaran a armar un rompecabezas, ya están en una posición invertida, ambos desnudos y él besando el sexo de Aidé. Con impaciencia hunde su lengua en esa pequeña vagina estrecha, pero no permanece ahí el tiempo que quisiera, porque enseguida Aidé se levanta para dirigirse a su recámara y traer un condón, que con habilidad diestra pone en su pene.

—Penétrame poco a poco, no lo introduzcas de golpe, por favor –suplica Aidé.

Tomé no entiende del todo esta petición, supone que algo tiene que ver con sus experiencias traumáticas de niña, pero no quiere interpretar nada en este momento, no le parece justo para nadie, además la petición suena totalmente erótica. Entonces, obedece e introduce sólo la punta, el glande; después, poco a poco, el tronco completo, muy poco a poco. Y es en ese momento, sin saber cómo sucede, que Tomé se vacía instantáneamente dentro de la chica. Y su pene, después de la eyaculación, se convierte de inmediato en una especie de oruga flácida, dejando el condón dentro de ella, al retirarse.

—Lo siento –es lo único que puede decir–. No sé qué pasó, fue tan rápido y el condón se quedó dentro de tu vagina. Puedo ayudarte sacarlo con los dedos, si lo deseas.

Aidé se levanta de golpe, ahora parece intimidada. Sin decir una sola palabra se dirige hacia el baño. Ahí tarda más de treinta minutos en salir, ya vestida. Cuando la ve entrar a la sala, Tomé se siente terriblemente incómodo. Entonces piensa en si es el momento de decir adiós y de dejar que todo este penoso incidente pase.

Apenas se conocen y ya han sucedido demasiadas cosas, cosas que le avergüenzan a él. A ningún hombre le hace sentir orgulloso un evento así. La precocidad de este momento lo aniquila. Odia lo que sucedió, odia su pene-oruga que ha dejado su capullo sintético e inservible dentro de ella. Desnudo todavía, Tomé intenta acercarse a Aidé, pedirle una disculpa por lo sucedido, explicarle que jamás en su vida le había sucedido, pero el tiempo se rompe cuando Tomé escucha la cerradura de la puerta principal abrirse. En un instante todo es confusión, porque unos segundos después, ve la imagen de una mujer entrar y mirar directamente a Tomé desnudo, junto a su sexo flácido.

—Es mi *roomie*, no te preocupes, dice Aidé, aparentando naturalidad.

Pero la respuesta de la reportera no lo tranquiliza. Está ahí, desnudo, tapándose ridículamente el sexo con las manos, en una situación más que incómoda. Porque la mujer entra, lo mira, coloca con toda calma su bolso sobre la mesa del comedor, el abrigo en el perchero, observándolo como si estuviera casualmente tomando café y no desnudo en plena sala. Tomé apenas la mira de reojo, aunque sabe que está ahí. Y la mujer de manera hilarante se presenta: "Hola, soy Clara". Y el esfuerzo de Tomé por entender es rudo. Los minutos parecen eternos hasta que la mujer entra a la cocina, mientras Aidé le pide a Tomé que se vista.

Es increíble, por un instante se siente sumamente avergonzado, igual que en su casa, exactamente igual, como cuando lo sorprendió su mujer masturbándose en la sala, solamente que ahora está desnudo en la sala de una extraña. Y aunque el sentimiento no es el mismo, por su cabeza pasa la misma sensación de vergüenza e incomodidad.

Una vez que se ha puesto el pantalón lo más rápido que puede, mira inquieto a su alrededor, como si alguien lo hubiera visto hacer una cosa muy fea. Parece un hombre que quiere correr y se queda parado como figura de cera, erguido, con el silencioso esfuerzo que da la tensión.

—Me voy —dice Tomé.

—Sí.

—Gracias por todo, nos vemos otro día —añade en un tono más bajo—. Lo lamento —intenta hablar en voz baja.

Los ojos de la chica parpadean, resabiados o tal vez afligidos, como si estuviera calculando la distancia entre ella y él o, aún más complejo, como si tuviera que calcular la distancia entre la Tierra y el Sol.

Ya afuera, se siente perdido y avergonzado por ese orgasmo precoz y la sensación de furia por el condón, pero casi al mismo tiempo siente una especie de preocupación por haber tenido sexo sin protección con una mujer desconocida. Porque al sacar el pene tuvo contacto directo con su piel más íntima. De pronto, pasa de la vergüenza a la preocupación por contraer SIDA o cualquier otra enfermedad venérea. Ya nadie se puede dar el lujo de coger así, sin protección. ¿Y si está infectada? Diablos. Porque nadie en la actualidad hace el amor así. Sin embargo, en este momento su único vínculo directo con Aidé es un pensamiento concreto de extrema vergüenza y al tiempo de reclamo para con él mismo, ¿cómo ha podido pasarme esto a mí, si no soy un adolescente? Tomé se siente impotente ante los acontecimientos que él mismo creó durante todo este día. Primero su compañera reportera de Finanzas, y después su compañera reportera de nota roja. Tomé se siente sinceramente asombrado de su conducta y, más que esto, la descabellada idea de que él haya podido tener intimidad el mismo día con dos mujeres tan distintas. Aunque esta última sólo haya sido una intimidad fracasada. Sin embargo, en el fondo pensar en esto, contradictoriamente, le fortalece la vanidad por el hecho de que por fin ha podido remontar el duelo, la incapacidad de moverse más allá de su impotencia para establecer contacto con el mundo, con otras personas, con otras mujeres que no sean Eloísa.

Tomé continúa pensando en esto y en su preocupación por haber contraído cualquier enfermedad de tipo sexual, todo esto en medio un razonamiento caótico e infantil. De cualquier forma, ya lo hizo. Y ante esa ambigüedad que lo lanza a sentir una enorme preocupación, en su defensa, su cabeza piensa que es una de las noches más extrañas de su vida, aunque no del todo mala. Por fin se ha librado de una cierta barrera sofocante que le impedía desear a una mujer, más allá de su exesposa. Y ésta es la sensación que dura en él, pese a todo, pese al peligro de contraer una enfermedad venérea, pese a su vergüenza de macho precoz, pese a sus prejuicios, a sus temores. Por unos instantes, Tomé se siente otro.

Y así, con la cabeza dándole vuelta a todas estas ideas. Llega en taxi al departamento de su hermano, casi a las seis de la mañana. Pero no entra al edificio, porque justo cuando camina por la acera, ve salir a su hermano, exactamente como una de las anteriores noches, lo ve salir y abordar un auto. Esta vez puede ver a un hombre al volante. No es una mujer, como lo supuso al principio, es un hombre quien inmediatamente arranca en cuanto su hermano sube. Y la sensación todavía de culpa-placer que trae se ve viciada por otro pensamiento. ¿Qué hace su hermano de mañana abordando un auto que no es el suyo? Pero lo más extraño: ¿qué hace su hermano vestido de sotana y con una cruz en las manos, como cuando era un sacerdote, si hace más de cinco años que renunció a los votos?

Entonces, ahí de pie, con el frío de la noche sobre su espalda, siente una especie de angustia que se traduce en una mayor preocupación por su hermano, incluso mayor que el horrendo papel que acaba de hacer. Por unos instantes, siente un vacío blanco esperando los próximos minutos de esta fría mañana.

27

CUANDO ERA UN NIÑO como de cuatro años, Tomé le preguntó a su madre si Dios tenía brazos. Su mamá le respondió que
no. Entonces volvió a preguntar si tenía boca, la madre negó
de nuevo. ¿Y manos? Tampoco, respondió su madre un poco
fastidiada. Y Tomé, con ese aire de inocencia que aturde a
los adultos y los deja ansiosos, intentando imitar el gesto de
sabiduría de algunas personas mayores, preguntó:

"Mamá, ¿Dios es real?" –Y sólo tenía cuatro años.

Lo inexplicable se apodera de nosotros; entonces abrimos el paraguas negro y nos alborozamos en una danza en
la que brillan las estrellas y no importa si entendemos por
qué.

¿Dios es real?

Lo incomprensible se apodera de nosotros, entonces
abrimos el paraguas negro, hasta que la alta noche viene a
encontrarnos exangües, llenos de preguntas.

¿Dios es real?

¿Dios es real?

¿Dios es real?

Lo incomprensible se apodera de nosotros.

Como buen escéptico, a Tomé nunca se le ocurría defender la existencia de Dios, al menos que encontrara razones suficientes para creer en él. Razones que van más allá del temor o del puro interés de obtener un milagro en una situación extrema, como casi todo el mundo lo hace cuando sufre una tribulación que es imposible resolver a través de las propias manos. Y Tomé nunca ha tenido la necesidad de pedir nada. El único milagro que tal vez esperó de la vida, fue tener una hija mentalmente sana, pero esa petición raya más en la estupidez que en un milagro.

¿Dios es real?

"Uno de los científicos más respetados en la actualidad dice haber encontrado evidencias de la existencia de Dios". Tomé se detiene por unos minutos en la lectura del periódico matutino, mientras da un sorbo a su café. Curioso por esta nota, lee interesado. "El físico teórico Michio Kaku, uno de los creadores y desarrolladores revolucionarios más respetados del mundo de la Teoría de Cuerdas, afirma que ha llegado a la conclusión de que estamos en un mundo hecho por reglas creadas por una inteligencia superior, no muy diferente a las computadoras, más compleja e impensable. Estamos regidos por reglas creadas y no determinadas por azares universales, donde no existe la casualidad". Vivimos en una Matrix, asegura el científico en aquella nota de periódico. Y sólo cuando una autoridad en la materia habla de la existencia de Dios es posible detenerse un momento y pensar.

Lo inexplicable se apodera de nosotros; entonces abrimos el paraguas negro y sentimos que la verdadera inconmensurabilidad es la nada, el cielo, que no tiene barreras y donde uno puede tener fe en Dios…

¿Dios es real? Sin signos de interrogación: ¡Dios es real!, como afirmación, como facto. Sólo así es posible creer esto, si lo afirma un científico acostumbrado a secuenciar el ADN, con sus métodos y técnicas bioquímicas que ayudan a determinar el orden de los nucleótidos en un oligonucleótido de ADN. ¿Cómo?, ¿un qué?, ¿un oligo qué? Sí, tan difícil de entender que Dios existe. Sólo dicho así, a través de partículas teóricas llamadas taquiones en una escala subatómica, que comprueban la existencia de Dios, se puede creer en él. Y entonces Tomé se da la oportunidad, por primera en su vida, de creer en la posibilidad, al menos en la posibilidad, porque en el fondo lo desea fervientemente, aunque todo esto es tan abstracto que le cuesta trabajo comprender, porque creer que Dios existe no es un trabajo nada sencillo para mentes como la suya.

Lo inexplicable se apodera de nosotros; entonces abrimos el paraguas negro y en el fondo de todo, está el Padre Nuestro... ¡Dios!

Este día Tomé no ha dormido. Elástico, ha saltado hacia la regadera, se ha vestido. Ha recogido el periódico tirado sobre el piso, afuera de la puerta, triste como el capullo de una mariposa, tirado al piso después de una ráfaga de viento. Y como coincidencia, antes de leer el periódico y de enterarse de que un científico dice que Dios existe, ha pensado días antes en Dios, o con el cliché de él. Lo ha pensado entre música celestial y nubes. ¡Qué poca imaginación!, no puede separarse de la historia cristiana que nos han vendido y de su estética ñoña de siglos. Después del café, se siente mareado como quien va a nacer, preso del cordón umbilical enredado al cuello. El movimiento al levantarse de la mesa es tan repentino y rápido, que siente que se va a caer, pero se recompone rápido. Pensativo se levanta para mirar por la ventana, para recordar a Aidé, la reportera de nota roja.

Piensa de nuevo en esos ojos, al mismo tiempo que recuerda los suaves labios de la chica, mientras termina de leer la nota sobre la existencia de Dios.

Cómo desearía que la máquina Dios hiciera posible encontrarse con Aidé el día de hoy.

Finalmente, sale del apartamento y llega a la redacción a cubrir una nota que ya lo espera impaciente, tan horrenda y sangrienta como todas las que cubre desde que es un Once.

Es lindo soñar con Dios antes de ir a cubrir la obra del diablo. Es lindo pensar en una mujer a la cual se desea tanto, antes de ver caer sobre los ojos la desgracia de la sangre.

En el Ministerio Público se entera de que esta vez fue el deceso de una mujer en situación de calle, asesinada a sangre fría por un joven de quince años. La señora, cuya edad fluctuaba entre los cincuenta y sesenta años, estaba durmiendo en el suelo junto con otros cinco indigentes. El asesino sacó de entre su ropa un cúter y le rebanó el estómago. La policía la encontró tirada en el piso, rodeada de un charco de sangre. El joven de quince años, quien responde al nombre de Dakari Cuper, habitante de Ciudad Satélite, al ser presentado ante el Ministerio Público, acepta sin ninguna culpa que fue él quien la asesinó. Así es, acepta haberla matado desde la más mínima aprensión.

"Sus ojos cafés, como agua sucia, aún estaban abiertos cuando le clavé el cúter en la panza, la mujer me maldecía en sus últimos momentos de vida". Eso declara un joven vestido con buena ropa, un iPhone última generación, con un auto compacto rojo de modelo reciente, y con un lenguaje que no corresponde a su edad, sino a una persona más grande. Este joven no se inmuta al declarar que se siente feliz de haber librado a la sociedad de esa basura: "Gente que apesta, que no sirve para nada, gente que ensucia las banquetas y que da mal aspecto a la calle, como las cucarachas".

Al chico se le ve tranquilo, sin ningún remordimiento, mientras describe cómo rebanó a la mujer. De hecho, hay en su mirada cierto éxtasis.

—¿Por qué la mataste? –pregunta el agente del Ministerio Público, sin abogado y de manera totalmente ilegal.

—Puro gusto, me temblaba todo el cuerpo de la emoción, me siento grande. El mundo es mío, la luz se proyecta y se refleja. Esa gente no vale nada. Está tan sucia como su interior. Este momento hace que mi vida valga la pena. Este momento efímero es inmortal, como si hiciera una pintura o escribiera un libro. Conté cada instante en el que goteaba esa sangre sucia.

El joven habla de manera rara, como si estuviera leyendo un texto para la clase de retórica.

—Pero ¿por qué lo hiciste? –pregunta de nuevo el hombre del Ministerio Público, notablemente molesto.

—Sé qué estoy haciendo aquí: estoy improvisando como en el jazz se improvisa, improviso en el escenario. Esto es una obra de arte que embellece al mundo, quitándole la fealdad. Es una pena que sólo haya podido matar a una *homeless*, hubiera querido matar a otros cinco que estaban ahí, durmiendo en la calle, pero huyeron en cuanto escucharon los gritos de la mugrosa indigente. Ni modo, el destino se proyecta hacia el futuro.

Este chico dice todo esto moviendo los brazos, histriónico, con un discurso que parece aprendido, poco natural, con gestos sobreactuados, como los de un mal actor salido de un improvisado curso de preparación actoral. Su lenguaje molesta a Tomé, se eriza al escuchar cómo sus palabras forman un discurso sin lógica, caótico; el discurso de un imbécil influido por la idea de odio a la gente desposeída. Parece un joven salido de un cursillo de oratoria por internet. Y ese tono fresa que tanto le pega en los güevos a Tomé, declarando, ahí, sin abogado que lo asista.

O será de plano que este chico está loco, se pregunta Tomé en silencio. Porque no tener el menor atisbo de culpa pertenece a una mente perturbada y enferma. Es evidente que Tomé no es un experto en criminalística ni en neurociencia, pero sabe que parte de la biología del comportamiento se explica por desajustes en la mente, desajustes químicos o de estructura cerebral que pueden explicar por qué suceden estas cosas, por qué existen este tipo de imbéciles.

—Te vamos a refundir en la cárcel, chamaco idiota, por decir tanta pendejada –declara de manera ilegal el hombre que le toma la declaración a este chico. Un hombre pálido color de humo, que fuma un cigarrillo pese a las restricciones que hay en toda ciudad de respetar los lugares libres de tabaco.

Y Tomé piensa que tal vez lo que necesita este chico, además de un buen abogado, no es una cárcel, si no un médico, una tomografía del cerebro, para ver si existe alguna anomalía en su cabeza, algo que demuestre que es un psicópata. Lo poco que sabe Tomé de enfermedades mentales es lo que dicen los psiquiatras: que los psicópatas tienen poca actividad en una parte de la corteza del cerebro. Aunque también esto es tomado con reservas por el propio Tomé, ya que la supuesta ciencia de la neurocriminalística está apenas en sus albores. Durante los últimos tiempos se ha recuperado evidencia de que existe una relación entre algunas funciones cerebrales y el comportamiento violento. Pero nada es ciencia infalible.

En este sentido, ¿será sólo la actividad del cerebro lo que explica estos hechos violentos?

Tomé ha leído algo sobre el tema, y sabe que algunos científicos aseguran que existen doce genes relacionados con niveles de agresión, a Tomé le llamó la atención uno en específico llamado "gen guerrero", que regula la serotonina, sustancia inhibidora de la ira, de la agresión, del humor, del sueño, de la sexualidad, incluso del apetito. Si ese gen guerrero tiene deficiencias, según los científicos, estás del lado oscuro.

Pero… aquí está de nuevo Tomé, que no para de pensar, finalmente es un sociólogo, y como vicio se le da cuestionarse todo el tiempo, ¿será verdad que los genes pueden determinar de manera absoluta el comportamiento de las personas? Si así fuera, más de la mitad de la población estaría matando a alguien por ahí, en este momento, por la razón que sea, tal vez porque a alguna persona no le gustó cómo lo miró alguien más. O tal vez así es y todos estamos locos. ¡Maldito mundo!

Y una vez más, como siempre, vienen a él decenas de preguntas. ¿Hasta que punto es válido utilizar tomografías del cerebro o resonancias magnéticas para decirle a alguien que es un asesino? Porque es un hecho que no es tan fácil, hasta los médicos neurocriminalistas han demostrado que esto no es así. No todos están locos. Alegar "locura legal" para defenderse o evitar la muerte en algunos lugares del mundo o la cárcel no se demuestra fácilmente. Muchos asesinos tratan de fingir un *alter ego*, una doble personalidad, pero los casos de personalidades dobles son extremadamente raros.

Para explicaciones sobre la locura, hay tantas que no cabe por ningún lado la exactitud. Algunas explicaciones tratan de demostrar que el exceso de minerales como el magnesio disminuye los niveles de serotonina y dopamina. Otros atribuyen la violencia de los asesinos a defectos en el cerebro, como lesiones en el hipotálamo o en el lóbulo temporal o en la región límbica, pero nada puede asegurar que una persona o un asesino tenga alguno de estos problemas. Es precisamente aquí donde entra en su cabeza el escepticismo. ¿Es este muchacho un loco realmente? O sólo es un yupi desgraciado sin identidad que tiene que recurrir a la barbarie para ser nota, para ser alguien o, más aún, este pendejo es simplemente una mala persona a secas, o este chico de ojos verdes, cabello castaño, con esa cara de ángel niño rico, que no demuestra el menor atisbo de arrepentimiento, es sólo un imbécil adolescente buscando una identidad para ser alguien. Un chamaco adolescente perdido en su estupidez y en la retórica barata de su lengua.

¿Loco, malo o sólo un estúpido? ¡Quién puede saberlo!

Eso no lo saben Tomé ni nadie, y tal vez nunca se sabrá a profundidad qué pasó en el caso de este chico, a quien antes de lo esperado han venido a salvar dos abogados dando una fuerte cantidad de dinero para que lo suelten, argumentando amparo.

La nota no cubre nada de esto, ni el soborno ni el amparo ni la locura ni la puta jodidez maléfica. Tomé sólo se limita a hacer una descripción de los hechos, "el fresa mata a pordiosera a cuterazos". Ésa es la nota y así saldrá mañana. Entre más amarillista y horrendo el título, más ventas. Y ahí queda el asunto. A nadie en esta ciudad le importa preguntarse ni investigar a profundidad. Sólo a Tomé se le hace una maraña la cabeza con tantas preguntas. Parece que esto ya se está volviendo una costumbre o tal vez, si sigue en este oficio, algún día no se pregunte nada y sólo cumpla con su trabajo. Es cuestión de tiempo y de ir anestesiando la conciencia a *shots* de sangre y muerte.

Y es justo cuando Tomé está a punto de retirarse que ve llegar Aidé, como siempre, tarde para cubrir la nota. Para la chica no es muy complejo tomar de inmediato los hilos de la historia del chico "loco, fresa, perturbado e imbécil".

Dios hizo el milagro. Encontrarla de nuevo es todo lo que ha estado esperando. Con cierto nerviosismo y todavía con vergüenza, se acerca a Aidé para saludarla y casi involuntariamente sonreír, como si eso fuera una muestra de lo que hay de inexplicablemente prometedor en este encuentro. Necesita hablar con ella, explicarle.

Tomé, entrecerrando los ojos valientemente, se acerca a ella y sin más preámbulo dice:

—Te invito a tomar un café, puede ser en mi casa si quieres, por favor, te lo suplico, necesito hablar contigo, no me siento nada bien desde ese día. No soy una mala persona, sólo soy un imbécil que sufre desde ese día. Por favor. Desde ahí podemos armar la nota.

Qué cosa tan extraña, Tomé hace semanas que no tiene casa, pero eso no importa. La casa de su hermano funge de alguna manera como su hogar.

El encuentro le parece increíble a Tomé, aunque era obvio que en algún momento se encontrarían cubriendo la nota en alguna parte de la ciudad. No obstante, lo realmente increíble no es el encuentro, lo inusual es que Aidé acepta la invitación de manera inmediata, lo que marca el comienzo de algo que nace. Y así es, Tomé aborda el auto compacto blanco de la chica, para avanzar hacia el futuro que en unos cuantos kilómetros ya es pasado. Así será hasta el infinito, dentro de ese auto, el tacómetro digital no podrá detenerse en el presente, porque las revoluciones por minuto sólo conocen el tiempo pasado y el futuro, y en un instante el futuro también será pasado a giros de motor. Una especie de memoria distante que en este breve momento se disuelve para abrir el deseo que es todo, justamente: pasado, futuro y presente, todo al unísono en cuanto entran al departamento de Tomé.

El preámbulo es el envío veloz de la nota desde la mesa del comedor, desde la Macintosh portátil de Tomé. Un preámbulo breve, porque en cuanto terminan, de inmediato se acerca a ella. La abraza, le acaricia el cabello, se hunde en su cuello, detiene sus dedos en su espalda. La besa. Le pide perdón besándole la frente, la cara. Totalmente animado, le toca los senos. Le quita el vestido rápidamente. Aidé no se resiste, parece que el último encuentro no determinó que lo odiara, y eso pone a Tomé inmensamente feliz.

Esta vez tampoco hay condón, Tomé hace mucho que no usa un condón y su hermano mucho menos, pero esto no lo hace dudar, si la última vez lo hicieron así, por la culpa de una eyaculación y un condón perdido, qué más da hacerlo de nuevo. Si está contagiado de algo, ya lo está. Mediocre pensamiento en estos días, pero práctico a la hora del deseo.

—¿Hay peligro de que te embaraces?

—No –contesta Aidé, segura.

Y Tomé apaga sus dudas sobre una enfermedad venérea, sobre un embarazo, sobre la precocidad, sobre cualquier duda que exista en su mente, y en el esplendor de un silencio dulce se coloca detrás de ella, la toma por la cintura, que se acentúa, mientras la reclina de espaldas sobre la mesa, para enseguida, lentamente bajar su ropa interior, y ver como su espalda se extiende blanca y suave, mientras sus caderas se ensanchan. Soñando en la sensación de tenerla, le muerde el cuello desde atrás, mientas su pene roza sus suaves nalgas. El principio de una gran excitación se apodera de él, mientras en el interior de su cuerpo se mueve en una ola de respiración ardiente.

Con un pensamiento rápido, febril y casi doloroso de tan intenso, Tomé la toma del cabello para penetrarla lentísimamente, una y otra vez, deseándola sin tristeza, sin esperar siquiera que ella le permita algo, deseándola, hasta cierto punto malicioso, jugando con su propia virilidad, serio, con los ojos atentos y móviles.

Tomé se aparta un momento para pedirle que se acueste en la mesa frente a él. Aidé accede y Tomé la mira. No la ama, pero la desea. Aunque piensa que no la ama, podría estar a punto de amarla. Tomé la hace apoyar las piernas en sus hombros. Besa su sexo larga y prolongadamente. Siente el delicioso sabor de su vagina en la boca, en la garganta. Desde el centro de su cuerpo, desde ese vientre, desde esos dos labios vaginales abiertos se propaga un pensamiento agudo, sin palabras, desesperado y profundamente feliz en la cabeza de Tomé: ya la quiere. Con el sabor de su sexo en la boca, la besa, le da a probar el elixir sagrado de su dulce sexo, como un pacto, un pacto de amor, del uno al otro que Tomé pone en los labios de Aidé y donde ella se prueba a sí misma a través de un prolongado beso. Ambos sonríen. Esta vez no hay accidentes, ni condones perdidos, ni eyaculación precoz. No hay nada. Sólo están ambos.

Tomé le tiende la mano, la guía hasta la cama, entonces oye pedir a su corazón mucho más tiempo así. Completamente feliz se derrama la tarde, mientras ambos, lamiéndose el sexo y los labios, una y otra vez, van a un lugar mucho más lejos, más allá de donde comienza a extinguirse el día…

El tiempo pasa rápido y es justo a las tres de la madrugada que Tomé se despierta de pronto. A esa hora le viene un sobresalto y el deseo irrefrenable de abrazar a Aidé por la espalda. Pero no la toca, un sentimiento de tristeza se apodera de él. "Eloísa" viene a su mente, la extraña, contradictoriamente extraña la presencia de su mujer en la cama. Hace muchos días que no piensa en ella. Parece como si su recuerdo se hubiera esfumado y volviera de golpe como una ráfaga de viento en plena ventisca. Despierta en la madrugada con un deseo intenso de abrazarse a su esposa. No. Quiso decir, a su exesposa. Ya no es su esposa desde hace meses. ¿La melancolía es amor? No, tampoco quiso decir amor. La melancolía es sólo eso, pequeños toques de pasado, como pequeños calambres que dan en el cuerpo como cuando hace mucho frío. Y de pronto, ahora mismo se da cuenta de que ya no la ama, aunque todavía la extraña. Extrañar sin amar o, más bien, extrañar queriendo a alguien, con amor de lo que fue y nunca será, de lo que no se desea más, de lo que no se tomaría aunque se ofreciera de nuevo, porque el amor, una vez que se extingue, se evapora para siempre. Pero este sentimiento se va rápido en él. Es sólo un breve deseo. Lo demás es la amistad que con el tiempo, está seguro será posible con su exmujer. ¿Por qué debería ser así? Porque estuvieron muchos años juntos, porque tienen una hija, porque en esa historia hubo cosas que vale la pena archivar, aunque al final mucho de lo que vivieron sólo haya sido dolor. Eloísa será algún día una buena amiga, de esas amigas que se ven con cariño, que captan a la distancia todo lo bueno que ya no se veía en el matrimonio. Algo como un sueño, de tan lejano. Una puerta que se cierra al salir y que al volver se ha difuminado en la pared, y de la cual sólo quedan contornos borrosos. Algo que nunca será de nuevo, ni la misma puerta ni la misma vida.

Con este pensamiento se abraza a Aidé, respira el olor suave de su nuca. Es una sensación distinta la que siente, la que se deposita en su cabeza. Aquí junto a ella, extrañamente, siente que por fin ha llegado al lugar que tanto ha buscado. No sabe exactamente qué lugar es ése o si es un lugar. Ésta no es ninguna puerta, es una sensación de alivio, de paz, de deseo, de llegada, de alegría, de ilusión, de sexo, de juego nuevo y ya conocido en otros mundos, en millones de multiuniversos juntos y separados, todos tan familiares y tan nuevos, llenos de suspiros, de sonrisas, de libertad. Sí, Tomé sonríe con tranquilidad. Abrazado a esta chica comprende que aquí hay una especie de magia azul y verde que goza por el puro placer de la felicidad. Siente el delicioso calor de sus cuerpos juntos, y piensa que puede querer esto de nuevo, una y otra vez, y esto le fascina y le atemoriza. ¿Por qué? No quiere saber por qué. Sólo sabe que junto a ella se está muy bien. A decir verdad, nunca ha estado tan bien. Y así se somete con placer a ocupar este lugar. Este lugar, juntos, bajo las sábanas, en una noche increíble.

Entonces, cuando está a punto de dejarse llevar por la placidez y el sueño, abrazado a la delicia de ese cuerpo, escucha la cerradura de la puerta abrirse. Oye cómo su hermano entra directo al baño, para después dirigirse hacia su recámara. Muy lentamente para no despertar a Aidé, Tomé se levanta para pegar el oído a la puerta. Por unos segundos deja de escuchar ruidos, y enseguida el contundente choque de platos en la cocina, el grifo de agua que estalla a chorros.

Tomé recoge su ropa tratando de ser lo más silencioso posible. Se pone los zapatos y cuando va a salir del cuarto, escucha la puerta del departamento cerrarse. Sin pensarlo,

Tomé vuelve a la habitación, abre la bolsa de Aidé y saca las llaves del auto de la chica. Ni siquiera le avisa, no hay tiempo de nada y ella duerme de manera profunda. Aprisa se asoma a la ventana y ve a su hermano dirigirse hacia el mismo auto que lo ha recogido otras veces. Como otras noches, trae puesta la sotana.

El arte de pensar, el riesgo se instala en su cabeza. Y de manera veloz sale de la casa. Con sigilo se esconde en la esquina de la calle. En cuanto se alejan un poco, corre al auto de Aidé, que está a unos pasos. Arranca con prisa, pisa el acelerador para darles alcance, siguiéndolos a una distancia que le permita no ser visto. Así es como en medio de la madrugada sigue a su hermano. Tiene que advertírselo a sí mismo. No sabe a dónde va, pero esta noche sí averiguará a dónde va su hermano vestido como si fuera a una fiesta de disfraces, en un momento de su vida donde su hermano ya no es sacerdote.

28

TOMÉ SE MUEVE LENTAMENTE en la gran extensión de calles solitarias. Cautelosamente sigue el auto hasta que llegan a una casa no muy lejos de ahí. Es una vivienda de dos pisos con un portón café. En cuanto se acercan a la casa, el mecanismo automático abre sus puertas para perderse dentro. Tomé, sin pensar mucho, se acerca también al portón. Un guardia sale para preguntarle a quién busca. Sin pensarlo da el nombre de su hermano y señala el auto que ha entrado. El acto de pensar en la ausencia de riesgo lo pone al alcance de todos. Y una vez tomadas las precauciones intuitivas, aunque no sabe muy bien cuáles son éstas, sabe que no hay peligro. Finalmente es su hermano, y si está aquí, es por él.

El guardia, sin preguntar más, le permite el acceso. ¡Eureka! Está de suerte, por un momento pensó que le pedirían alguna clave como en la película "Ojos bien cerrados". Qué estúpido pensamiento para este instante. Entonces empieza una lista de sentimientos cuyo nombre desconoce, uno de ellos es la angustia. No sabe por qué, pero se siente ansioso. Un mal presentimiento se apodera de él, mientras estaciona el auto para entrar a la casa, cuya puerta principal está entreabierta.

Todas las luces están encendidas.

Dentro del estacionamiento hay ocho autos más. Tomé duda un poco para entrar, por un momento la conciencia llega a él. No sabe claramente qué hace en este lugar, a estas horas de la madrugada y con la mujer de sus sueños sola y desnuda en su cama. Pero finalmente ingresa. No puede dudar en este momento.

Sin ambages camina unos pasos para penetrar el frío y asfixiante ambiente de un recibidor lleno de luz. Al fondo de un amplio pasillo se expande una blanquecina luminosidad y un corro de voces que hablan todas al mismo tiempo.

En algún lugar de su panorámica auditiva, escucha la voz aguda de una mujer llorando. A Tomé le parece oír claramente la palabra "auxilio" y quejidos que a la distancia parecen decir: "Déjenme ya, déjenme". Los gritos se escuchan desde el interior de la casa.

Tomé, acostumbrado a dominar la adrenalina, entra. Ahí está su hermano, de perfil, hablando con otros hombres vestidos de sacerdotes, como en una fiesta eclesiástica. La habitación tiene un olor raro, entre cera y olor a túnel.

Los gritos se hacen más intensos, pero parece que nadie los escucha. Unos hombres van y otros vienen con cosas en las manos, crucifijos, agua en pequeñas pilas, velas y demás instrumentos sacros.

Parado frente a la puerta principal, Tomé se mira los dedos. Sintiéndose incómodo, piensa confusamente con una precisión sin palabras que vale como movimientos leves y delicados, si debe irse o no.

De pronto, ve salir a toda prisa, a un hombre vestido con sotana de una habitación en el segundo piso de la casa. Se trata de un hombre regordete con cara de susto, quien sale completamente pálido y con una cruz en las manos.

Es en ese instante que Tomé avanza seguro hacia las escaleras, exactamente a la habitación de donde salen los gritos, pero no ha subido ni dos escalones cuando siente las manos de alguien deteniéndolo con fuera del brazo.

—¿Qué haces aquí?, ¿me seguiste?

—No, tú, ¿qué haces aquí vestido así?, ¿qué es esto?, ¿una fiesta de disfraces?

—Es mejor que te vayas, éste no es un lugar para ti.

—No me voy hasta que me digas qué es esto, ¿qué haces aquí tú?, ¿quién está arriba?, ¿por qué tienen a una mujer llorando y pidiendo auxilio?

Un reloj cucú de pared toca tres notas de campaña en tres planos de sonido. El primer sonido agudo, un poco desarticulado, el segundo más alto y prolongado y el último es largo y persistente. Son las tres y media de la madrugada en punto.

—Bueno, señores, es hora de comenzar.

La voz de un hombre mayor atraviesa la noche, mientras llama a todos, se arremanga la camisa como si llamara a cumplir con los pequeños deberes, como si todos se estuvieran organizando para hacer la limpieza de la enorme casa.

—Ya es la hora del Señor –dice en todo solemne.

—¡Vete ya! –ordena imperativo su hermano.

—Ya te dije que no me voy –asegura Tomé Bata, enfático y alzando la voz.

Los dos entonces se miran un instante, arrojados repentinamente hacia una sinceridad horrible, imposible de ocultar.

—Ven, ponte esto.

—¿Qué es?

—Ponte esta túnica, así no puedes entrar, y cállate.

—¿A dónde? ¿Por qué?

—¿Quieres quedarte o no?

Tomé ya no responde, con rapidez se quita la chamarra y se pone una túnica blanca como de monaguillo.

—¿De qué se trata todo esto?

—¿Qué acabo de decirte? –Gamaliel mira a Tomé, impasible.

Tomé guarda silencio y entra junto con todos los demás a la habitación del segundo piso. Es enorme y húmeda. En el centro hay una cama y en la cama está la mujer que escuchó llorando. Es una mujer ya vieja. Yace acostada, con los pies y los brazos amarrados fuertemente a largas cintas hechas con jirones de algodón.

—¿Por qué la tienen atada, carajo? ¡Esto es un delito, Gamaliel!, ¿de qué se trata todo esto? –pregunta Tomé en voz baja, apenas audible.

Gamaliel lo toma con fuerza del brazo, mientras lo saca de la habitación.

—¡Quiero que te vayas ahora mismo!, no estás autorizado para estar aquí. ¡Lárgate ya! Me estás colmando, Tomé.

—¿Qué le hacen a esa mujer? ¿Eres un sádico?

—La estamos liberando.

—¿Liberando de qué?

—Del demonio.

—¿Del demonio? –repite Tomé con voz lacónica. Tomé tiene el don de demoler las palabras de otros con sólo repetirlas a través de sus labios lánguidos y de su pensamiento hipercrítico. Pero esta vez, no puede.

251

—No entiendo qué quieres decir con esto.

—No voy a decirte nada. Por ultima vez, vienes y te callas o te largas ahora mismo y no vuelves a preguntarme nada sobre esto. Es mi última palabra.

Durante unos segundos largos y huecos, la casa parece vacía, una casa silenciosa y llena de viento frío.

—Sí… sí, me quedo.

—Entonces haz lo que te digo. Cállate y observa y ten fe en Dios, si es que puedes.

Si no estuviera viviendo lo que está pasando en ese preciso momento, Tomé no lo creería. En pleno siglo veintiuno, en plena posmodernidad y en plena revolución digital, está siendo testigo de un rito de liberación del diablo, de un exorcismo. De momento, siente un mareo que le llena la cabeza, náuseas y cierto asco. No es posible que su hermano sea partícipe de una barbarie de esta magnitud.

En un segundo pasa por su cabeza correr hacia la cama, intentar liberar a la mujer y golpear con el puño a su hermano en pleno rostro. Salir de aquella casa, tomar el auto a toda velocidad con la mujer a su lado e ir a la estación de policía más cercana a denunciar este acto vil de ignorancia y tiempo retrógrado, pero no hace nada. La puerta de la habitación se cierra a sus espaldas y comienza el rito. La presencia de todos estos hombres dedicados al culto religioso han disuelto su poder de movimiento, de crítica, de voluntad.

29

Es una noche fría, el cuarto flota entre llamas frágiles de decenas de velas blancas. Comienza a llover, como un cliché de película de terror. Como si la lluvia fuera parte de la escenografía macabra más obvia y prototípica de escenas de este corte. La calle brilla, negra y espectral. Afuera no se escucha pasar ningún auto.

Un hombre de cabello totalmente cano, vestido de sotana y estola, un típico sacerdote católico, se arrodilla frente a la mujer y con la cara hundida en su propio pecho hace la siguiente oración:

—Señor Jesucristo, Verbo de Dios Padre, Dios de toda criatura que diste a tus santos apóstoles la potestad de someter a los demonios en Tu nombre y de aplastar todo poder del enemigo; Dios Santo, que al realizar tus milagros ordenaste "huyan de los demonios"; Dios fuerte, por cuyo poder Satanás, derrotado, cayó del cielo como un rayo; ruego humildemente con temor y temblor a Tu Santo Nombre para que fortalecido con Tu poder, pueda arremeter con seguridad, contra el espíritu maligno que atormenta a esta criatura tuya. Tú que vendrás a juzgar al mundo por el fuego purificador y en él a los vivos y los muertos. Amén.

Tomé no ve ninguna reacción en la mujer con esta letanía religiosa. Impaciente se para junto a la ventana en una profunda meditación. Su hermano debe ser un loco, y todos estos hombres hijos de su Dios, unos perdidos psicóticos, salvadores de un mundo malo, hombres completamente desquiciados que ven en esta pobre mujer el rostro cruento del diablo.

El hombre se pone de pie y con la expresión que tiene un sacerdote dando una misa dominical, levanta el acetre y con el hisopo lanza agua bendita a cada rincón del cuarto. Tomé cierra por unos segundos los ojos al sentir unas gotas de agua fría sobre el rostro.

De nuevo el hisopo y la lluvia de agua bendita que cae fresca sobre todos, sobre todo, encima de esta mujer que yace acostada, con la bata abierta, dejando asomar su pecho seco y áspero, los ojos totalmente abiertos, como esperando una gran noticia de lejos, la boca abierta, dentada todavía, pero con los dientes amarillentos como una hilera de cirios tristes.

Por ahora todo parece estar tranquilo, limpio, pero es justo en el momento en que llega la nueva víspera de agua bendita al cuerpo de esa mujer, que se desata la tormenta.

La anciana, que en un inicio parece una mujer débil y decrépita, de pronto cobra un inusitado vigor. Hay en ella un cálculo extraordinariamente femenino. La mujer sonríe casi voluptuosamente, mientras se retuerce con fuerza, moviendo la cadera como si estuviera copulando con un amante invisible.

—¡Me gustas! –asegura con voz espectral y cavernosa.

—¡Me gusta tu sexo! –le dice al sacerdote anciano, con una especie de obstinación en la voz, una voz gutural que no se parece en nada a la voz que pedía ayuda, cuando Tomé llegó a esta casa.

—Yo sé que también te gusto –dice la mujer mientras se agita con una fuerza inusual, tratando de soltar sus muñecas y tobillos, al tiempo que abre las piernas en una clara exhibición de su sexo cubierto por un calzón blanco, del cual salen por los lados, vellos púbicos ralos, blancos y desteñidos. La mujer tendrá setenta y cinco años o tal vez más. Tiene los cabellos completamente blancos y delgados. Los ojos azules, pequeños y maliciosos.

—Así, es –dice la mujer–, lo sabes. Con un tono de voz que parece pertenecer a otra persona por lo grave y distorsionada, a ratos parece que logra zafarse, pero es el esfuerzo de su cuerpo tratando de alcanzar al sacerdote, con los ojos abstraídos y fijos, que no parece conceder nada a los rezos y al agua bendita.

Ahora es un tercer hombre religioso quien vierte sal sobre el agua bendita para rociar de nuevo a la mujer y los gritos comienzan a ser cada vez más guturales, sobrehumanos, casi bestiales, en una perorata de palabras que no para. En un monólogo de palabras ininteligibles que no cesan. No se entiende bien qué dice, la mujer habla a una velocidad fantástica, hilando vocales y letras y sílabas en un dialecto extraordinario y confuso. Y de pronto se detiene, deja de hablar para decir tan claramente algo que sólo Tomé comprende perfectamente.

—Sí, mi querido niño –dice la mujer parando el diálogo esquizoide, para decir esto mientras mira directamente a Tomé.

—Sí, tú, mi querido niño de sangre.

Tomé la mira intimidado al darse cuenta de que le está hablando a él.

Y es en este tiempo eternamente detenido, en esta mirada desquiciada de la anciana, que un tercer sacerdote exorcista se acerca a la cama. El hombre viste algunos ornamentos como el sobrepelliz, que reposa sobre su vestidura talar y la estola morada. Este sacerdote, mucho más joven, lleva una cruz en la mano. Camina hacia ella lo más cerca que puede, una vez ahí, muestra la cruz y la levanta como un trofeo para decir:

—En el nombre del Padre, y del Hijo, y del Espíritu Santo. Amén.

—Tú no eres de aquí –dice la anciana a Tomé, mientras ignora al sacerdote–. Tú eres un espía. El diablo te sigue, la sangre que ves todos los días y en la que te regocijas es la misma sangre que derramarás con tus propias manos. Tú eres el demonio. Sí, tú, maldito niño.

Al escucharla, Tomé se descompone en una mirada de profunda sorpresa.

—Tú serás un asesino y el diablo te abrazará, sí, mi querido hombrecito. Tus manos se llenarán de sangre.

Apenas unos minutos antes, Tomé vio todo este rito como una extrapolación ridícula de lo peor del cine hollywoodense, con todo y sus espectaculares recursos dramáticos. Los lugares comunes, las historias que cuentan lo mismo cuando de posesiones satánicas se trata. Los mismos clichés previsibles: la fuerza inusitada de una persona, las lenguas irreconocibles, la patética expresión sexual, el rechazo de objetos sacros y de agua bendita, las levitaciones, la cabeza de los poseídos dando vueltas a ciento ochenta grados, el vómito verde y demás recursos, ya de sobra vistos y esperados por todos los espectadores asiduos a películas de terror.

Pero cuando esta mujer lo mira y le dice a la cara que será él mismo quien derramará sangre con sus propias manos, algo muy dentro de él se mueve. Como un mal presentimiento. Y es en este momento que su propio hermano reza en voz alta para llamar la atención de la anciana nuevamente:

—Dios, que hiciste brotar de las aguas el sacramento de la nueva vida, escucha, con bondad nuestra oración e infunde el poder de tu bendición sobre esta agua, para que sirviendo a tus misterios, asuma el efecto de la divina gracia que espante los demonios y expulse las dolencias y así, al ser rociados, tus fieles sean liberados de todo daño; que en el sitio que será aspergido con esta agua, no resida el espíritu del mal y se alejen todas las insidias del oculto enemigo; haz que tus fieles, manteniéndose firmes por la invocación de Tu Santo Nombre, sean libres de todas las asechanzas. Te lo pedimos, por Cristo, nuestro Señor. Amén.

Para enseguida hacer una súplica titánica.

—Queridos hermanos, supliquemos intensamente la misericordia de Dios para que movido por la intercesión de todos los santos, atienda bondadosamente la invocación de su Iglesia a favor de nuestro hermana Regina, que sufre gravemente.

Enseguida se arrodillan todos los sacerdotes y rezan al unísono.

—Señor, ten piedad. Señor, ten piedad. Cristo, ten piedad. Cristo, ten piedad. Señor, ten piedad. Señor, ten piedad. Santa María, Madre de Dios, ruega por ella. San Miguel, Gabriel y Rafael, rueguen por ella. Todos los santos ángeles de Dios, rueguen por ella. San Elías, ruega por ella. San Juan Bautista, ruega por ella. San José, ruega por ella. Todos los santos patriarcas y profetas, rueguen por ella. Santos Pedro y Pablo, rueguen por ella. San Andrés, ruega por ella. Santos Juan y Santiago, rueguen por ella. Todos los santos apóstoles y evangelistas, rueguen por ella. Santa María Magdalena, ruega por ella. Todos los santos discípulos del Señor, rueguen ella. San Esteban, ruega por ella. San Lorenzo, ruega por ella. Santas Perpetua y Felicidad, rueguen por ella. Todos los santos mártires, rueguen por ella. San Gregorio, ruega por ella. San Ambrosio, ruega por ella. San Jerónimo, ruega por ella. San Agustín, ruega por ella. San Martín, ruega por ella. San Antonio, ruega por ella. San Benito, ruega por ella. Santos Francisco y Domingo, rueguen por ella. Santos Ignacio de Loyola y Francisco Javier, rueguen por ella. San Juan María Vianney, ruega por ella. Santa Catalina de Siena, ruega por ella. Santa Teresa de Jesús, ruega por ella. Todos los santos y santas de Dios, rueguen por ella. Muéstrate propicio, líbranos, líbrala, Señor. De todo mal, líbranos, líbrala, Señor. De todo pecado, líbranos, líbrala, Señor. De las insidias del diablo, líbranos, líbrala, Señor. De la muerte eterna, líbranos, líbrala, Señor. Por tu nacimiento, líbranos, líbrala, Señor. Por tu santo ayuno, líbranos, líbrala, Señor. Por tu cruz y tu pasión, líbranos líbrala, Señor. Por tu muerte y sepultura, líbranos, líbrala, Señor. Por tu santa resurrección, líbranos, líbrala, Señor. Por tu admirable ascensión, líbranos, líbrala, Señor. Por la venida del Espíritu Santo, Paráclito, líbranos, líbrala, Señor. Cristo, Hijo de Dios vivo, ten piedad de nosotros. Tú que por nosotros fuiste tentado por el diablo, ten piedad de nosotros. Tú que libraste a los atormentados de los espíritus inmundos, ten piedad de nosotros. Tú que diste a tus discípulos el poder sobre los demonios, ten piedad de nosotros. Tú que sentado a la derecha del Padre intercedes por nosotros, ten piedad de nosotros. Tú que vendrás a juzgar a vivos y muertos, ten piedad de nosotros. Nosotros que somos pecadores, te rogamos, óyenos. Para que nos perdones, te rogamos, óyenos. Para que nos indultes, te rogamos, óyenos. Para que nos confortes y conserves en tu santo servicio, te rogamos, óyenos. Para que eleves nuestras mentes hacia deseos celestiales, te rogamos, óyenos. Para que concedas a tu Iglesia servirte con plena libertad, te rogamos, óyenos. Para que le concedas la paz y la verdadera concordia a todos los pueblos, te rogamos, óyenos. Para que nos escuches, te rogamos, óyenos. Cristo, óyenos. Cristo, óyenos. Cristo, escúchanos, Cristo, escúchanos.

Y mientras los rezos siguen, esta vez la mujer deposita la mirada al frente, sin ver a nadie en particular. Vuelve la cabeza bruscamente dirigiendo la mirada más allá de la ventana, haciendo vibrar a todos con una tensión que se expande en cada sacerdote. Y con los ojos duros e inmóviles, su rostro parece esconder en sí mismo una expresión difícil de traducir. La mujer levanta la cabeza, existiendo por encima de todos. La tensión crece. Tomé siente cómo de pronto el dolor se mezcla con la carne, insoportable como si cada célula fuera movida y rasgada. La mujer se muerde los labios, se devora a sí misma. Hunde los filosos dientes en sus labios, en la lengua para rasgarse. De la boca repentinamente amarga y ardiente se desprende un pedazo de lengua o labio, no se sabe bien de qué, y la sangre brota, roja y escandalosa, en una expresión mortal y terrible.

Todos están horrorizados ante la sangre derramada. Y la violencia hacia sí misma no para, la mujer sigue comiéndose la boca con salvajismo, en una especie de antropofagia demoniaca y lacerante.

Este es el momento en que todos los sacerdotes se acercan a ella para obligarla a abrir la boca y meter entre sus dientes un pedazo de sábana. Después la mujer, con dificultad y logrando alcanzar la cabeza de uno de ellos, hunde los dedos entre los cabellos del sacerdote más joven para jalarlo con una violencia inusitada. Todo de pronto se vuelve confuso. Cinco sacerdotes ayudan a su compañero para que la mujer que lo sujeta le suelte el cabello. Finalmente logran liberarlo, mientras la mujer anida entre sus manos un mechón salvaje de pelo.

Tomé levanta la cabeza, absorta, mira a esa mujer, se sorprende de ver que ella lo mira, con una mueca horrenda que parece una macabra sonrisa.

Mientras toda esta confusión salvaje sucede y cada uno de los sacerdotes intenta hacer algo por la mujer, incluido el hermano de Tomé, uno de los ocho exorcistas no deja de orar en voz alta Lucas 10,19.

—Bajo la protección del Altísimo les he dado poder de caminar sobre serpientes y para vencer todas las fuerzas del enemigo. Tú eres, Señor, mi refugio. Tú que vives al amparo del Altísimo y resides a la sombra del Todopoderoso, di al Señor: "Mi refugio y mi baluarte, mi Dios, en quien confío". Tú eres, Señor, mi refugio. Él te librará de la red del cazador y de la peste perniciosa; te cubrirá con sus plumas, y hallarás un refugio bajo sus alas. No temerás los terrores de la noche, ni la flecha que vuela de día, ni la peste que acecha en las tinieblas, ni la plaga que devasta a pleno sol. Tú eres, Señor, mi refugio. Aunque caigan mil a tu izquierda y diez mil a tu derecha, tú no serás alcanzado: su brazo es escudo y coraza. Con sólo dirigir una mirada, verás el castigo de los malos, porque hiciste del Señor tu refugio y pusiste como defensa al Altísimo. Tú eres, Señor, mi refugio. No te alcanzará ningún mal, ninguna plaga se acercará a tu carpa, porque hiciste del Señor tu refugio y pusiste como defensa al Altísimo. Tú eres, Señor, mi refugio. Ellos te llevarán en sus manos para que no tropieces contra ninguna piedra; caminarás sobre leones y víboras, pisotearás cachorros de león y serpientes. Tú eres, Señor, mi refugio. "Él se entregó a mí, por eso, yo lo glorificaré; lo protegeré, porque conoce mi Nombre; me invocará, y yo le responderé. Estaré con él en el peligro, lo defenderé y lo glorificaré; le haré gozar de una larga vida y le haré ver mi salvación". Tú eres, Señor, mi refugio. Gloria al Padre, y al Hijo, y al Espíritu Santo como era en el principio, ahora y siempre, por los siglos de los siglos. Amén. Tú eres, Señor, mi refugio. Señor, tú eres nuestra defensa y nuestro refugio; te pedimos que libres a tu hija de la trampa de los demonios y de la palabra cruel de los perseguidores. Protégela bajo la sombra de tus alas, rodéala con el escudo de tu fortaleza y muéstrale la clemencia de tu salvación. Por Cristo, nuestro Señor. Amén.

Finalmente, la mujer, pálida como tocada por la muerte, pierde el conocimiento mientras algunos de ellos ya están recibiendo a un médico que ha llegado para atenderla, el hombre está vestido de civil, pero le llaman por su nombre sacerdotal. Es un médico sacerdote quien la atiende y los rezos parecen una melodía horrenda que no para, que no para nunca en la cabeza de Tomé, quien no puede hacer nada más que mirar cómo la mujer palidece poco a poco.

—¿Renuncian a Satanás? –pregunta en voz alta el sacerdote obeso y asustado. Y todos los sacerdotes, incluidos su hermano, contestan al mismo tiempo:

—Sí, renuncio.

—¿Renuncian a todas sus obras?

—Sí, renuncio.

—¿Renuncian a todas sus vanidades?

—Sí, renuncio.

—¿Renuncian al pecado, para vivir en la libertad de los hijos de Dios?

—Sí, renuncio.

—¿Renuncian a las seducciones de la iniquidad, para que no los domine el pecado?

—Sí, renuncio.

—¿Renuncian a Satanás, que es el autor y el príncipe del pecado?

—Sí, renuncio.

—¿Creen en Dios Padre Todopoderoso, creador del cielo y de la Tierra?

—Sí, creo.

—¿Creen en Jesucristo, su único Hijo, Nuestro Señor, que nació de la Virgen María, padeció y fue sepultado, resucitó de entre los muertos y está sentado a la derecha del Padre?

—Sí, creo.

—¿Creen en el Espíritu Santo, la santa Iglesia católica, la comunión de los santos, el perdón de los pecados, la resurrección de la carne y la vida eterna?

—Sí, creo.

Después de esta letanía que queda como un dolor en la cabeza de Tomé, su hermano lo toma de brazo para sacarlo de la habitación.

—Tienes que irte ya, por favor. Déjanos a nosotros. Ya viene la ambulancia y no quiero que te encuentren aquí. En cualquier momento el diablo puede penetrar otro cuerpo. Cualquiera de nosotros corre peligro. No quiero que seas tú, eres el más vulnerable. Vete y no vuelvas por aquí jamás.

—Está bien –afirma Tomé, tenso por lo sucedido. La angustia de su hermano es desmedida. Parece asustado, como ante un miedo real.

Casi sin poder manejar, Tomé conduce hasta su casa, con un sentimiento de culpa que lo sobrepasa. La mujer es una enferma mental crónica y todos estos sacerdotes frustrados y dementes la sometieron a ese rito de locura. Esa mujer lo único que necesitaba era un médico, un psiquiatra que diagnosticara su enfermedad, no un exorcismo a través del cual fuera torturada su mente enferma. En este momento siente desprecio y enojo por su hermano. Por su ignorancia y deseo de redimir a los seres humanos de un absurdo mal que tiene más un rostro de enfermedad psiquiátrica que de otra cosa. Por fin, con las manos temblorosas, llega a su casa. Aidé está despierta. Se levanta deslumbrada.

—¡Qué pasó, a dónde fuiste?

—Tuve que salir.

—Pero ¿todo está bien?

—Sí.

Tomé la mira sin decir nada. Y a pesar de sentir sorpresa al verla de pie, la mira con un poco de frialdad.

Con toda calma, Tomé se desnuda, se acuesta sobre la cama, no puede meterse a las cobijas e impregnar el lecho de este olor a locura, dolor y ritos satánicos, no quiere contaminar la cama donde ha amado a esta mujer.

Aidé espera algo, alguna explicación por su ausencia. Tomé está ahí, mirando el techo sin decir nada. Y la joven exacerbada ensaya por primera vez esta forma brutal: no decir nada. Molesta y con la cabeza enmarañada le da la espalda mientras finge dormir de nuevo. No va a ser ella quien lo fuerce a decirle a dónde ha ido toda la noche. Él tendrá que hablar, pero no lo hace.

Tomé pasa las últimas horas de la madrugada pensando en la anciana. Por un oscuro y obstinado deseo sigue atado a la pobre loca. Lo que de alguna manera significa un resentimiento sin medida hacia su hermano. Qué inconsciencia. La anciana se veía mal y él no se puede quitar de la cabeza esa mirada. Todo ha sido tan extraño, tan horrible esta noche.

Dos horas después, con el sol arriba, la reportera sale de la casa con un beso frío lanzado a la distancia, debe ir a trabajar. Aidé se siente ofendida. La ausencia de Tomé debería tener alguna explicación coherente. Dormir con una mujer y dejarla sola toda la noche, además de llevarse sin permiso su auto, no es un acto de confianza, y Aidé no soporta la deslealtad. Al salir de aquel apartamento, la chica se siente triste. Es la primera noche que duermen juntos y Tomé ya tiene secretos para ella. Tomé, sin querer, a través de este acto, ha precipitado las cosas hacia un plano extraño, donde la lejanía aparece irremediable pese a la intimidad del sexo.

Más tarde, con la mañana bien entrada, Tomé ha alcanzado cierto punto: dejar para siempre la casa de su hermano.

Con pericia empaca sus pocas pertenencias y sale a buscar un departamento para mudarse lo más rápido posible. Y así es, en un día ya está fuera viviendo en un minúsculo departamento. Después de lo que ha pasado, le resulta imposible seguir aquí. Gamaliel siempre será su hermano, pero pasarán muchos meses antes que vuelva a verlo. Lo que es un hecho es que Tomé jamás volverá a vivir en la casa de Gamaliel y antes de que vuelvan a encontrarse de manera tan cercana, necesita quitarse este sentimiento de enojo que tiene contra él. Es su hermano, pero no quiere volver a verlo en mucho tiempo. Así es como funciona la vida familiar, entre lejanía y reencuentros desafortunados.

No obstante, confusamente, en su fuero interno, de esta experiencia sólo le queda una idea extemporánea, una repentina pregunta revivificada: ¿por qué esa mujer dijo que él sería un asesino?

30

Éste era un Dios. Un Dios del Antiguo Testamento, responsable de la totalidad del Cosmos. Era simultáneamente luz y oscuridad, construcción y destrucción. Un Dios con un lado sombrío y un lado luminoso. Pero esta idea creó incomodidad en la fe, así que Dios fue cambiando gradualmente por uno exclusivamente bueno. Entonces, ¿de dónde podría venir el mal, si Dios es todo amor? Se dice que del pecado de la humanidad. De los desobedientes en el jardín del Edén. De Eva y Adán. Se dice también, que de la existencia de un ser espiritual opuesto a Dios, nació el diablo, un príncipe espiritual de la maldad. Opuesto a Dios y súbdito de él. En el nuevo testamento, el diablo es un ángel caído. Satán, el opositor, el acusador, el oponente, el mentiroso, el espíritu destructor.

Y como en toda historia, el diablo es un personaje peculiar que ha sido de todo. Un escorpión, una langosta, un leopardo, un león, un oso, una serpiente, una bestia con cuernos y vello de macho cabrío, con cara en el abdomen o en los glúteos, dos cuernos, mitad animal, mitad hombre. Hombre también, enteramente hombre.

El diablo estimula sueños y visiones para confundir. La corte de demonios de Satán promueven la magia, las doctrinas falsas, las leyes injustas, la persecución. Satán ama la guerra y la violencia, el asesinato, la tortura. Pero eso no es nuevo. La verdadera pregunta debería ser, ¿por qué el Dios verdadero permite que exista el mal?, ¿por qué no puede suprimirlo o destruirlo?, ¿por qué en el principio Dios creo a un príncipe de los demonios que corrompe todo con su maledicencia?, ¿el mal es una necesidad?, ¿el bien necesita del mal y el mal del bien para ser comprendidos? O, ¿Dios así lo desea? O, ¿Dios odia al diablo y desea que nosotros luchemos junto a Él en su contra? O, más bien, ¿la idea del diablo parece una vieja historia moralizadora demasiado truculenta para contársela a los niños y pueril en exceso como para interesarle a los adultos?

Lo cierto es que todos somos hijos del diablo. Traemos desde nuestra simiente la maldad. Hace casi tres mil años que los rabinos postularon que al tiempo de quedar preñada, Eva de Caín, quien había sido abandonada por Adán, se había convertido en amante de Samael, el mismo demonio que con máscara de serpiente la tienta en el Génesis.

El cuento sigue… Y lo primero que hicieron Adán y Eva apenas estuvieron fuera del Edén, fue irse cada uno por su lado. Así fue como Eva se encontró por segunda vez con el demonio de Samael. Sin embargo, aseguran las tradiciones rabínicas que ya no se parecía en nada a la serpiente: en esa ocasión se le presentó como un hombre bastante agradable, pero con mirada incisiva, aliento frío y pelo rojo. Cuenta la historia que hubo una atracción recíproca que culminó en lujuria. Fue así que casi enseguida engendraron al primer hijo de la pareja primordial, que con el tiempo iba a ser el primer asesino de la historia: Caín, hijo de Samael, la serpiente. Hasta el día en que Caín aplastó el cráneo de su hermano, ningún hombre había muerto en el mundo.

Sí, nuestra primera madre biológica copuló con el demonio. Se cogió literalmente al diablo y de ahí vinimos todos, de una cogida primigenia con el mal. Nuestra descendencia proviene, entonces, del mismo mal. Somos hijos de la maldad desde el origen. Tal vez eso explique por qué los seres humanos podemos ser tan hijos de puta y la única respuesta hasta aquí es esta primera convención: la cópula de Eva con el diablo. Por lo tanto, la eterna búsqueda de Tomé queriendo explicarse de dónde viene el mal, no tiene sentido, porque las determinantes sociales no explican nada, ni las enfermedades mentales ni la banalidad del mal, nada de esto puede decirnos con certeza por qué la maldad se manifiesta con tanta crudeza todo el tiempo, y si estas explicaciones no pueden decirnos nada, tal vez la teología lo haga y el mal esté en el origen de nuestro ADN.

Ser periodista de nota roja ha sido el mayor esfuerzo en la vida de Tomé. Para comprender su disgusto por la violencia, ha sido obligado a desarrollar una tolerancia extrema hacia ella. A vacunarse cada día de su vida contra el malestar que le produce el olor a sangre. A cubrir un asesinato tras otro, teniendo que olvidar el nombre de las víctimas. Ésta es su vida, ésta será su vida para siempre. Pero no, el siempre no existe.

Cuando Tomé tenía seis años tuvo una enfermedad crónica que lo postró en cama durante casi un año, creciendo en la sombra de un cuarto solitario por mucho tiempo. Todo se dio de manera intempestiva. Cuando cruzaba la calle con su padre, se soltó de su mano y fue arrollado por un vehículo a alta velocidad. Tirado en el piso, fue un milagro que sobreviviera. Inválido y seriamente lastimado, quedó postrado en cama. Después de ese lapso se puso de pie y fue ese evento el que cambió su idea del "siempre". El siempre se relativizó por más entropía que sufrió el tiempo durante su rehabilitación. Y desde entonces, sabe que el siempre es una ficción, una alegoría de la mente. Una mentira.

Pero la eternidad a veces se repite cíclica en forma de eventos que parecen repetirse uno tras otro, y dos semanas después del exorcismo que llevó a cabo su hermano, este día debe cubrir una nota asociada con una figura poco retórica: un Cristo invertido. El Anticristo representado en lo humano. El mismo personaje que sale al paso en el judeo-cristianismo.

Esta vez acude a cubrir la nota en una bodega al poniente de la ciudad. El cadáver está hecho fiambre, deshecho, torturado, tiene cortes de navaja. Pedazos de piel cuelgan de la espalda, de las piernas, de las nalgas. Pequeñas tiras de carne chorrean gotas purpúreas que caen salpicando el piso. Hay colillas de cigarros tiradas y vestigios de quemaduras a lo largo de todo el cuerpo de la persona asesinada.

En un primer momento, al ver el cadáver Tomé piensa que es hombre, por el cabello cortísimo, casi al ras, como de militar, pero sobre todo por la espalda ancha y los brazos fuertes. Después, mirando el cadáver de frente, observa rasgos femeninos que no permiten ningún equívoco. Los senos minúsculos, el triángulo de pelo en medio de las piernas, enmarañado, el torso empapado de sangre que escurre a través de finas hileras, como largas serpientes rojas. Una imagen escalofriante. Un Cristo invertido, colgado, diabólico. Y en el piso pintada con sangre la palabra en inglés *devil*, demonio. Y aunque cualquiera haya visto esta imagen de manera recurrente, una imagen estereotipada y proyectada mil veces en el cine; verla sin pantalla de por medio petrifica a cualquiera. El oscuro calor de la bodega hace percibir exponencial el olor a sangre, asqueroso y tétrico. Porque en este negocio los olores van de la mano de las imágenes, de tal manera que cuando se ve la foto en el periódico de la tarde, viene el asqueroso recuerdo olfativo de la imagen.

Aquí está Tomé una vez más. Sobrecogido. Es la presencia más pura del mal, si es que puede llamarla de alguna forma. Esta joven mujer no rebasará los treinta y cinco años. A estas alturas su piel se ha tornado grisácea y oscura. Tiene los ojos abiertos y dentro anida ya la opacidad córnea. Una imagen que de tanto ser vista ya le es familiar en el lenguaje de la muerte.

Tomé sale a tomar un poco de aire, aunque realidad espera que Aidé aparezca en cualquier momento. La despedida fue ruin, su corazón aspira una ansiedad que no conoce hasta ahora, ni siquiera con su exmujer. Un deseo de verla que no es común en su vida. Sin embargo, aparecen todos los Once, menos ella. Cuánto deseo para una tarde como ésta. Hasta ahora piensa que la única gratificación que tiene este trabajo es encontrarse con Aidé en cualquier lugar de la ciudad. Ésta es una única motivación en la vida, pero para verla bastaría con llamarla y no tener que soportar esta vida dedicada a la nota roja.

Todo es tan irreal. Este asesinato es irreal. La vida humana es irreal. Afuera, en el parque de al lado, los vecinos, ignorantes de lo que pasa en este lugar, sacan de manera irreal a pasear a sus perros. Tomé, con una práctica ya profesional para cubrir la nota, logra investigar que la mujer se detuvo para ayudar a un hombre mayor a la orilla de la carretera, quien indicaba que tenía problemas con el coche. A punta de pistola la obligó a subir a su auto y veinticuatro horas más tarde apareció en una bodega abandonada, colgada como un Anticristo crucificado, en las condiciones ya descritas. Todo esto puede saberlo porque la chica hizo una última llamada a su madre, a quien avisó que se retrasaría un poco para ayudar a un anciano.

Y mientras, en el mismo parque de al lado, un perro labrador olfatea el pasto como si fuera a cazar una nutria. Mundos paralelos. Por un lado, un perro de gran tamaño olisqueando con su aguda nariz, y por el otro una mujer Anticristo colgante. Analogía de un mundo donde ocurre todo al mismo tiempo: el paseo de un perro y la muerte de una mujer.

Tomé siente náuseas. Mareado, camina hacia el parque, se sienta para recargar la espalda en un árbol. Toma del suelo un pedazo de corteza para examinarla: necesita razones para permanecer en este trabajo, no se ha librado de la contradicción de tener que pensar en esto. Meditativo, despedaza ese trozo con los dedos, con la atención afectada. Recoger cortezas y despedazarlas con los dedos es una manía que tiene desde que era un chico. Los pedazos de madera que se desprenden de los árboles le atraen tanto como las hojas secas que crujen bajo las suelas de sus zapatos.

Tal vez es hora de hablar con Becerra, explicarle que no tiene ningún sentido mantenerlo en la nota roja, seguro hay muchos periodistas mil veces mejores que él.

Un impulso vivo lo empuja hacia delante. Tomé desearía ser reportero de Cultura, cubrir teatro, música, cine, literatura, cualquier otra cosa que no sea sangre. Sentado aquí, en este parque, le parece que un tiempo incontable ha transcurrido desde que pasó de hueso a reportero. Tomé tiene la mirada piadosamente amarga. Se acabaron las fotos, se acabó la nota. Ya está, ya la tiene. Cada vez es más fácil hacer su trabajo sin que esto le tome mucho tiempo.

Tomé regresa a la redacción. Con los ojos nerviosos y espiado desde su lugar, pone toda su atención en encontrar a Becerra, necesita hablar con él de una vez por todas. Al pensar en esto trata de sonreír. Entonces se lleva los dedos a los labios, como siempre que está nervioso, pero éstos siguen apretados y cerrados. La sonrisa es sólo un pensamiento, como toda su vida. Toda su vida ha sido un pensamiento. Ha deseado tanto tener una familia, una pareja. Ha deseado tanto obtener un trabajo que le permita levantarse por las mañanas con la convicción de que es lo que desea hacer. Nunca ha sido capaz de actuar tan libremente y con tanta frescura de deseo.

¿Y qué pasa si Becerra vuelve a ignorarlo, como la última vez? Si en lugar de escucharlo, le impone un castigo, una guardia, una nota que no verá nunca la luz. Sí es que eso pasa, tendrá que tomar nuevas decisiones. Hacer otra cosa. Renunciar al oficio de periodista. Por primera vez tiene la conciencia de un tiempo tras de sí y de la noción desasosegada de algo que no puede tocar nunca, de algo que no le pertenece. Si no es como periodista tendrá que hacer otra cosa a fin de lograr otro quehacer profesional. Tiene la obligación de mantener a su hija, no se puede dar el lujo de quedarse sin trabajo, sin contar con los gastos de manutención de su propia persona. Pero ¿de qué puede trabajar? Volver a la sociología nunca fue una buena opción. Dar clases tampoco es su aspiración máxima. Cuando se ha trabajado toda la vida en un oficio es difícil dar un giro hacia nuevas posibilidades.

Su única opción es conseguir lo que desea: cubrir Cultura. Ser un periodista como siempre lo ha soñado. Decidido, camina hacia la oficina de Becerra. Abre la puerta, un espacio caluroso y asfixiante para esta hora del medio día lo engulle. Enseguida escucha la voz de su jefe.

—Qué puta madre hacen todos que se tardan tanto. Tenemos que cerrar la edición ya, con un cabrón.

Toda la oficina respira oprimida, adormecida.

Aún con los gritos de su jefe, Tomé decide hablar sin ambages.

—Necesito hablar contigo.

—Pues ya estás hablando, ¿no? O qué es esa perorata.

La respuesta lo agrede. Está realmente a un paso de arrepentirse.

—Necesito un cambio de lugar.

—Ah, chingá, quieres cambiar de oficina. Pero ¿qué peros le pones a tu madriguera, Rata?

—No es el espacio físico, es la nota roja.

—¿Qué?

—Me gustaría cambiar de sección, moverme a Cultura. Me parece que sería un mejor periodista cultural. Podrías probar y decidir si puedo quedarme ahí. Realmente te lo agradecería.

Becerra inclina la cabeza oscura, para enseguida retroceder ligeramente acompañado de su silla de oficina, que rodando da la impresión de que se trata de una autentica silla de ruedas.

—No se puede –responde rápido, para enseguida meter la cabeza en su computadora y alzar la voz como si peleara con ella. –Con un demonio, pero qué bola de pendejos tengo como reporteros, y esta puta máquina.

Se escuchan los gritos de Becerra desde su oficina. Tomé lo mira sorprendido. Ahora lo ignora peleándose con nadie.

Tomé vacila un instante, antes de volver a hablar.

—Necesito un cambio. Necesito liberarme del mal.

—¿Qué mal? –pregunta Becerra, insólitamente interesado en Tomé.

—El mal que veo todos los días en la calle.

—¿Pero de que estás hablando? ¿Qué pasa, Rata?, ¿vienes drogado o pedo?

—Ya no tengo estómago para la nota roja.

—Ah, se trata de estómago. Cuando te corra y no tengas qué comer, entonces hablamos de tu estómago. Mientras tanto, no te puedo mover a Cultura y lo sabes. No es tan fácil.

—No puedo seguir cubriendo Policía.

—Carajo. Dije que no y te atreves a interrumpirme. Mira, sólo tienes dos opciones, o acabo con esta charla o acabo con tu puesto ahora mismo –Becerra escupe vociferante, mientras con desprecio vuelve la mirada a su computadora.

Tomé guarda silencio, sólo puede entreabrir los labios pálidos y quedarse mudo.

—Creo que no te ha quedado claro –dice Becerra sin mirarlo–; primero, deja de decir burradas. Segundo, mal es que no me des tu nota a tiempo. Mal es que te quejes desde que llegaste a esta redacción. Mal es que no honres el trabajo que tienes. Mal es que cada vez que vienes aquí, digas una sarta de pendejadas. Así que…

Sin decir más, Becerra se pone de pie y abre la puerta de par en par de manera grosera y Tomé sale de la oficina, de esa oficina de la que nunca obtendrá nada, lo sabe.

Y en un repetido agotamiento en el que hay cierto malestar, se echa a la calle él mismo.

Necesita hablar con alguien, desahogar su frustración. Siente la necesidad de comunicarse. Precisa compartir los únicos sentimientos que tiene dentro: la angustia y el vacío. Durante los últimos meses su vida ha perdido sentido. Desde que despierta su único pensamiento es pensar en el momento de dormir de nuevo. Ya nada lo motiva. Desde el divorcio con Eloísa lo embargan el pesar y la soledad. Y el trabajo, que es la única cosa en la que podría refugiarse, se ha convertido en una tortura diaria. Necesita hablar con alguien. Eloísa, tal vez. No, ella ya lo ha echado de su vida, con su exmujer apenas habla lo indispensable y todo lo relacionado con Luna. ¿Amigos? No tiene. La única persona parecida a un amigo es Rafael, su fotógrafo. Y Rafael sigue en recuperación después de la pérdida de su ojo. Tal vez no vuelva nunca, nadie sabe a ciencia cierta qué hará de ahora en adelante. ¿Su madre? No es una opción. Con el transcurrir del tiempo nació en ella una secreta vida: el olvido, la amnesia, la depresión, en donde lo único que le interesa desde que se autoexcluyó en un asilo es comunicarse en silencio con los objetos de su alrededor, una manía tenaz y desquiciada donde su madre existe a través de ignorar el mundo. ¿Su hermano? Después del episodio de exorcismo preferiría no verlo, le molesta su mundo, sus ideas, sus obsesiones sobre un demonio que parece más el pretexto por encontrar un ideal para vivir. Él sabe que pasarán muchas cosas, mucho tiempo antes de que vuelva a encontrarse con él.

El peso de la soledad cae pronto sobre su cabeza. La verdad es tan rápida. Sólo hay que enfrentarla para verla. Tomé está solo, no tiene con quién compartir, se ha enterrado por completo en una vida sin sentido, trabajando día y noche en un lugar que odia. Se ha cerrado por completo a los otros, a la vida misma. Desmemoriado, vive simplemente su vida sin éxtasis. Los acontecimientos de su vida se alinean espaciados, sólidos, duros, mientras su manera de vivir es siempre imponderable.

De pronto piensa en Aidé. Por unos días se ha alejado de ella, aunque está muy cercana a su recuerdo todo el tiempo. Tomé no tuvo el valor de explicarle el asunto del exorcismo y la chica protestó alejándose. Decidida, se fue sin dar pauta a nada. Es cierto que él tampoco la ha buscado. No es falta de interés, es una energía tan baja y débil, que apenas le da para levantarse a trabajar todos los días. Pero también es cierto que no la olvida. Aidé vive en su recuerdo, en la parte que los hombres guardan siempre viva: el deseo. Ella ha sido la única persona que no es una pausa en blanco. Aunque esto también es una mentira. Después de esa noche de exorcismo, Aidé es distancia. No la ha encontrado cubriendo ninguna nota. Esta vez el tiempo no se ha precipitado, como otras veces, a su favor. Ahora sólo es distancia. No han vuelto a llamarse y eso aleja toda posibilidad de volver a intimar con ella, tan mágicamente como lo hicieron en algún corto tiempo.

Pero esta tarde de soledad le basta para desear como nunca su compañía, no la de su cuerpo espléndido y desnudo, sino la compañía de su alma, la compañía de una escucha franca. El nombre de Aidé es añoranza. Pensándola, una larga melancolía se apodera de él. Tal vez es el momento de acercarse de nuevo, de recuperar lo que no supo mantener a su lado. Una nueva corazonada resuena en él. Entonces, estimulado por la soledad y los recuerdos, ajusta sus motivaciones de vida y se encamina con decisión directamente a la casa de la chica.

Por un momento pensó que sería más complicado entrar de nuevo a su vida, pero insólitamente es más sencillo de lo que creyó. La chica lo recibe de una manera sorpresivamente fácil, como si no hubieran pasado tres semanas sin verse ni hablarse. Y ambos están ahí. Ella sentada en el sillón de su casa, se ve ligeramente demacrada, como si hubiera estado enferma. Sus ojos están profusamente abiertos, pero con una actitud que no revela nada. No está triste, no está alegre de verlo, sólo aletargada.

—Te he extrañado –dice Tomé sin pauta–, más de lo que crees. Más de lo que te he dicho.

—Yo también, Tomé.

—Tengo que explicarte muchas cosas sobre esa noche. Todo fue extraño. Tuve que dejarte sola por un asunto familiar. No pude explicarte esa noche, pero quiero que lo sepas. Esa noche estaba abrumado y no pude decirte nada. Lo lamento, de verdad, lo siento mucho. No quería irme y dejarte ahí sola.

Después de algunas frases atropelladas e interrumpidas, Aidé toma la palabra para decir en forma sorpresiva.

—Tengo algo que decirte.

Hay en las palabras de Aidé un cálculo extraordinariamente femenino.

—¿Pasa algo?

—Estoy embarazada.

Así es como Tomé recibe una noticia totalmente inesperada. Así, de la nada. Aunque la frase es un esperado y repetido lugar común. "Estoy embarazada". Así, sin más. Eso es lo que sucede.

—¿Qué dices?

—Eso, que voy a tener un hijo. No calculé bien las fechas y estoy embarazada. Supongo que fue el día en que el condón se quedó dentro de mí, la primera vez, o no calculé bien, la segunda vez, no lo sé… y pensé que no habría problema, pero sí lo hubo. Ahora ya lo sabes. Me enteré apenas… y es una sorpresa para mí que hayas venido para saberlo, gracias por estar aquí. Estaba muy estresada y no me he sentido bien en estos días.

Tomé en ese momento siente que se rompe. Cansado de sí mismo, distraídamente marcado por la noticia, no puede creerlo. Por un instante siente enormes deseos de interrumpirla, de creer que está bromeando, de salir corriendo, de gritar, pero estos sólo son pensamientos. Y lo que sale de su boca, también es inesperado.

—¿Cuándo vas a abortar? –Es lo único que atina a decir.

—No, no voy abortar.

—No podemos, tienes que abortar. No podemos tener a ese bebé.

—¿Qué te pasa?, voy a tenerlo, no me puedes obligar.

—Tienes que hacerte un examen para ver si viene bien.

—No voy a hacerme nada, viene bien, por qué tendría que venir mal.

—¿Por qué?, porque yo tengo una hija enferma. Te exijo que te hagas un examen para saber si está sano y si no es así, tendrás que abortarlo.

—Por qué tendría que venir mal, estás loco. Eso no siempre pasa.

—No estoy loco. Es una probabilidad y no estoy dispuesto a asumirla.

—Dije que no y es no.

Tomé la mira asombrado. No hay nada que hacer y lo sabe. Un dolor nuevo en un costado derecho nace levemente en él. Desde ahí, Tomé se levanta del sillón, mareado. Siente vértigo. Las paredes, imágenes inestables, no sirven para detenerlo, siente que va caer de rodillas a los pies de Aidé. Atento a un dolor profundo que, sin embargo, tarda en definirse en su cuerpo, apoya la cabeza en la puerta y respira profundamente antes de decir:

—No quiero ser padre de nuevo. Y no quiero correr el riesgo de tener un hijo enfermo. Si tú decides tenerlo, es una decisión tuya, yo a partir de este momento no me hago responsable de ese bebé. No quiero ser padre. No me obligues.

Al decirlo, una cierta paz aflora en algún lugar de su cuerpo, tal vez en el costado. Una paz con un arranque de alegría leve, aunque sigue con el rostro afligido.

Entonces Aidé puede hablar por fin.

—Adiós, Tomé. Nunca más nos volveremos a ver.

31

Cuando los anturios están frescos, vibran en rojo, como la sangre. Las flores hechizan los jardines, pero una vez cortadas se convierten en reliquias frágiles, que en cualquier momento se marchitan y mueren. Unas flores compradas en el mercado. Unas flores ya marchitas con un jarrón triste y una agua hedionda que huele terriblemente mal.

Tomé lucha entre la tristeza, el estremecimiento y la infelicidad. Son sólo los anturios rojos puestos en un jarrón sobre la mesa los que le impiden zozobrar este día, aun cuando ya están secos. Tomé se ha ausentado una semana del trabajo. No se ha afeitado. Se ve sucio, con barba de días, de pie, caminando de un lugar a otro dentro de su pequeño apartamento y la mayor parte del tiempo mirando por la ventana, buscando nada afuera, nada en una noche que se va y en un día que florece poco a poco, con algunos autos que van y vienen. Un misterio saber a dónde va cada una de esas personas a esta hora de la mañana. ¿A todos les gustarán las flores? ¿A cuántos de esos automovilistas les apasionarán las flores rojas y los anturios rojos, específicamente?

Con alguna resistencia, pasando la lengua por la boca seca, Tomé vuelve a mirar hacia esas flores ya marchitas. Pasa algún tiempo así, inmóvil. Permanece quieto, sintiendo cómo una fría brisa que entra por la ventana ronda a su alrededor. La mañana nace poco a poco, después de una noche larga de insomnio. Tomé tiene pensamientos de ausencia, hasta que piensa de nuevo en ese hijo que vendrá sin su deseo.

Entonces, la nada es sustituida por la ansiedad que se le arroja encima como un perro. Por amor de Dios, cómo puede ser que se vea torturado de nuevo por la idea de tener un hijo. Las probabilidades de que se repita la maldición de traer al mundo un vástago con alguna enfermedad mental lo atormentan. No debe nacer. No quiere traer a este mundo más sufrimiento. Con el estómago hecho un nudo, tiene el mal presentimiento de que así será, sufre de pena. Cada día tiene presentimientos distintos. Malos augurios. Tiene malos presentimientos por todo. Y esto lo sabe porque la noticia del embarazo de Aidé le fue revelada en jueves. Porque días antes escuchó a un perro aullar toda la noche, presagiando cosas malas. Entonces, el perro, los presentimientos, la enfermedad, el ADN, los defectos congénitos, el miedo a repetir la triste historia de su vida, la historia de Luna, su hija amada. Eso mismo, todos los miedos del mundo.

Tomé, desquiciado mira con tristeza cómo se acaba de ir la noche húmeda. Ese modo como el mundo se aclara y termina la noche y el insomnio ya no es un problema y la soledad y la tristeza y la incertidumbre y las ganas de cambiar de destino y no poder hacer nada para remediar la tribulación de vida, todo eso que sustituye el insomnio.

Una palidez vertiginosa lo abraza. Perturbado y cansado hasta el hartazgo de no poder resolver su vida, siente un dolor podrido que viene de las entrañas. En la naciente luz del día deposita su mirada hacia una meditación vacía e involuntariamente clara. No puede hacer nada. Más que volver a su vida. Al trabajo, a cubrir la nota que día a día trae noticias trágicas. Y olvidarse de todo. De todo lo que no puede cambiar.

En ese esfuerzo está sumido cuando suena su teléfono. El sobresalto viene y piensa que puede ser Aidé y eso le pone el corazón en otro tono. Sólo ella puede arrancarlo de la sordidez en la que ha está metido todos los días de su vida. Tal vez Aidé lo pensó mejor y sabe que el único camino a seguir es abortar.

Ese momento es especialmente bueno para existir, pero la decepción viene de inmediato. No es ella, la que llama a esta hora del día es Eloísa, su exmujer. Se sorprende. Su exesposa casi no le llama. A estas cavilaciones viene un tiempo de pormenor que se alarga. El teléfono deja de sonar y él sólo ve en la pantalla su nombre, sin muchas ganas de contestar.

Eloísa nunca llama, no hay razones. Ambos tienen perfectamente delineados los días en que debe recoger a Luna de la escuela, llevarla a comer y acompañarla a las clases de rehabilitación a las que asiste por las tardes. Para, enseguida, llevarla de nuevo a la casa de Eloísa temprano, para que al siguiente día pueda ir a la escuela. Sin contar los fines de semana que le toca cuidar a su hija. A veces cada semana, otras pueden verla cada quince días, eso depende de su exmujer. Ella lo decide todo con una meticulosidad que no deja espacio para organizar algo que salga de la rutina de su hija. Él hubiera preferido ver a Luna cada fin de semana, pero

Eloísa decide todo lo que tiene que ver con ella y ahí no hay nada que hacer. Tomé es un buen padre, ve la paternidad como la cosa más hermosa que le haya tocado vivir, también la ve como la cosa más desapasionadamente complicada, tratándose de una niña que necesita cuidados especiales todo el tiempo. Tomé no alcanza a contestar.

El teléfono vuelve a sonar y esta vez contesta rígido, como un tirante que se estira.

—¿Dime, Eloísa?

—Algo grave le ocurrió a Luna. Necesito que vengas a mi casa ahora mismo.

Es todo lo que su exmujer dice antes de colgar, sin explicarle absolutamente nada.

Tomé queda boquiabierto. Como si hubiera sido empujado hacia adelante. ¿A Luna? ¿A su pequeña hija Luna le pasó algo grave?

Paralizado por un momento, sale a toda prisa para buscar un taxi que lo lleve hacia la casa de su pequeña hija.

A lo largo de todo el recorrido hacia el departamento de su exmujer se siente sumamente nervioso. Nunca en su vida había sentido tanto miedo al escuchar la palabra "grave".

Durante todo el tiempo del trayecto, Tomé piensa en Luna. Piensa en ella con melancolía y amor. Como se piensa en los hijos cuando se les ha dejado de ver algunos días. Luna, una pequeña niña de nueve años. Luna tiene una sonrisa tan generosa que comparte con todos. Se ríe antes de saber de qué. Inocente. Aunque continuamente se enrosca en rabietas de perro. Y Tomé, desde que nació su hija, ha ido aprendiendo sin resentimiento que será siempre así.

A veces, contraviniendo las órdenes de Eloísa, saca a Luna antes de la hora en que acaban sus sesiones de fisioterapia ocupacional, terapia conductual, terapia de no sé qué demonios, donde le enseñan a comer, a vestirse, a escribir, a usar una computadora, y a responder a los patrones de conducta deseables y no deseables. A manejar sus emociones y a enfrentar sus problemas. A veces Tomé saca a Luna una hora y media antes o, a veces, muy rara vez, no la lleva a sus clases extracurriculares y se fuga con ella al parque, donde se dan tiempo para construir sin prisa una casa con palitos de madera o para hacer un viaje en el trenecito *chu-chu* del parque o simplemente tirarse para ver las nubes sobre el pasto, buscando formas que se deshacen tan rápido como algodones de azúcar dentro de la boca. Momentos que no se narran y que suceden entre cada tren que pasa o en el aire que despierta el rostro. Tomé se mira con Luna, riendo y correteando, donde son la cuarta dimensión de lo que existe, momentos que cuentan para ser contados, instantes que nacen y se mueren en un instante, y a veces un instante es demasiado para la vida entera.

Entonces si ha sido capaz de cuidar a Luna, ¿por qué no puede tener otro hijo igual?, ¿por qué no puede entregarse a la felicidad de ser padre de nuevo? No lo sabe. Intenta recordar lo que sintió cuando supo que su pequeña Luna tenía retraso. Esa primera impotencia que duró apenas unos instantes. Tomé todavía se siente angustiosamente preso de la sensación. Pero también sentirse angustiosamente preso de esa sensación es ser una persona inmensamente feliz de amar a su hija. Sabe que no hay forma de expresar la alegría y el amor por ella.

Por fin llega, a toda prisa sube corriendo hasta el quinto piso. El elevador tarda demasiado y ya su prisa es crónica.

Al abrirse la puerta, mira directamente a su mujer, con esa eterna expresión de distancia que los separa cada vez que se encuentran. Tomé luce desaliñado y cansado.

—¿Qué le pasó a Luna, dónde está?

Y como única respuesta, Eloísa se echa a llorar entre sus brazos, desconsolada.

—Noté sangre.

—¿Está bien? ¿Se cortó? ¿Se cayó? ¿Qué pasó?

—No se cortó. Vi sangre ayer en el calzón de Luna, cuando llegó de la escuela, y le pregunté qué le había pasado; me dijo que el conserje la tocó cuando fue al baño, que no había ninguna otra niña ahí con ella. Me dijo llorando que dolía mucho y que no quería volver a la escuela nunca. Tiene miedo.

—Pero ¿por qué me hablas hasta hoy para decirme esto? ¿Cuándo pasó?

—Me sentía muy confundida. ¿Qué vamos a hacer?, yo la revisé, vi lesiones visibles, tiene moretones en el cuerpo. No sé qué va a pasar. ¿Qué vamos a hacer?

—¿Dónde está?

—Está en su cuarto, viendo la televisión.

Tomé no responde. Vacila unos segundos como si tuviera un cansancio crónico, mira a su alrededor, se recupera un poco y avanza dando traspiés hacia la habitación de Luna.

Cansado como un anciano, se sienta en un banco al lado de su hija, sin mirarla. La pequeña tiene los ojos fijos en el monitor. En la extensión tranquila de este cuarto, el ruido monótono de tele se expande, inundándolo todo con su sonido simple, vibrante. De pronto se atreve a mirarla, larga y profundamente, sin que ella se percate. Su Luna. Su pequeña Luna de color blanco lino. Su amada niña. La ha amado desde que nació sin poder demostrárselo nunca. No demostrar el amor a un hijo es un pecado mortal. Un padre que no demuestra el amor a un indefenso ser como Luna debe ser colgado de la rama de un árbol como un perro malo, como un perro terco, como se hace en los pueblos, con ese salvajismo puritano y cruel con el que se castiga a los animales. Tomé se siente como un animal, terco e irracional. Entonces le nacen unas enormes ganas de llorar. Su hija lo mira, sorprendida.

—Ya no llores, papi, yo te quiero. —Luna lo abraza queriendo consolarlo, para volver casi de inmediato a ver la televisión, totalmente abducida por las imágenes coloridas de la pantalla.

Sintiéndose culpable, muchas veces ha pensado que la vida de Luna ha estado aislada dentro de su incapacidad, existiendo por la misma débil energía que la ha hecho nacer. Escucharla decir "te quiero" lo hace encogerse como un perro enfermo, repitiéndose por dentro "soy un mal padre", no como una consigna dramática, sino como una sensación en el cuerpo, dolorosa y amorfa. "Yo te amo, nenita, desde que eras una cosita con ojos de jade, una nenita que cabía en mi mano. Sin ti no respiro, mi niña blanca. Mi Lunita", piensa en silencio.

Con dificultad deja ese banquito para sentarse sobre el piso, a su lado, sin que ella proteste. Arrodillado como antes de ir a la guerra, lanza una plegaria en silencio. "Perdóname, Luna, por todo. Por el dolor de tu nacimiento, por no jugar lo suficiente contigo, por no entender tu alma, por no expresarte el amor que siento por ti, por no haber sabido cuidarte, por traerte a este maldito mundo". ¿Por traerte a este maldito mundo? Aquí está el máximo dolor y culpa de Tomé, haber traído al mundo a Luna, pero ¿alguien tiene la culpa de esto? ¿Dios tiene la culpa? ¿Eloísa y él tuvieron la culpa por engendrarla? ¿Luna tuvo la culpa por querer nacer? ¿Quién es el culpable, si es que existe culpa en esto? Estos pensamientos le hacen respirar con dificultad, sintiendo un dolor agudo e inflexible de vida en el pecho, que lo traspasa, que lo penetra, sintiendo que le falta el aire. "¿Lo mejor hubiera sido que no nacieras?", piensa Tomé a punto del colapso. No, esto no, esto no y mil veces no. Esto nunca hubiera sido lo mejor. Tomé ama su nacimiento, que es el suyo. Tomé no podría imaginarse la vida sin su Luna, sin su sonrisa, sin su inocencia de ángel. Entonces, ¿qué es esta culpa tan grande que le hace pedir clemencia hacia sí mismo? La rabia, la ira, el dolor, el enojo, sólo son suyos y son hacia él. Hacia el mundo, hacia todo. Esta cólera que siente sólo lo destruye a él.

De pronto siente un dolor tan intenso que podría morir ahí mismo. Y, efectivamente, moriría ahí mismo con gusto antes de procesar tanta rabia, tanto dolor, tanto amor destrozándole el alma de pena por su pequeña hija.

Arrodillado frente a Luna, besa sus pequeños pies descalzos con devoción, frente al rostro de la niña, que sigue fijo en la pantalla. Al sentir sus caricias, Luna ríe con la sensación de cosquillas. Su pequeña Luna, inocente, sonríe, para después volver a clavar sus pequeños ojos concentrados en las imágenes cambiantes de la televisión.

—Pareces un perrito ahí abajo, papi –dice su Luna sin despegar los ojos de la tele.

"Sí, soy un perro suplicante y lleno de dolor". Grita en su interior. Tomé se endereza un instante y vuelve a su antigua posición de debilidad, sentado en el piso, con un dolor agudo de muerte que le invade el cuerpo. Cuánto amor puede caber en un corazón. Cuántas lágrimas se pueden derramar por el amor a un hijo. Tomé sigue postrado frente a ella, sintiendo un vacío tan grande como un mundo no poblado. Y lo único que puede hacer es poner en el otro plato de la balanza el odio, porque en el primer plato está el amor. El odio a la sangre, la risa ante la sangre. ¿Qué es lo que quiere Tomé? Quiere que cada uno de sus dolores corresponda hoy a un acto de cólera, de odio. Vengarse de la persona que lastimó a su hija es un acto de amor. Su cólera es el reverso de su amor. Su odio es el reverso de su amor.

—Luna, mírame. Quiero que sepas que siempre te amaré, toda mi vida, toda. Lunita, papá te ama como a nadie. Jamás lo dudes. Nunca dudes de que te amé.

En ese momento, Tomé retrocede con un movimiento irresistible para levantarse del suelo. Entonces comienza a pensar con violencia. Un deseo de matar se le abraza con fuerza. Un gran deseo de muerte se apodera de él. Ahora sabe que necesita la cólera para vivir después de lo que han hecho con su amada bebé. Necesita el odio para vivir, le da sentido a su dolor.

Al mismo tiempo que piensa esto, decidido sale de la habitación de su hija.

—¿A dónde vas? No te puedes ir. Hay que ir a la policía, llevar a Luna a revisar por un médico –suplica Eloísa.

Tomé se detiene en la puerta principal. Recarga la frente en ella. Le viene entonces un deseo de niño y empieza a llorar desconsolado. En completo desamparo se deja abrazar por Eloísa, acariciar el cabello, enjugarle las lágrimas. Ambos se abrazan como dos niños en pleno desamparo. Pero esto sólo dura unos segundos. Pasando del llanto al desánimo, Tomé se agita otra vez, inquieto, y con una conservación feroz se instala en pensamientos de muerte.

—Voy a matar a ese hijo de puta.

Tomé mismo entiende con sorpresa esto.

En la violencia del ultimátum de este instante, reconoce la idea que ha estado constantemente dentro de su cabeza, incluso antes de saber esto. Él también podría ser un asesino. Sólo se necesitaba una buena razón para ello. Y ahora la tiene. Tantos meses de preguntarse por qué la gente es malvada. Ahora lo sabe. Siempre hay una razón para convertirse en un desgraciado asesino. Con rapidez va hacia lo que fue antes el cuarto de ambos. Cierra la puerta. Con las manos temblorosas, saca una vieja maleta roja, bañada en polvo. La abre. Dentro existe dormida una pistola que era de su padre.

Si la primera y burda destrucción la obtuvo con el acto de la cólera, el trabajo más delicado está todavía por hacerse. El trabajo delicado, en este caso, es matar al tipo que fue capaz de abusar de una pequeña niña enferma. Pero ¿a dónde lo llevaría todo esto? No se responde. Tomé ya no puede darse el lujo de preguntarse nada.

Instintivamente, toma el arma y cuando está por guardarla en la mochila para llevarla consigo, la guarda de nuevo en su lugar. No está seguro de querer llevar un arma consigo, no está seguro de querer matarlo de un disparo, aunque está seguro de que va a matarlo, ahora el cómo no es la pregunta. La muerte de este infeliz es el tema.

32

A ciegas, y teniendo como única brújula la intención de
matar a ese hombre, Tomé parece querer empezar por el
principio y reconstruir, a su modo y desde la primera imagen, el abuso de su hija. Reconstruir desde el momento en
que el hombre entró al baño y cercó a Luna para abusar
de ella.

    ¿Cuál había sido su impalpable error como padre?
¿No haber previsto que en la escuela habría un cerdo
maldito que abusaría de su hija? De nuevo, ¿ser un mal
padre?, ¿separarse de Eloísa?, ¿no haber podido ser feliz
nunca? Pero aunque llegue al punto exacto en que ocurrió
el error, el daño ya estaba hecho. Luna ha sido abusada
por un pervertido que merece morir y, no sólo eso, sufrir,
agonizar antes de dejar este mundo. Y aunque poco a poco
rehízo el camino andado, bajo la luz de esta tarde, a Tomé
le parece simple el hecho: cuando el mundo esté recons-
truido en su interior, cuando la maldad se haya extirpa-
do del adn de cada ser humano, será tarde, porque ya se

habrá convertido en un cabrón asesino. Y su acción no será la acción abstracta del pensamiento, sino que será la acción pura. El facto.

Con Eloísa tratando de impedirle marcharse, Tomé sale hecho una furia del departamento.

En un tiempo insólito, Tomé llega hasta el colegio. A esta hora de la mañana todavía no hay ningún niño en la escuela. Y estos momentos que no se narran, suceden entre carros y personas que pasan andando, entre el aire frío de la mañana que despierta el rostro y da lugar al final de la noche, como una quinta dimensión de lo que existe. Son tiempos que cuentan como momentos únicos cada que amanece un nuevo día.

De manera providente sabe que será el conserje quien abrirá a esta hora de la mañana, tal vez pueda ser cualquier otro, no importa, va por él.

Para su fortuna, es precisamente él quien abre el portón de la escuela y Tomé sorpresivamente se le echa encima con ferocidad. Aun cuando el cuidador de la escuela es mucho más alto y corpulento, Tomé logra inmovilizarlo en el piso por unos segundos, pero enseguida el conserje se defiende con ferocidad, golpeando con los puños la cara de Tomé. Y aunque ambos están en el piso, Tomé siente sobre sí su propia furia, completa, radical, como para dominarlo. Por unos segundos mira hacia el patio vacío y le parece que se ha remontado a la creación del mundo, donde todo es inhóspito y blanco. Por unos instantes, la fuerza de ese hombre se impone y siente que pierde el control de sí mismo, pero casi enseguida se recupera para emprender un ataque furioso contra el tipo vestido con un mono azul.

Con una fuerza inusual, el conserje logra zafarse del ataque y Tomé, temiendo perder el control, lo toma por la cara y le clava sus dedos con toda la fuerza de la que es capaz, justo dentro de las cavernas oculares. Siente entre sus dedos el lagrimeo acuoso de los ojos del hombre, quien aúlla de dolor. Para liberarse del ataque, el conserje muerde el antebrazo de Tomé, al mismo tiempo que le golpea el cuerpo. De manera casi instantánea, Tomé se siente devorado por un perro bulldog; sin embargo, aun con el agudo dolor a punto de hacerle estallar las venas del brazo, sigue hundiendo los dedos en aquellos ojos llorosos. Ambos tienen el rostro rojo. El ardor de la pelea se reproduce, desbordando un dolor sobrehumano en ambos. ¿Se puede matar a un hombre sacándole los ojos? Sí, tal vez no muera al instante, pero tarde o temprano sufrirá la muerte por desangramiento. Una muerte horrible y agónica. Tomé aprieta cada vez más y el conserje, con una rabia desmedida, hunde sus dientes a fondo en su piel, llegando dolorosamente al músculo. Tomé siente poco a poco su carne viva. No sabe que está sangrando. Una pequeña coronilla de sangre roja, con la impresión de los dientes del hombre, escurre por su piel.

Aquí tendrá que haber alguien que renuncie al dolor. Y efectivamente…

En un momento dado, es el conserje quien renuncia y abre las fauces para liberarlo. No obstante, en una defensa final por su vida, al mismo tiempo que afloja la mandíbula, golpea con la rodilla el sexo de Tomé. Y logra liberarse por fin. Tomé lo suelta para llevarse las manos a los testículos, en un agudo dolor que inesperadamente lo domina. El conserje entonces se cubre con las manos la cara, como para cerciorarse de que todavía tiene ojos; sin embargo, este movimiento no dura mucho tiempo, porque enseguida, ya que ha logrado abrir los ojos, vuelve al ataque con más furia.

Este es el momento en que Tomé debe ganar la pelea a riesgo de morir a manos del hombre. Es una cuestión de práctica en el arte de la guerra corporal. Así que, sin pensarlo, toma una piedra que encuentra en el piso y arremete con furia contra la cabeza del conserje, quien ya ha tomado una posición de dominio encima de él. Es un solo instante en el que se escucha el sonido que hace la piedra al chocar contra la cabeza de aquel hombre, el mismo sonido que hace una vara al golpear la tierra seca.

Dominando la situación, Tomé se pone de pie. Y comienza a patearle el cuerpo, el sexo y la cabeza con exacerbada furia. El hombre yace casi inconsciente. Tomé siente que se estremece en un calor que aumenta en la medida en que golpea a aquel hombre. Las ramas de los árboles tiemblan. El calor duplica cada cosa cercana, en una reacción de llamas e incendio que puede quemarlo todo en una fracción de segundo. Desde el fondo de su propio misterio, siente placer de golpearlo una y otra vez, y cuando ya no puede más, camina hacia atrás unos pasos. Toma otra piedra, una enorme piedra entre sus manos. Echa hacia atrás el cuerpo. Levanta los brazos por encima de su cabeza. Apunta en dirección al hombre. Imagina que la piedra es un imán que lo guía hasta su cráneo. El agarre es tan fuerte que sus brazos comienzan a temblar. Por un instante se relaja y las manos toman el control.

Es en este momento que su cabeza parece escuchar voces. Tomé ya no sabe si las voces están afuera o adentro de su cerebro, una de ellas le grita "mátalo, ya", otra es la voz de la anciana que fue exorcizada. Su voz siniestra se repite dentro de su cabeza diciendo "eres un niño de sangre, malvado, pequeño asesino. Acaba con él". Las voces en su cabeza no paran, como en una esquizofrenia incontrolable:

"mátalo ya, hijo de puta", "cobarde", "cuando lo mates serás nuevamente un ser humano, maldito perro".

Estas voces le dan valor, es todo suyo. Mira el patio, que se ha convertido en un campo de batalla y, pronto, de muerte. Lo que ve a su alrededor sólo es una prolongación de todo, donde nada tiene sentido, más que el dolor y la necesidad de venganza. La ira, el odio, el deseo de matar para calmar un poco el punzón que hiere. Es verdad que de un modo extraño, cuando no se entiende nada, todo se vuelve irreal y confuso.

"Es el final", piensa Tomé, con toda la calma del mundo. Aunque para matar, el camino es largo. Uno puede olvidar a dónde iba y quedarse detenido mirando una piedra o un tronco a mitad del camino. O lamiéndose con piedad los pies sangrientos de tanto andar, o sentándose un poco sólo para descansar. Éste es el camino hacia la muerte de un hombre y no es poca cosa. Tomé se detiene por unos segundos. El camino es duro y la necesidad de detenerse en algún momento se llama libre albedrío, esa libertad de tomar decisiones sin ninguna presión, en completa conciencia de querer hacer algo.

Pero si este intento de conciencia lo lleva a una objetividad, es a ésa: va a matar a este hombre. Va a destrozar su cabeza machacándola con furia. Aplastando su cara y su cráneo una y otra vez hasta que hayan quedado deshechos, hasta que haya muerto y él lo haya exterminado con sus propias manos. El hecho es que ahora es demasiado tarde, a pesar de la idea de libertad que posee el libre albedrío, tiene que continuar. No sólo porque está obligado a salvar a su hija del crimen del abuso, sino porque, incluso tomando esta decisión, él siente que avanzaba, que se liberaba del odio atroz que lo envenena por este maldito mundo.

Decidido, cierra los ojos momentáneamente. Después continúa con los ojos cerrados. No se atreve a abrirlos.

Ahí mismo, sin moverse, siente cómo el aire de la mañana se mezcla con los arbustos. Entonces deja caer los brazos y con ellos, la enorme piedra hacia el vacío, mientras las hojas de los árboles brillan oscuras a la sombra, en una mañana donde no ha salido del todo el Sol.

Con un nuevo escrúpulo abre los ojos, y lo que ve lo horroriza...

33

En la muda potencia en la que estaba, cualquier cosa sería considerada como acto suyo, cualquier cosa que pasara sería un movimiento suyo. Y quizá podría decir "el mejor momento de mi vida fue cuando maté a ese hombre y vengué a mi hija". Pero lo que pasa a continuación no es eso. Al instante siguiente de abrir los ojos, Tomé puede ver que la piedra no da en el blanco, que la enorme piedra yace justo al lado de la cabeza del conserje. Y el hombre sigue ahí, tirado, ileso. Es casi milagroso que un objeto tan pesado no haya ido a parar a su cabeza, justo en medio de su cara. ¿Suerte? ¿Destino? Tomé no lo sabe y tal vez no lo sepa nunca.

Incrédulo y aturdido, se agacha para tomar entre sus manos la piedra de nuevo, esta vez seguro de que dará en el blanco. Pero en esta ocasión no va a cerrar los ojos. Será un solo duro y certero golpe para aniquilar al violador, pero sobre todo para matar su ansia de venganza y odio. Ahora sí está listo para acabar con la vida de este hombre.

No obstante, algo pasa dentro de él. No se atreve a dejarla caer de nuevo. Hay en sí mismo una resistencia. Una resistencia material que lo obliga a recordar cómo era el valor que tuvo hace unos momentos para dejar caer esa arma primitiva sobre el hombre, pero no lo consigue. Como si no pudiera comprender algo verdaderamente incomprensible, no puede volver a hacerlo. Duda, sabe que después de internalizar lo que ha hecho, todo tiene una claridad irremediable.

Después, todo lo que sigue es un trámite de vida.

Las autoridades de la escuela han llamado a la policía y Tomé y el conserje son llevados a rendir su declaración. Tomé tiene que aclarar qué hacía intentando golpear al conserje de una escuela de educación especial, con una enorme piedra. Las indagaciones comienzan y no pasan demasiados días para que las autoridades inicien un proceso contra el hombre por agresión sexual a una menor de edad con síndrome de Down.

Tomé es exculpado. Escapa de convertirse en un asesino. Pero ¿cómo escapar de la tentación de entender el odio, la rabia, la venganza, el deseo de muerte, el exterminio del otro? ¿Cómo entender que estuvo a punto de convertirse en un victimario, como tantos que ha conocido en este oficio? Él, Tomé Bata. Un hombre aparentemente inofensivo, a punto de convertirse en un cruel delincuente.

Éste es el momento en que una persona puede sentirse totalmente miserable. A estas alturas hubiera preferido mil veces más ser un cruel asesino, que este remedo de hombre cobarde que no pudo defender a su hija Down de la agresión sexual de un hijo de puta, al que más le valdría estar muerto.

En este momento a Tomé le gustaría dejar de escuchar esta larga historia de treinta y seis palabras en su cabeza:

"Lo siento hija, no pude hacer nada. Tu vida será rehabilitarte no sólo por tus deficiencias mentales, será una eterna y dolorosa rehabilitación del abuso, de la agresión que sufre una niña pequeña como tú". Tomé desearía escuchar ésta u otra historia menos triste, menos desesperanzada, pero en su lugar sólo escucha silencio.

34

Tomé no comete ningún crimen. Con esta venganza habría ejecutado su primer acto de hombre valiente. Sí, valientemente habría hecho todo lo que un hombre debe hacer en una situación así. Justicia por propia mano, pero no.

En lugar de esto, Tomé está tirado en la cama desde ese día, hundido en la depresión. Tomé está aislado, devastado.

Sólo la ventana brilla quieta, y desde ahí una respiración contenida que flota en la oscuridad como un continuo estático de alas de mariposas negras. Y efectivamente, una mariposa enorme se posa en la esquina de la pared, presagiando alguna desgracia. Tomé odia las mariposas negras, por automatismo, por herencia. Su abuela siempre tuvo fobia a las lepidópteras negras, mariposas que invariablemente asociaba con la muerte y el dolor. El día que murió su abuela, coincidentemente, había una enorme mariposa negra pegada a su ataúd, como hoy en la esquina de este cuarto.

Tomé se levanta con dificultad de la cama y da la espalda a la ventana, se mueve lentamente dentro de ese minúsculo apartamento que sólo tiene una cama pequeña y una estufa de cuatro parrillas. Una silla, una lámpara posada en un pequeño mueble. Un librero atestado de papeles y libros amarillentos. Un par de platos y una tasa despostillada por el uso. Un minúsculo espacio para un hombre solo, con un pequeño clóset que contiene lo básico. Sólo esa pequeña ventana lo aísla de la calle, centelleando de luz cortante en el exterior.

Tres semanas enteras sin ir a la redacción son una eternidad para un periodista. Días de una tristeza perfecta que no acababan de superar las ganas de perderse, y que terminan directo en una quietud, sin más límite que el vacío. Algunos hombres son así, se encierran en su mundo cuando tienen alguna pena o tribulación. Se aíslan. A ningún hombre le gusta que lo vean agonizar de tristeza. Y qué más se puede hacer cuando se está devastado. Tomé está realmente triste desde la desgracia que ha permeado la vida de Luna. Desde el ataque a su hija se ha encerrado en su pequeño cuarto para salir sólo a hacer lo más indispensable: comprar algunos víveres, visitar a su hija, llevarla a su nuevo colegio y, por primera vez, a la terapia de apoyo psicológico, que después del atentado sexual que sufrió, se ha hecho indispensable.

Una caminata breve, ir al parque a ver a la gente pasar, y cuya única condición de vida es no pensar en nada, en nadie, poner la mente en blanco como una hoja de cuaderno escolar. Ver pasar simplemente el tiempo de nada, consumir uno a uno los ahorros de la vida laboral. Pero sobre todo, no pensar. Dejar de cubrir la nota, alejarse de la desgracia que anida en esta gran ciudad, donde todos los días ocurre la muerte violenta de alguna persona. Lejos de todo el universo donde exista alguna persona permeada por un mal insondable y oscuro.

Así es, al día siguiente de que se dictaran nueve años de cárcel como sentencia al violador de su hija, Tomé decidió no volver al trabajo.

Las noticias corren pronto, y Becerra, al igual que todos en la redacción, se enteraron de lo sucedido a su hija. Un rumor que se propagó por todos lados y que le da cierta inmunidad como periodista, aunque él no lo sabe. Esa especie de lástima que todos sienten por la desgracia ajena de una niña, que además de estar enferma, tiene que lidiar con el abuso. Maldita suerte, ¿por qué a los más débiles e inocentes les suceden las peores desgracias?

No obstante, esa tarde llega la víspera de un sonido que no escucha hace mucho tiempo. Son dos toquidos a la puerta. Tomé abre. Es Aidé. Al estar frente a frente, algo se apodera de él como una náusea rápida, los nervios se le agudizan, ansiosos. Pensamientos rápidos y vagos se le agotan en la mente. Pensamientos casi febriles se le ocurren y Tomé vacila al decidir si debe dejarla pasar.

—¿No me invitas a entrar?

—¿Entrar?

Se pregunta Tomé, sombrío. La confusión se aclara y de pronto Tomé se siente despertar del todo.

—Claro… pasa.

Aidé se dirige de inmediato hacia la ventana sin distraerse viendo la habitación, olvidando observar cualquier detalle de la pequeña casa, incluido su evidente desorden.

—¿Te estás escondiendo o qué pasa? Es por lo de tu hija, ¿verdad? –la afirmación lo latiguea como un cable al rostro.

"Sí", debería decir de inmediato que es eso. Es tonto que él mismo no lo haya adivinado. Todos sus colegas se enteraron ya, incluso todos los colegas de otros medios. Pero de pronto se siente intimidado con el interrogatorio nada amable de Aidé.

—¿Cómo te enteraste?

—Todo mundo lo sabe en tu redacción y fuera. Incluidos los Once, por supuesto. ¿Qué querías?, todo se sabe en este medio.

Y como si lo sospechara, siente un terrible daño. Comprende que esta confesión lo debilita. Todos lo saben, por eso Becerra no lo despidió del trabajo. El pensamiento de estar en el comentario de todos le sacude esta vez con un nuevo vigor. Después de escuchar esto, se aleja de la ventana lo más lejos que puede. ¿Después de todo, qué espera? Es difícil ocultar estas cosas, por más dolorosas que sean.

—Pues así es, me siento terrible. ¿A qué vienes, Aidé? ¿A decirme lo que ya sé? Perdón, no quiero ser grosero, pero ya sabrás cómo estoy. Si estás aquí para escuchar eso, pues sí, estoy jodido.

Es la primera vez que Tomé se atreve a hablarle a sí a una persona, pero ella no es cualquier persona, ella ha sido la mujer en la que ha pensado con insistencia todos los días desde que la conoció.

—No, Tomé, vengo a ver cómo estás.

—Pues aquí estoy. ¿Qué más?

—Además, vine a decirte algo importante –Aidé vacila antes de hablar…

—Dime.

—Aborté. No puedo obligarte a ser padre. Yo estoy segura de que el bebé venía bien, pero si no lo querías, no podía obligarte. No soy así. Además, no quiero tener un hijo sin padre. Así que… eso es todo. Siento lo de tu hija. Lo lamento de verdad.

Al escuchar esto, Tomé se sienta en la cama, preso de una inesperada y repentina tristeza, al mismo tiempo que siente que todo le da vueltas. Pero no sólo es el vértigo. Es más, es llanto. De sus ojos brotan lágrimas. Lágrimas tibias, redondas, que poco a poco van cediendo en sollozos, como si le hubieran anunciado la muerte de un ser muy querido. Con un movimiento lacónico se cubre la cara. Después de unos segundos, y ante la sorpresa de Aidé, llora en sollozos profundos y tristes. Con el rostro arrugado y envejecido, con las pestañas agrupadas en pequeños manojos por el agua salada de sus ojos, llora, reaccionando a un sentimiento repentino.

—No pensé que la noticia te pondría así…

—Perdón, me duele. Me duele mucho –ésa es la respuesta que Tomé da después de hacer un repentino movimiento elástico y largo para incorporarse y caminar unos pasos.

—Yo también lo siento, pero fue lo mejor. Tú y yo no estamos listos para ser padres. No es tu culpa ni la mía. No se trata de culpa. Se trata de la libertad de decidir. Y ambos decidimos de alguna forma.

Tomé quisiera parar de llorar y decir: "Lo siento. No sé cómo pasó esto".

No es nada fácil para Tomé expresar lo que de verdad quiere decir. Pero en lugar de eso, saca a flote otra frase.

—Cuando hicimos el amor, dijiste que no había ningún riesgo de que te embarazaras, mentiste.

—No mentí, no había riesgo, pero me embaracé, ¿qué quieres? Pero ya no hay nada qué hacer. Fue el final.

Tomé quiere sustituir la sensación de dolor, pero se ve en el vacío, sentado, las piernas largas semiabiertas, los pies, las manos, ese cuarto, esa mariposa de esquina. Tomé le pregunta a Aidé si fue lo mejor.

—No sé si fue lo mejor para mí, para él, para nosotros. No lo sé.

Aidé agacha la cabeza. Aborrece encontrarse ahí, parada frente a una ventana, sintiendo este dolor brutal en las dudas de Tomé. Cómo duele aun después de haber tomado la decisión.

—No llores, Tomé, ya está hecho. No volveremos a vernos. Nunca más hablaremos. Aquí se acabó todo. Pero antes, tienes que saber que voy a dejar el trabajo. Dejo el oficio. Me mudo a otra ciudad. Ya no seré reportera de Policía. Para mí se acabó.

—¿Y qué vas a hacer?

—No lo sé todavía. Ya veré. Siempre hay algo que hacer.

—Qué bueno que dejas el oficio. La sangre siempre envenena el espíritu. Yo entiendo esa sensación de asfixia.

—No, no es eso. Es sólo que quiero darle un cambio a mi vida. A mí el oficio me gusta. Nunca me he preguntado estas cosas, ni me envenena nada. Sólo quiero un cambio, es todo.

—¿Me odias? –pregunta Tomé con una autoconservación feroz.

—No, no te odio.

—No entiendo, podrías odiarme.

—Todos tenemos el derecho a no entender, pero sobre todo tenemos el derecho a que no entender sea un bello punto de partida.

—Lo siento tanto, últimamente siento que toda mi vida es un intento de reconstrucción.

—Todos nos estamos reconstruyendo todos los días. Tomé, quiero decirte algo antes de irme… En honor a la relación que tuvimos, quiero decirte que siento lo de tu hija y, de corazón, siento que hayan soltado al violador de tu pequeña. Si tuviera un hijo me dolería mucho.

—¿Qué dijiste?

—Que siento lo de tu hija, de corazón.

—No, lo del tipo, ¿cómo?, ¿lo soltaron?

—Parece que lo dejaron libre, consiguió un amparo. Todos lo saben, me parece justo que lo sepas tú también. Adiós, Tomé, y mucha suerte.

Con esas palabras Aidé se marcha y Tomé no la detiene; en su lugar retiene la sensación de vacío y náuseas, de muerte y de todo. Ese hijo de puta, suelto. No es posible. ¡Maldito infeliz! No puede creerlo. ¿Qué desea en este momento? No lo sabe, ¿correr tras Aidé? No lo hace. La confusión, la furia, la sinceridad de no querer ir tras ella se lo impiden. Ahora lo único que desea es saber por qué soltaron a ese hijo de puta, malparido.

Pero unos segundos después de que la chica sale de su apartamento, en un impulso sin raíces, se asoma por la ventana, poniéndose casi de bruces. Como buscando a Aidé pasar, mirando de manera sombría la calle. No obstante, Aidé ya ha desaparecido.

Todo es confusión en los sentimientos de Tomé en este momento. No sabe a qué darle prioridad en este instante, si a lo que siente por ese hijo que nunca nacerá, o al odio que siente, al dolor, a la soledad. Su cabeza es un laberinto de sentimientos. No quiso ser padre de nuevo. No, bajo ningún punto de vista. Nunca más un padre de un hijo enfermo. Nunca más padre de un niño Down. Nadie merece esa pesadilla por segunda vez. Y aunque la procreación no es ciencia exacta, no estuvo dispuesto a correr el riesgo de tener de nuevo un hijo con problemas mentales. ¿Es esa su negativa? No, no sólo es eso. Es todo un mar revuelto de sentimientos. De nuevo se siente mareado, pero esta vez por la rabia en medio de la sensación difícil y angustiante de saber que el hombre que agredió a su hija ha sido liberado.

En medio de una confusión horrenda de sentimientos, recuerda cuando conoció a Eloísa, su exmujer. El cuerpo armónico, el flequillo escaso, las manos pálidas, y sobre todo, ella parecía una mujer segura de saberlo todo. Jamás se imaginó que Eloísa se equivocaría al escogerlo. Él no era el mejor espécimen para reproducirse y por si quedara alguna duda, ahí está Luna. Una niña que con su vulnerabilidad le ha dado más dolor que cualquier otra cosa en la vida.

Con tristeza, se despide de Aidé. En su paso por el gran vacío, por primera vez en su vida sabe que no engañó ni fue engañado, simplemente no pudo con una carga tan grande.

Y con este febril pensamiento, Tomé es asaltado por un pensamiento insistente, volver al trabajo y, con mucha calma, planeando cada paso, buscar de nuevo a ese infeliz, esta vez para matarlo sin falla y después, tal vez, él mismo se meta un tiro en medio de la frente, para ser parte de la nota roja que tanto odia.

35

"Y FUERON SOLTADOS LOS CUATRO ÁNGELES que esperaban la hora, el día, el mes y el año para exterminar a la tercera parte de la humanidad. El número de los soldados de a caballo eran de doscientos millones; es el número que oí. Así vi a los caballos y a los que los montaban: tenían corazas color fuego, jacinto y azufre; las cabezas de los caballos son como las cabezas de leones y de sus bocas sale fuego, humo y azufre. La tercera parte de la humanidad fue exterminada por estas tres plagas: fuego, humo y azufre, que salía de la boca de los caballos. Es temible la boca de los caballos, pero también sus colas son como serpientes y terminan en cabezas con las que causan daño".

Tomé despierta de golpe de una horrible pesadilla, con este pasaje del Apocalipsis en su mente. No entiende por qué, si nunca ha leído la Biblia, tiene este pasaje tan claro en su cabeza. Al levantarse su primer pensamiento es buscar si existe este párrafo. Le cuesta trabajo levantarse. Ardiendo en fiebre se incorpora con dificultad. Prende su computadora personal y busca "Apocalipsis". Se sorprende al ver que el pasaje es literal. ¿Cómo pudo recrear este pasaje en sueños delirantes? La única explicación que puede tranquilizarlo es la que dice que todos tenemos dentro un archivo akáshico donde guardamos toda la información de la historia de la humanidad. Tomé puede imaginar estos registros como una gran biblioteca, donde cada uno es dueño del gran libro de la vida.

Durante estas últimas noches ha tenido pesadillas sucesivas, de sueños macabros, donde la mayoría de la humanidad desaparece. Tomé sueña y su cuerpo se mueve inquieto por dentro, apresurado y oscuro. Se sueña leyendo este pasaje, dentro de una jaula con un cuchillo en una mano y la Biblia en la otra, mientras un enorme paraguas lo cubre de la lluvia de sangre que baña todo a su alrededor. Tomé siente necesidad de compartir con alguien sus turbulentos sueños, pero de lo poco que puede contar, sólo conoce las sensaciones, mientras mira un claro vaso de agua a su lado, y mientras se siente sumergido y preso en ese mismo vaso con agua puesto en la mesita de noche.

Al volver a su trabajo, Tomé se siente todavía peor. Le duele el cuerpo, ha vomitado toda la noche, sintiéndose muy enfermo. Se mira en el espejo del baño de la oficina, ve sus ojos centelleantes e inmóviles. Los labios entreabiertos. La respiración le quema el pecho, tiene fiebre, está jadeante y superficial. Se lava la cara con agua fría, toma sus cosas y sale, mientras lucha por controlar las respuestas de su alma enferma. De su cuerpo delirante.

Intenta descansar un poco refugiado en su escritorio, pero un repentino llamado a la calle para cubrir una nota lo saca del malestar por unos minutos.

Nota policiaca. Día de trabajo. Día de nota roja. Nada especial. Una decena de cadáveres son deshechos, hervidos con sosa cáustica. Los restos que quedaron, fueron enterrados en un lote baldío al norte de la ciudad. Y aunque la práctica de disolver cuerpos humanos en sosa cáustica es antigua, en México es Santiago Meza López quien le da nombre a este oficio: pozoleros. Trabajo que este mentor de la muerte ejerció durante más de diez años al servicio de los hermanos Arellano Félix, desapareciendo al menos trescientos cadáveres.

Rafael, su fotógrafo, es quien toma las fotos. Después de perder el ojo derecho y de una ausencia de semanas ha vuelto al oficio. La redacción completa lo recibe como a un héroe. Y de alguna manera lo es. Rafael ha obtenido a través de un hospital público una prótesis de vidrio de polietileno que se introduce en la mañana al hueco del ojo y que vuelve a un estuche por la noche. La mirada de Rafael se ha tornado extraña. Desconcertante cuando mira directamente de frente. La mirada de ese ojo no comunica nada, pero está presente e inamovible todo el tiempo. Alrededor del ojo de cristal de Rafael se acumulan lagañas verdes que dan la impresión de que tiene un ojo infectado y purulento.

Y con esa misma energía, Rafael vuelve a la calle a tomar fotos y no sólo eso, vuelve con nuevos bríos. Dicen que los sueños de tanto ser soñados se hacen realidad, y a su regreso Rafael cumple su máximo anhelo: exponer las fotografías que a lo largo de veinte años ha tomado como fotorreportero. Tomé todavía recuerda cuando lo animó a exponer sus fotos, sin mucha convicción de que pudiera lograrlo.

Por fin el sueño hecho realidad en una exposición llamada "Vista previa de la nota roja en México", Rafael Artemio Cruz, fotoperiodista del periódico *El Gran Diario*, expone al regresar 324 fotografías del horror que ha presenciado. Su sueño máximo, más vivo que nunca. La muestra de cada momento en que ha captado calcinados, asesinados, torturados, desmembrados, muertos a tiros, destripados, acuchillados, degollados. Lo absurdo, lo horrible, la oscuridad, la sangre, la muerte, la violencia. Al menos alguien cumpliría el anhelo de sus sueños. La exposición de la muerte, la gran intuición de un fotógrafo que sabe que se muere trágicamente con la misma e impalpable energía con la que se vive. Una especie de ofrenda que se hace de cada una de las personas que han muerto trágicamente en este país y a él mismo. Rafael, el héroe de un solo ojo, cumpliendo su más grande anhelo. Al menos merece un abrazo y una felicitación por su empeño. Al menos merece esta alegría a cambio de un ojo perdido en la batalla de la nota roja.

Rafael vuelve con más energía que nunca. Esta vez, toma las fotos del enorme cazo en el que se hierve a las víctimas. Una buena portada para su periódico. Una foto que actualiza el tema de los desaparecidos, hechos caldo ácido. Tomé registra el hallazgo. Los tambos de sosa cáustica son los actores principales, junto a los huesos erosionados que quedan enterrados muy cerca de la cocina clandestina.

De nuevo viene a la cabeza de Tomé ese párrafo soñado casi de memoria: "Y fueron soltados los cuatro ángeles que esperaban la hora, el día, el mes y el año para exterminar a la tercera parte de la humanidad. El número de los soldados de a caballo eran de doscientos millones; es el número que oí. Así vi a los caballos y los que los montaban, tenían corazas color fuego, jacinto y azufre; las cabezas de los caballos son como las cabezas de leones y de sus bocas sale fuego, humo y azufre".

El recuerdo de ese sueño lo marea un poco. Y el paraguas y ese cuchillo sostenido con fuerza. Con un terrible vértigo por dentro, cierra los ojos por un momento. Las gotas de lluvia roja que captaba el paraguas en ese sueño, le dejan un gusto de sangre en la boca, mientras su rostro es una mueca de asco y horror.

Y Tomé, por primera vez desde que cubre Policía, se vence y sin poder evitarlo se derrumba en llanto al ver ese cazo gigante, esas osamentas deshechas. Tomé está devastado, siente que ya no puede seguir en este oficio. Y es su fotógrafo quien acude en su ayuda, sorprendido de verlo llorar así frente a los restos de osamentas.

—¿Qué onda, cabrón? ¿Estás bien?

Tomé no puede articular palabra. Está hecho un mar de lágrimas.

—Ven, siéntate acá, tranquilo. ¿Quieres que te traiga agua? ¿Quieres un cigarro, cabrón?

Con las manos temblorosas, intenta tomar un cigarrillo entre los dedos. Con mayor dificultad logra prenderlo y le da un golpe profundo al tabaco. Sólo es un golpe, porque enseguida cae de rodillas para vomitar sobre sus propios pies.

—Tranquilo, cabrón, aquí estoy. Vomítale, te vas a sentir mejor. Aquí estoy, amigo.

Tomé tiene el rostro cubierto de lágrimas, de baba y vómito, mientras siente cómo le da vueltas la cabeza y un pensamiento persistente viene a él. "Mientras yo invente a Dios en mi cabeza, él no existirá. Dios soy yo, y yo soy una mierda".

Basta con pensar esto para dejar de vomitar y volver de nuevo al llanto puro. Con lentitud y ayudado por Rafael, se pone de pie. Se limpia la cara de llanto y la boca de vómito con la manga de la camisa. Con los brazos precavidos, Rafael no deja de sostenerlo, temiendo que Tomé se desvanezca en cualquier momento.

—¿Cómo estás, pinche Bata?, ¿qué te pasó, cabrón? Sí está cabrona la nota, pero no es pa' tanto.

—Estoy bien, todo va a estar bien.

Por unos momentos está tentado a contarle sus sueños a Rafael. Siente la necesidad de contárselos. Pero no lo hace. ¿Qué contar? No conseguiría compartir nada de ese sueño ni de lo que está sintiendo. No, no le contará nada, ni siquiera sobre la ira que siente por la liberación del violador de su hija. Ese odio como de campanas tañendo lejos.

A pesar de su resistencia, Tomé sabe lo que tiene que hacer para sanar su alma perdida, para sentirse mejor viviendo esta miserable vida, donde el odio lo domina. Lo único que desea hacer es encontrar al violador de su hija y vengarse de una vez por todas. Vencerse a sí mismo para matarlo. Y eso es lo único que de verdad quiere.

36

A Tomé le cuesta un poco comprender lo que está viendo. Un colibrí verde, de largo pico. Invariablemente, un colibrí es una esperanza verde. Tomé siempre ha sabido que son de buen augurio. Es verde tornasol, con unas alas cortas que mantienen su cuerpo en alto y suelto, un pájaro pequeño como patas oscuras, que parecen simular dos ramitas hechas de vuelo. Por un momento su aleteo suspendido en el aire parece un dibujo liso que ha salido de un papel verde, que vuela.

Con un temblor en la comisura de la boca, Tomé siente una emoción, un nerviosismo indescriptible. Este día, por fin, después de algunas semanas de búsqueda, logra encontrar el parpadeo distraído del hombre más odiado en su vida. El violador de su hija se ha refugiado en un establecimiento de lavado de autos, no muy lejos de la escuela. Es lógico, viviendo por esta zona. Tomé sabe que el radar de búsqueda tenía que concentrarse en una periferia no muy grande. En este encuentro la lógica impera, no fue difícil hallarlo porque un hombre tan estúpido como éste piensa que no tiene que esconderse, ha salido libre, nadie lo busca. ¿Por qué tendría que huir o mudarse del lugar de residencia, si no es un prófugo de la justicia? El amparo de la ley lo protege, mientras resuelve su situación legal definitiva. Por fortuna, el mecanismo interior del violador no fue trémulo para agitarse huyendo con movimientos rápidos hacia otros lugares, donde fuera imposible encontrarlo. Movimientos trémulos como los de ese verde colibrí.

A la distancia observa a ese hombre mover su enorme cuerpo, metido en el mismo mono azul que usaba como uniforme en el colegio de Luna. Lo mira aventar hacia un auto azul un balde de agua. Tallar con una esponja el cofre caliente que, de inmediato, lanza vapor al ser bañado con agua fría.

Otra vez ese colibrí, predestinado a traer suerte por su propio mecanismo aéreo.

El dicho inicia para sí mismo. Hoy es el día, su día de suerte simbolizado por ese pequeño animal tornasol.

Con toda calma, Tomé aborda un taxi y va directo a la casa de Eloísa. No hay nadie. Luna está en la escuela y Eloísa en la oficina. Tomé tiene las llaves de la que fuera su casa. Sin más trámite se dirige a la habitación conyugal. De golpe siente una severa y peligrosa melancolía. La de la dureza del pasado. Esa cama, ese largo taburete al lado del tocador. Es tan esencial este sentimiento que apenas comprende que la vida continúa después de haberse separado de su exmujer. Él es de tez morena, menudo y obstinado. Ella es pálida, severa y menuda también. Este hombre que fue y esta mujer que fueron, conservan sus características esenciales, pero ya no son los mismos, han muerto en el pasado y eso de alguna forma lo entristece de nuevo.

Todo está en el mismo lugar. Cada cosa con la que compartió una vida llena de altibajos con Eloísa. ¿Una buena vida? Tomé no lo sabe, finalmente, ¿qué es una buena vida?, ¿la cotidiana?, donde los manchones de la necesidad cubren las deficiencias y el poco entusiasmo en el que se fueron muchos años de matrimonio. ¿O la alegría es excusada al no existir más?, quién puede saberlo.

Con decisión, Tomé va directo al clóset. De puntas, baja la misma pequeña maleta color rojo, una maleta que esta vez está limpia de polvo. La pone sobre la cama y la abre. Para su sorpresa no encuentra nada dentro. El arma que fue de su padre ha desaparecido. Sofocado, recorre toda la casa, mueble por mueble. Abre cajas de zapatos con la esperanza de encontrarla. No está ahí. Eloísa la movió del lugar habitual, ¿por qué? De la nostalgia pasa al malestar. Al enojo. Con qué derecho su exesposa mueve sus cosas. Si bien es cierto que ya no es su casa, esa maleta roja y su contenido es una herencia de familia. Enfrascado en el enojo, de pronto, es excusada Eloísa. Es tan esencial este acto, que apenas comprende que lo hace para protegerlo. Ella no está dispuesta a arriesgarse a que el padre de su hija se convierta en un matón de nota roja.

Poco a poco crece un sofoco que lo agita, respirando con dificultad. Con ansiedad se pasa la mano por la frente repetidamente. Ahora ya es más que el arma lo que busca. No. Veamos, "paciencia, busca de nuevo", se dice así mismo. ¿Dónde estará? ¿Dónde la habría escondido él? Buscarla es cuestión de fuerza de voluntad, es cuestión de encontrarla, ir y tomarla. Qué desesperación siente Tomé, inmóvil en medio de la sala, sin dirección, sin saber dónde buscar. Qué angustia. Sus ojos están rojos, lo que está fatalmente perdido pesa sobre su destino y lo somete.

Una cocina tranquila por la tarde lo llama. Estresado, se desabrocha el cuello de la camisa. Es el último lugar donde queda buscar el arma. La pequeña cocina tiene pocos escondrijos, es pequeña y limpia. Qué felicidad tener cajones y pequeñas puertas dónde buscar, gabinetes dónde encontrar. Por fin, el arma está envuelta en un trapo de cocina de cuadros rojos. Tomé siente alivio, ya no tendrá que buscar indefinidamente.

Con sumo cuidado, la desenvuelve. Ahí está, una vieja pistola para cazar animales y alimañas en montería, la misma arma que fue de su padre, aparece como el actor principal de una obra de teatro. Un mini revólver Magnum 22, capaz de hacer blanco a 100 metros de distancia.

Con destreza la mira, palpa su peso. La toma con la confianza de quien ha disparado desde niño.

A esta hora de la tarde, la ciudad se extiende dulce y cálida. El sol de la tarde comienza a mudarse de lugar y muy próximo a despedirse. Una ciudad que viene de los sueños audaces de aquéllos que esperan acechando a su presa. De cualquier persona que esta tarde tenga el deseo de aniquilar a otros. Cada día son asesinadas en promedio más de cincuenta y cinco personas. La coincidencia es que él se convertirá muy pronto en uno de esas estadísticas.

La ciudad se extiende dulce, insoportablemente dulce, a esta hora de la tarde.

Tomé es un asesino en potencia, susceptible en este día. ¿Quién tiene la oportunidad de levantarse y decir "hoy me convertiré en un asesino"? Probablemente muy pocos. La mayoría de los asesinatos que se registran en la ciudad ocurren de pronto, sin ser premeditados con alevosía. Son asuntos pasionales que de un momento a otro se salen de las manos, asuntos cotidianos en concreto, revestidos de enojo e ira.

La propia Ciudad de México sería una sola cifra éste día a través del sufrimiento emocional de Tomé, a través de lo que en sí mismo sabe sobre el miedo, la ira, el dolor, sobre la propia tendencia a odiar. Así como la trascendencia del deseo de matar, porque se conoce ese abismo, o tal vez en ese dolor está la posibilidad de impedir que otros maten.

Por desgracia, la grandeza de los defectos humanos se hace más grande en él. Esta tarde, Tomé se convertirá en un asesino, en un hombre que no podrá ser ayudado por nadie ni por nada. Esta tarde, los augurios de esa vieja poseída por el demonio se harán realidad y él manchará sus manos de sangre.

¿Justicia? ¿O venganza? Cuando un acto de ira provoca un eco monstruoso, se llama venganza. Cuando el dolor propio adquiere una amplitud en la que caben todos los demás, a eso se le llama justicia. Este acto que está a punto de concretarse es un puro acto de justicia, por su hija, por los demás niños que corran el peligro de ser agredidos nuevamente, por sí, por el mundo, por el bien, por su pequeña Luna.

En este acto de justicia hay amor, un amor que se refugia en el dolor de otros que se levantan inocentes. El dolor de su hija. Por un momento Tomé piensa en Cristo, aunque siempre le ha faltado fe. Se imagina imitando la misericordia de Jesús. Imagina el verdadero sentido de Cristo, imitándose a sí mismo. Así, la transcendencia del deseo de matar está en impedir que otros maten por la misma causa. Al morir el violador de su hija, Tomé impide que otros padres se conviertan en asesinos potenciales. La misericordia está en la grandeza de su sentido de justicia. Megalomanía, esto suena a megalomanía. Cristo era un megalómano. Seres crísticos, hinchados de fantasías delirantes. Corderos de Dios soñando con quitar el pecado en el mundo.

Pasado mañana es el cumpleaños de Luna. Ojalá disfrute mucho sus últimos dos días de tener nueve años, porque nunca más se vuelve a tener la misma edad.

Pausa.

Tristeza.

Diez años, y el resto de lo que viva, sin él.

Tomé no estará ahí para festejar. Después de matar a este hombre, tal vez se vuele los sesos él mismo. Se inmole en su propio honor. No se imagina hundido en alguna cárcel de este país. Las conoce, las ha vivido a través de ese trágico episodio de amotinamiento en aquel penal, en medio de una patética miseria llena de corrupción. Desde que violaron a Luna, sólo ha conocido este deseo de revolcarse en la venganza. Este día sólo tiene dos caminos: matar a este cerdo u olvidarse del asunto para dejar a este hombre en paz, feliz y libre, sin justicia de por medio. Esto es lo único que puede intentar poner en el plato de la balanza, porque en el primer plano están la sangre y el odio a la sangre y la ira ante la sangre que duele. Y en el segundo plano, el olvido de todo.

Todavía no sabe qué hará después de matar a este hombre. Tal vez huya, se esfume de la ciudad hacia cualquier otro lado y sea un prófugo eterno de la justicia. No importa qué pase después. En este momento sólo impera la voluntad de destruir, como si Tomé hubiera nacido para este momento. Es la rabia, la ira incontenible ante un hecho que no puede aceptar, si no es a riesgo de enloquecer. ¿A cuántos padres con una hija enferma les habrá pasado esto? A cuántos, no importa. A él. A Luna.

Por fortuna ya no dejará dos hijos huérfanos, sólo le faltará el padre a una. El otro hijo no nació, por fortuna, impedido y débil. Y Luna será feliz sin él. Su pequeña hija tiene una madre lo suficientemente grande y fuerte para educarla y hacerla feliz.

Cuando todo haya pasado, con seguridad Tomé ya no tendrá ese aire de sufrimiento físico y de desesperanza moral.

Con algún deslumbramiento y previo cansancio, Tomé llega y sucumbe al mismo tiempo a lo que va a vivir. Lento, sin prisa, llega al lugar donde siguen trabajando los lava autos. Faltan quince minutos para que el establecimiento cierre. Justo a las seis, dice el letrero colgado a la entrada.

Con paciencia de pormenor, observa a lo lejos a cada trabajador secando los últimos automóviles. Recogiendo las cubetas. Los trapos viejos y deslavados puestos a secar. El piso del lugar está empapado. El aire brilla inundado de pequeñas gotas que bailan al ritmo del agua, saliendo a presión de una raquítica manguera con la que llenan las cubetas.

Poco a poco todo se va quedando vacío y por fin todo es cerrado, y los hombres, uno a uno toman caminos diferentes. La tarde se ha echado encima al día, opacando todo con sus destellos de sombra.

Tantas cosas que Tomé no sabe. Nunca le habló nadie del ritmo seco al percutir un arma, de ese martillazo de polvo al disparar hacia el cuerpo de un animal. ¿Que si duele morir de un tiro?, eso sí lo sabe.

—¿Sabes, papá?, a veces tengo ganas de estar muerto.

—¿Para qué muerto? –le respondió un día su padre.

—Para ir al Cielo y conocer a Dios, así volaría como un pájaro directo hacia las nubes.

—Tú no puedes ir al cielo porque eres un niño. Nosotros todavía no podemos, somos pasos graduales de vida, que recorremos cada paso.

A Tomé le costó trabajo entender esto. Lo único que captó es que no podía ir al cielo. Más tarde supo que no podía ir al cielo porque Dios no existe en ningún cielo ni en ningún lado.

Del padre de Tomé les vino la fe. Aunque esa fe sólo permeó a Gamaliel, su hermano mayor. Su padre era un hombre que creía fielmente. Tomé no sabe por qué él nunca pudo creer en nada, ni en Dios ni en el Padre ni en el Espíritu Santo, en absolutamente nada. Siempre fue un escéptico, un nihilista, un ecléctico puro. Simplemente la fe no. ¿Por qué? ¿Por qué no pudo creer en nada viniendo de un padre devoto? Oh, Dios. Siempre tan lejos y Tomé siempre tan libre de creencias. Tan libre de fe en algo. Amén.

Tomé sigue al hombre a una distancia prudente, como para no ponerlo en alerta y, por supuesto, para no perderlo de vista. Las calles están transitadas por gente que va y viene. Tomé necesita acercarse a él en el lugar y momento precisos. La persecución propiamente se inicia. Tomé golpea el piso suavemente con cada paso, sin hacer ruido, en la medida en que se acerca. Con destreza saca el arma de una bolsa. Tomé siente escalofríos. El hombre da vuelta en una calle larga, poco transitada, iluminada por una tuerta lámpara que ha perdido su doble luz. Cada vez más cerca, corta cartucho y es este sonido el que pone alerta al hombre. Con la cabeza erguida, finalmente Tomé encuentra a su enemigo. El conserje retrocede, erizado. Ha reconocido a Tomé.

—Vengo a matarte, maldito.

La amenaza no es un amén, es una incitación a la muerte, es un velo negro a punto de caer sobre la noche.

—Híncate, hijo de puta.

Mientras el hombre se arrodilla con las manos en la nuca, Tomé se prepara para disparar como lo hace cualquier asesino cuando va a sacrificar a alguien. Con el arma en su cabeza, escucha una súplica desesperada.

—No me mates, por favor.

En la semioscuridad de la calle, sólo vive a lo lejos el ladrido de un perro, aquí donde un hombre hincado y con la cabeza inclinada está a punto de morir.

El agua se ha secado en la boca de Tomé.

El hombre estalla en llanto, desfallece en sollozos.

—Yo no quería hacerle nada.

—Pero lo hiciste, hijo de puta. La violaste. Es una niña, perro.

—Estaba loco en esos momentos. Tengo muchos problemas. No quería hacerlo. Perdóname, estoy enfermo. Necesito ayuda. No sé por qué lo hice. Lo juro. No lo sé. Haré lo que me pidas. Iré a la cárcel si quieres. No me mates. No quiero morir –suplica el hombre. Ésa es su plegaria.

—Hijo de tu perra madre, desgraciado –arremete Tomé, con furia.

—Perdóname, perdóname. Tenme compasión. No me mates. No me mates. Tengo una hija de tres años y un bebé de ocho meses. Por favor, por misericordia, no quiero morir, por tu hija, por Dios, no me mates. Dios mío, no me mates. Dios, perdóname. Dios, no permitas que me maten. Perdóname.

Dios escucha, pero Tomé no. Tomando valor, pone el dedo en el gatillo, poco a poco siente cómo hunde el dedo en él.

—Por favor, no me mates. Dios, no lo permitas. No, por lo que más quieras.

322

Tomé también lanza una plegaria y, por primera vez en su vida, pide algo a Dios:

"Dame fuerzas para matar a este hombre".

Dos plegarias acorraladas en aquel rincón. Dos plegarias a este Dios judeocristiano, omnipotente, que todo lo puede, que todo lo oye. ¿A quién escuchará Dios y su infinita justicia divina?

La fuerza de la destrucción todavía se contiene un instante en él.

Está hecho. Va a matarlo.

El odio está en carne viva y sólo quiere como último aliento el odio. Ese odio que viene de otros odios vitales que fueron aplastados sin culminar en nada. Por ese odio de vida saldrá para irse lejos, ¿a dónde?, a donde sea, hoy, después de la muerte de este hombre.

Pero este odio se disfraza de dolor. Tomé sabe que es un dolor equivocado ante Dios y aun peor, ante él, quienquiera que sea él. Tomé sufre pero sin derecho a sufrir, y tiene que esconder no sólo el dolor, sino todo lo que ha causado el dolor. Tomé no odia, Tomé sufre furiosamente dentro de su ser.

Sin embargo, algo pasa dentro de él.

Esa frialdad que permite que los hombres durante siglos aniquilen con la misma obstinada frialdad a otros hombres no está en sí mismo.

No puede.

Una vez más, fracasa.

Tomé, de nueva cuenta, falla.

No puede matar a ese hombre. No puede matar a nadie con sus propias manos. Está derrotado.

No tiene el valor de matarlo con el arma, como no tuvo el valor de hacerlo antes, con esa enorme piedra.

No puede destruir nada ni a nadie, porque la piedad es tan fuerte en él como la ira. Entonces, tendrá que destruirse a él, que es la fuente de esta pasión.

Sin soportar un minuto más. Tomé se apunta con la pistola en la boca, decidido a matarse para terminar con esta tortura de vida que lo atormenta. No quiere pedir a nadie ni a nada que se aplaque su odio. Pero sí puede darse a sí mismo la oportunidad de parar este dolor.

La petición de pedirle valor a Dios para matar a ese hombre, quema. Su propia plegaria es peligrosa de tan ardiente y destruye la imagen de sí mismo que aún quiere salvar.

Ya está dicho. Esta noche el cielo ha escuchado las dos plegarias. El hombre se salvará de ser asesinado y Tomé salvará su miserable vida. Dios es misericordioso. Finalmente, algo bueno ha obtenido de ese ser omnipotente en quien le es imposible creer.

Pero la sorpresa adquiere el tono de algo que está entre la vida y la muerte, y el conserje, levantando la mirada hacia Tomé, se pone de pie y de un solo golpe le arrebata el arma que ya apunta hacia su boca, y lanzándola al suelo impide que Tomé se suicidé.

En ese instante, el conserje consigue suspender la sucesión de deseos de muerte que hay en Tomé. Después, sólo en blanco y negro, en vida y muerte, Tomé recobra con un escalofrío una de sus verdades más difíciles: su gélido dolor se ha esfumado para dar paso a la sorpresa. Él tendría que estar muerto.

Todo fue un error. Alguien tendría que estar tirado en esa calle, desangrándose. Entonces comienza la gran danza de los errores. El conserje, después de este acto insospechado, donde sin saber por qué lo salva de morir, corre para alejarse lo más rápido que puede.

Todo es confusión en ese momento. Tomé está temblando. Cuando se estuvo a punto de morir por su propia mano, la confusión se apodera de las personas. Se sienten náuseas, algunas personas se entregan al desmayo después del acto fallido del suicidio. Tomé apenas siente las piernas. En un momento dado siente que todo le da vueltas. Lo único que puede hacer es recargar el cuerpo en la pared y ver cómo el conserje, después de haberle salvado la vida, corre despavorido por la oscura calle.

Y Tomé quisiera correr tras él, pero sólo lo piensa, mientras lo mira alejarse, imposibilitado de moverse.

¿Para qué habría de correr detrás de él, si cuando pudo matarlo no lo hizo? Apenas claro dentro de su cabeza, algo más fuerte que él lo impulsa a llamarlo. Con un grito que sale de su ser, le grita que vuelva. Y de manera insólita, el conserje se detiene para mirarlo unos segundos. Y cuando más se equivoca el mundo, más se acerca a esta extraña compasión.

Sin entender cómo, inexplicablemente, el hombre no huye. Se detiene y regresa. Vuelve sobre sus pasos hacia donde está Tomé, quien se ha puesto de pie. Frente a frente se miran con el arma a un lado, sobre el piso. Y en el ceremonial de los actos extraordinarios, Tomé rompe en llanto y abraza el cuerpo rígido de ese hombre por unos segundos.

—¡Que Dios te perdone, porque yo no puedo!

Con esa frase, Tomé se quita ese perdón omnipotente en el que no cree. Y en ese abrazo, el mundo se retrae por unos segundos. Los pecados son mortales, no porque alguien los perdone, sino porque cada uno muere de ellos.

Hasta este punto, el hombre se deja abrazar con fuerza por Tomé, quien después lo suelta para verlo correr, correr lo más rápido que puede para perderse entre la oscuridad de aquella calle, en la que sólo se escuchan los ladridos de un perro a la distancia.

Tomé vuelve a sentarse en el piso en esta larga y solitaria calle. La noche nace sin que haya parado de llorar un solo instante. Son momentos que se desarrollan y mueren mientras su rostro quieto flota esperando que pase algo, pero nada pasa…

Estuvo a punto de matar y de matarse. Es demasiado. A lágrima viva piensa en la inminencia de la confusión que hay en él. Siente gratitud por el hombre que le salvó la vida, pero por dentro la verdad no puede dejar de existir, y Tomé no comprende que todavía lo odia, está vitalmente confundido.

Tiembla sólo de pensar en ese momento, cuando sintió todo el derecho de masacrar a un hombre, con el odio por lo peor que un ser humano puede hacer a otro: adulterar su esencia para usarlo, como hizo ese desgraciado con su hija. Y después más llanto al recordar su penosa vuelta al mundo, por la misericordia de ese hombre. Ese ser al que no perdona y que, sin embargo, le salva la vida. ¿Y si hubiera matado al violador de su hija? ¿Y si hubiera disparado contra sí mismo? Ideas que lo hacen enloquecer.

Cuánta pena en una sola noche. Cuántos errores de vida. Matar a una persona, intentar matarse a sí mismo. Tomé vuelve a la idea una y otra vez de pensarse muerto de un disparo, muerto por una bala que él mismo estuvo a punto de lanzar contra sí. Está aquí gracias al hombre que violó a su hija. Maldita sea, por qué lo salvó, dejándolo paralizado de horror, de dolor. Paradoja. Misterio que lo hace enloquecer. Todo es un patético error, él debería estar muerto.

Pero no todo está perdido. Todavía es posible lograrlo, la pistola está a su lado, larga e inerte, como una mantis religiosa abatida y solitaria, mero testigo de su desgracia. Sólo tendría que tomarla de nuevo, ya no hay nadie que le impida matarse. Tomar el arma, ponerla de nuevo en su boca o en la sien, con toda la calma del mundo, y desaparecer de este dolor de vida que lo acorrala. Con sólo oprimir el gatillo todo se acabaría de golpe. Es tan fácil. Sólo debe tomar el arma y todo lo demás vendrá solo. El descanso. El fin. Con la muerte viene la nada. Bendita sea la nada con su inexistencia.

Sentado en el suelo como una hoja que cayó de un árbol. Con la boca seca de sed, los ojos ardiendo, Tomé observa la pistola y piensa de manera contundente en acabar con lo que inició.

Ante esta ambigüedad, como defensa su cabeza se obnubila de golpe y ya ni siquiera es capaz de acercarse a esa arma. Tomé se derruye. Alguien tendría que ayudarlo a bien morir, porque él no tiene el valor, es un cobarde. Maldito cobarde, basura miserable.

De pronto, ante esta imposibilidad de darse paz a través de nada, Tomé se vence a sí mismo. Ya no puede más. Ya no puede seguir con este odio, con esta vida. Con este horror. Por primera vez en su existencia, algo de claridad llega a él en un momento tan desgarrador. Sabe que lo único que puede hacer es vencerse, pero de otra manera. ¿Tal vez valga la pena sincerarse por primera vez en su vida. Escucharse sin mentiras ni ambages. ¿Realmente, por qué no pudo matar a ese hombre, si ya era un hecho su muerte? ¿Fue por cobardía? ¿Por miedo a las consecuencias? ¿Por qué? Las preguntas le duelen como si le perforaran la cabeza. Tomé se obliga, ahí tirado como un perro en plena calle, a hablarse por primera vez con toda honestidad.

"No lo maté, porque así lo decidí".

Llanto, llanto puro ante esta impresión de fracaso y de resignación. Sí, no lo mató porque así lo decidió. Acaba de reconocer una verdad que tiene tanta belleza.

Tomé no mató a ese hombre porque así lo decidió, ¿hay algo más claro en la vida de un hombre? A través de su libre albedrío, de la decisión frente a su libertad, Tomé decidió no asesinarlo. Y aunque su ego se siente humillado por estas palabras, prefiere esta claridad.

La decisión de ser un hombre malvado es una decisión. Se elige ser un asesino, un violador, un hijo de puta. Y Tomé esta noche ha decidido elegir a través de su máxima libertad. No haber matado a este infeliz fue un acto de libertad.

Y, sin embargo, si todo está claro, porque siente este odio primigenio, este desprecio que lo hace querer matarse ahí mismo a golpes, arrancarse el cabello, sacarse los ojos de puro dolor y vergüenza por no poder vengar a su hija. ¿Por qué este dolor no se va, aun aceptando que no mató a ese hombre por decisión? Desesperado, revolcándose en el suelo, Tomé no sabe cómo perdonar, maldita y mil veces maldita su suerte. Pero esta conciencia no lo ayuda a sentirse mejor.

Tomé siente un malestar tan profundo en este momento, que no sabe si morirá aquí mismo de pena. Aunque sabe que no morirá, para su desgracia. Es un hombre desdichado con toda la fuerza de su ser. ¿Perdonar? ¿Cómo? ¿Cómo perdonar la violencia en contra de lo que más ama, que es su pequeña hija? ¿Cómo perdonar? ¿Cómo perdonarse? ¿Cómo perdonar a ese hombre? ¿Cómo perdonarse a sí mismo por matar a ese inocente hijo suyo, no nacido? ¿Cómo perdonarse por odiar tanto su trabajo? ¿Cómo perdonarse por hacer infeliz todo lo que toca, incluyendo a Eloísa y a Aidé? Tomé se siente nocivo para este mundo, una escoria para quien tiene la desgracia de compartir su vida con él.

De pronto se siente tan cansado, como si hubiera un error en algo que ha dicho y estuviera obligado a hacer de nuevo toda la infinita suma de ideas. Tener la claridad de que no se convirtió en un asesino por decisión, por libre albedrío, no acaba de darle alivio.

Intenta levantarse del piso, no lo consigue. En medio de esta noche, de repente vomita, preguntándose entre una náusea y otra, en medio de la fantasmagórica ciudad, necesito saber cómo perdonar, perdonarme. No puedo vivir así.

La histeria de la sed arrecia, el sudor le corre por el rostro. Su frente está helada, el esfuerzo físico de la lucha lo deja débil y mareado. La noche hace estallar chispas en las piedras del pavimento. Débil, con el estómago seco, su llanto por fin para. El silencio crea un estruendo en su interior.

De pronto reconoce vagamente una luz dentro de sí: la única manera de perdonar y perdonarse es a través del amor. En la belleza del silencio, por unos segundos se siente tranquilo. El amor por su hija es más grande que su odio. El amor por ese ser que trajo al mundo es más grande que el odio por todas las desgracias por las que pueda pasar.

Desde abajo, como lo hace una hormiga, Tomé alza la vista. Mira cara a cara el pormenor con que se adorna la belleza de un árbol arriba de él. Quinientas mil hojas tiemblan en ese árbol tranquilo. El aire fresco por fin tiene una gracia que puede sentir. Tomé sabe en este instante que esto es lo único que le queda entender.

Durante todo el tiempo que ha cubierto nota roja, la figura del diablo ha aparecido una y otra vez en su vida. Tomé nunca creerá en la religión cristiana ni en el diablo.

Para él, el diablo es una invención de nuestra razón maligna y jamás dejará de creer en esto. Tomé no puede con el dogma cristiano, como su hermano Gamaliel, pero no poder con esto no significa negar que aun en la literatura cristiana hay una visión innegable del amor frente al mal.

Satanás fue arrojado del cielo no sólo por su protervia, sino por su amor a Dios y a los hombres: por el disgusto de no haber sido elegido para unirse en la obra redentora. Tomé puede entender entonces que el diablo lo único que desea es amar y ser amado por Dios, sólo eso; sin embargo, es vencido en la soberbia de sí mismo. En la mitología cristiana, el castigo a Lucifer es el más horrendo que la mente divina y humana puedan concebir: ya no amar, no es capaz de amar, está confinado en las ilimitadas oscuridades de la soledad y del odio.

El diablo, Lucifer, el demonio, necesita ser amado por cada hombre, en lugar de ser odiado, temido. El diablo necesita el amor de su Dios para sentir alegría y esperanza.

Entonces, por primera vez en su vida, Tomé admite que lo único que puede salvarlo a él, a los hombres y al mismo diablo del sufrimiento atroz es el amor. Amor a un hijo, amor a un hermano, a un hombre, a una mujer, a un animal, al mundo mismo.

Y si esto es así, con el diablo dentro, habitando a cada uno de nosotros, sólo necesitamos amor para ser redimidos.

Tomé nunca se hubiera imaginado, con este silencio donde escucha cada gesto suyo, que por fin entiende algo tan abstracto, algo que lo ha seguido durante su vida: la abstracción del mal.

Si el diablo es capaz de sentir alegría a través de su deseo por el amor de Dios, la hipótesis de Tomé es que también él es capaz de perdonar.

Tomé sabe que si el demonio es capaz de sentir alegría por el amor del mismo Dios que lo creó, si es capaz de sentir amor, puede perdonar. Él, como el demonio, todavía puede sentir esperanza en el amor.

Tomé se hunde en un llanto distinto al recordar la pequeña cara de su hija. Tomé todavía puede sentir alegría, su hija no está muerta, está ahí, esperándolo para jugar a ver figuras en las nubes, a inventar sabores en ellas; por lo tanto, como el diablo, todavía puede calmar su dolor.

Destruir el mal no es destruir al diablo, sino su deseo de hacer mal. Un Dios todo amor, no puede negar el perdón a nadie, ni siquiera al diablo.

Tomé ya no puede llorar. Hasta el llanto tiene un límite. Ahora lo sabe, la única manera de salir del mal que anida en él mismo es perdonando, amando.

Por fin un equilibro perfecto que lo obliga a sentir una sola cosa. Perdón y agradecimiento. Tomé perdona a ese hombre. Perdonar para que el equilibrio sea perfecto, y aunque no tiene las palabras, tiene el entendimiento, el libre albedrío.

Este odio que Tomé ha sentido sólo lo destruye a él, no a los otros, a los otros que finalmente son la fuente de su esperanza.

Levantándose del piso, sabe que nunca más necesitará de ninguna violencia. De ahora en adelante tendrá la oportunidad de vivir sin hacer mal, porque ya lo ha hecho, al menos en la inquebrantable intención. Ahora es un inocente. Se ha convertido en un inocente que todavía puede sentir alegría.

Esta noche se desdibuja la violencia dentro de su corazón, igual que los pájaros que en el cielo oscuro sólo son formas, a veces, sombras aterradoras.

Sólo entonces comprende que necesita creer en algo. Vencido, acepta de pronto la belleza de las cosas, acepta el canto de los grillos esta noche. Tomé escucha con sentimentalismo el ladrido de un perro a la distancia y su perfección. Es la fe que se necesita para seguir vivo. La fe en la propia vida.

En todas las construcciones de vida que intentó, olvidó algo: que la habitación que creó sin puertas y ventanas lo tenía irremediablemente preso. Hoy, por fin, una ventana de libertad, una puerta de nueva vida. Un nuevo camino sin odio y sin dolor. El amor es lo único que puede salvarlo y hoy lo siente dentro de sí. El amor por sí mismo, por el hoy, por el mañana. El corazón del hombre que se contrajo de la angustia a la alegría, por fin, no tiene miedo de sí.

Basta.

Tomé mira hacia la infinita extensión de cielo, el cielo más bajo y oscuro que recuerda. Una alegría levísima y ligera, que es capaz de limpiar su rostro de los últimos rasgos de sufrimiento, dándole una aureola de luz.

Completamente de pie, sabe que nunca volverá a las calles a ser testigo de la muerte. Nunca más volverá a la redacción para cubrir nota roja. Se acabó la sangre, al menos para él. Tomé se agacha, extiende el brazo, no para recoger la pistola, sino una pequeña piedra blanca, que parece mágicamente salida de un río. Una piedra tan blanca como su pequeña hija. La aprieta entre los dedos, la siente abstracta, como se hace con una nueva esperanza que sólo puede nacer de la fe. Ésta es su vida. Nueva fe.

No tener esperanza es la cosa más estúpida que le puede suceder a un hombre.

Y Tomé esta noche sabe que la esperanza se puede convertir en una nueva palabra: comienzo.

Esta noche, el eco sosegado lo alcanza como creado por algo más grande que él.

Tomé llega por fin a lo alto de la cuesta, atrapado por fin por una ilusión perseguida durante toda una vida; súbitamente capturado por un remolino de agudísima alegría. Su corazón late como si lo hubiera vomitado, después de haberlo tragado por un tiempo.

Él, el hombre, ha desembarcado y sólo tiene una idea fija en la cabeza: abrazar con todas sus fuerzas a su Luna, a su Luna-ángel, Luna-luna, Luna-pequeña, a su Luna-llena, su Luna-menguante, Luna-niña-y-mar, Luna-corazón, Luna-lágrimas-de-pena-en-él, Luna-suya-hija-de-su-carne, Luna-niña, a su Luna-perdón, a su Luna-amor, a su Luna-inocencia-esperanza.

Siente que por fin ha alcanzado algo que no sabemos dar. Aquella cosa que sólo se puede decir en silencio: Gracias. Como cuando se llega a la cima de una montaña.

Maldad
terminó de imprimirse en 2022
en los talleres de Litográfica Ingramex, S.A. de C.V.,
Centeno 162-1, colonia Granjas Esmeralda,
alcaldía Iztapalapa, 09810, Ciudad de México.